सुधा अरोड़ा

सातवें दशक की बहुचर्चित कथाकार सुधा अरोड़ा का जन्म 4 अक्टूबर, 1946 को लाहौर में हुआ। शिक्षा-दीक्षा कोलकाता में हुई। उन्होंने 1967 में हिन्दी साहित्य में एम.ए किया। उनका पहला कहानी-संग्रह 'बगैर तराशे हुए' जनवरी, 1968 में प्रकाशित हुआ। 1993 में मुंबई की 'हेल्प' संस्था से जुड़ने के बाद वे महिलाओं के मुद्दों और सामाजिक कार्यों के प्रति समर्पित रहीं।

अब तक उनके कई कहानी संकलन प्रकाशित हो चुके हैं जिनमें 'महानगर की मैथिली', 'काला शुक्रवार', 'रहोगी तुम वही' और 'एक औरत : तीन बटा चार' चर्चित रहे हैं, कविता संकलन तथा उपन्यास के अतिरिक्त वैचारिक लेखों की किताबें 'आम औरत जिंदा सवाल', 'एक औरत की नोटबुक' और 'सांकल, सपने और सवाल' भी प्रकाशित हो चुकी हैं। उनकी कहानियाँ भारतीय भाषाओं के अतिरिक्त अंग्रेजी, फ्रेंच, पोलिश, जर्मन, इतालवी, चेक, डच, जापानी और ताजिकी आदि में अनूदित हो चुकी हैं। उनकी कई कहानियों पर मुंबई, कोलकाता, लखनऊ दूरदर्शन तथा प्रसार भारती द्वारा लघु फिल्मों का निर्माण हुआ है। सुधा जी ने बड़े पैमाने पर सम्पादन और स्तम्भ लेखन किया है। उनकी सम्पादित पुस्तकों में 'औरत की कहानी' (2002), 'दहलीज़ को लांघते हुए', 'पंखों की उड़ान' (2003), 'मन्नू भंडारी : सृजन के शिखर' (2010), 'स्त्री संवेदना : विमर्श के निकष : दो खण्ड' (2014) प्रमुख हैं।

1977-78 में पाक्षिक 'सारिका' में 'आम औरत : जिन्दा सवाल', 1997-98 में दैनिक अखबार 'जनसत्ता' में साप्ताहिक स्तम्भ 'वामा', 2004-2009 तक 'कथादेश' में 'औरत की दुनिया' और 2013 से 'राख में दबी चिनगारी' स्तम्भ ने साहित्यिक परिदृश्य पर अपनी खास जगह बनाई है।

उन्हें 'उ.प्र. हिन्दी संस्थान', 'प्रियदर्शिनी अकादमी', 'महाराष्ट्र हिन्दी साहित्य अकादमी', के पुरस्कार तथा 'केन्द्रीय हिन्दी निदेशालय पुरस्कार', 'मुंशी प्रेमचन्द कथा सम्मान' आदि से सम्मानित किया गया है।

काला शुक्रवार

सुधा अरोड़ा

राजकमल पेपरबैक्स

पहला पुस्तकालय संस्करण
राजकमल प्रकाशन प्राइवेट लिमिटेड द्वारा
2004 में प्रकाशित

राजकमल पेपरबैक्स में
पहला संस्करण : 2006
तीसरा संस्करण : 2023

राजकमल पेपरबैक्स : उत्कृष्ट साहित्य के जनसुलभ संस्करण

राजकमल प्रकाशन प्रा.लि.
1-बी, नेताजी सुभाष मार्ग, दरियागंज
नई दिल्ली-110 002
द्वारा प्रकाशित

शाखाएँ : अशोक राजपथ, साइंस कॉलेज के सामने, पटना-800 006
पहली मंजिल, दरबारी बिल्डिंग, महात्मा गांधी मार्ग, प्रयागराज-211 001

वेबसाइट : www.rajkamalprakashan.com
ई-मेल : info@rajkamalprakashan.com

बी.के. ऑफसेट
नवीन शाहदरा, दिल्ली-110 032
द्वारा मुद्रित

मूल्य : ₹ 199

KALA SHUKRAWAR
Black Friday : A Collection of Short Stories
by Sudha Arora

ISBN : 978-81-267-1120-8

साथी जितेन के नाम

अनुक्रम

रिवर्स गियर की कहानियों का एक दशक

(1993-2003)

आमतौर पर कहानी संग्रह की भूमिका लिखने में मेरा विश्वास नहीं है पर कुछ है जिसे अपने पाठकों के साथ बाँटना जरूरी है। यूँ भी सोलह-सत्रह साल बाद किसी किताब का छपना वैसी ही खुशी देता है, जैसे आपकी पहली किताब छप रही हो ! मेरा पिछला कहानी-संग्रह 'महानगर की मैथिली' 1987 में छपकर आया था, तब तक मुझे लिखना बन्द किए लगभग पाँच साल हो चुके थे। कभी-कभी हर लेखक को इस अप्रत्याशित अवरोध से गुजरना पड़ता है, यह मालूम था पर तब यह नहीं सोचा था कि यह तथाकथित 'अवरोध' (रायटर्स मेन्टल ब्लॉक) इतना खिंच जाएगा। समय जितना लम्बा खिंचता गया, दुबारा कलम पकड़ना उतना ही दुरूह और असम्भव होता गया। लिखना भी एक लत की तरह होता है, एक नशा जो सबसे पहले अपने सर चढ़कर बोलता है, जैसे किसी कारीगर से उसका हुनर छीन लिया जाए या किसी शराबी से अचानक शराब छुड़ा ली जाए या ड्रग एडिक्ट को ड्रग्स से दूर रखा जाए तो जिस तरह उसकी उँगलियाँ काँपती हैं, शरीर ऐसा दिखाई देता है जैसे उसकी सारी ताकत सोख ली गई हो, आँखें निस्तेज और बुझी हुई दिखाई देती हैं और सबसे बड़ी बात यह है कि उसमें जीने की ललक धीरे-धीरे दम तोड़ देती है। कुछ-कुछ ऐसी ही हालत उस रचनाकार की होती है, जो बेशक दस से पाँच की नियमित रुटीन बनाकर नहीं लिखता, कई बार हफ्तों महीनों नहीं लिखता, पर लिखना उसके लिए एकमात्र विकल्प और इसलिए निहायत जरूरी आउटलेट होता है। जब लेखन बन्द हुए आठ-दस साल गुजर गए और स्थिति यह हो गई कि कहानी लिखने की बेतरह इच्छा होते हुए भी कलम हाथ में लेते ही शब्द साथ छोड़ देते और कहानी लिखना बाकायदा एक मशक्कत की क्रिया लगने लगती और यह अहसास काफी तकलीफदेह होता कि अब कभी लिखना सम्भव नहीं हो पाएगा तो भीतर कहीं बेहद असुरक्षा और अधूरेपन की भावना घर करती दिखाई देती। लिखना शुरू करने का कोई तरीका कारगर होता दिखाई नहीं देता था। इस बीच 1985 में मैंने एक वृहद उपन्यास की योजना बनाकर लिखना जरूर शुरू किया था, लेकिन बार-बार घर बदलने की अव्यवस्था में वह पटरी से उतर गया।

1991 में कलकत्ता से बम्बई आने के बाद कुछ रचनात्मक करने के लिए एक छटपटाहट मन में थी। हाथ में कलम पकड़ती तो लगता, मुझे लेखन का क ख ग भी नहीं आता है। अक्सर मैं मजाक में हँसकर कहती कि मुझे अम्बाला छावनी के कहानी लेखन महाविद्यालय में प्रवेश लेना चाहिए पर भीतर एक खोखलापन घर करता जा रहा था। इस स्थिति की कोई पहचान नहीं थी। न मैं किसी से इसे बाँट सकती थी। कलम के साथ का छूट जाना किसी बीमार की साँसों से ऑक्सीजन खींच लेने जैसा था। मेरा वह अधूरा उपन्यास मेरे लिए 'पनवती' सिद्ध हो रहा था। वह मेरी दुखती रग बन गया था। न वह आगे बढ़ता था, न मुझे आगे बढ़ने देता था।

तभी 6 दिसम्बर 1992 का वाकया हुआ। बाबरी मस्जिद ढहा दी गई थी। मुम्बई में बान्द्रा के माउंट मेरी रोड के जिस इलाके में हम रहते थे, वहाँ से बाहर माउंट मेरी की विख्यात सीढ़ियों से नीचे आते ही दाउदी वोहरा मुस्लिम समुदाय का जमातखाना और उनकी सात बहुमंजिला इमारतें 'युवान अपार्टमेंट्स' थीं। टी. वी. पर खबर आने और दूकानों के शटर धड़ाधड़ बन्द होने के साथ मैं और मेरी बेटी गुंजन सड़क का जायजा लेने सीढ़ियों से नीचे उतरे। वहाँ जगह-जगह झुंड बनाकर जवान लड़के, आदमी खड़े थे। पूरे इलाके में जानलेवा तनाव था। कहीं एक भी महिला नहीं थी। जवान लड़कों की आँखों में खून उतर आया था। एकबारगी हम दोनों को लगा, हम किसी अवांछित माहौल में घिर गए हैं। उलटे कदम हम एक-दूसरे का हाथ कसकर थामे घर की ओर लौट आए। अपने दादा-दादी से सुनी बँटवारे की त्रासदी की घटनाएँ दिमाग में ताजा हो रही थीं। दिसम्बर, जनवरी और फिर 6 फरवरी को हर महीने बम्बई के इलाकों में खून खराबा दोहराया जाता। हर तरफ एक असंतोष और तनाव पसरा था। अपने भीतर मैं अजीब-सी बेचैनी और उथल-पुथल महसूस कर रही थी। तभी जनवादी लेखक संघ ने उर्दू हिन्दी लेखकों की एक संयुक्त मीटिंग बुलवाई थी। मुझे भी कुछ बोलने के लिए कहा गया था। बरसों बाद मैंने कलम उठाई और एक छोटा-सा आलेख लिखा 'इस जुनून का अन्त कब होगा'। वहाँ इस आलेख के साथ ही शौकत आपा की दी हुई उर्दू के भशहूर शायर कैफी आजमी साहब की ताजा नज्म 'राम का बनवास' पढ़कर सुनाई, जो उन्होंने तभी लिखकर पूरी की थी।

इसके बाद 12 मार्च 1993 का बम्बई का बम विस्फोट कांड, जब मैं घर से बाहर थी और जलते हुए शहर के बीच से होती हुई घर पहुँची थी। उस एक दिन का अनुभव चेतना को झकझोर देनेवाला था। कई दिन वह झुलसा हुआ शहर दिमाग पर वजन की तरह रहा। आखिर मैंने उसे रिपोर्ताज के रूप में लिख डाला। लेखन का टूटा हुआ सिरा एकाएक पकड़ में आ गया था। यह संस्मरण हालाँकि तीन साल मेरी डायरी में बन्द पड़ा रहा, बाद में मैंने इसे कहानी के फॉर्म में लिखा। यह कहानी 'काला शुक्रवार' हंस के दिसम्बर 1996 अंक में प्रकाशित हुई थी।

1992 के बाद के हिन्दू मुस्लिम दंगों में कुछ स्वैच्छिक संगठनों के बीच राहत कार्य करते हुए शायद मेरी उस घुटन ने एक आउटलेट ढूँढ़ लिया था जो लम्बे अरसे से मुझे परेशान कर रही थी। बम्बई महानगर में घटित ये हादसे मेरे लिए शॉक ट्रीटमेंट साबित हुए। दंगों की विभीषिका पर ही एक और कहानी 'जानकीनामा' भी उन्हीं दिनों लिखी, जो बाद में नासिरा शर्मा सम्पादित 'वर्तमान साहित्य' के महिला कथा लेखन विशेषांक (1995) में छपी थी।

6 दिसम्बर की इस त्रासदी ने अनजाने ही मेरे हाथ में दुबारा कलम पकड़ा दी थी...

1992-93 के बम्बई के दंगों के बाद किए राहत कार्य के दौरान मेरी पहचान रिंकी भट्टाचार्य और उनकी संस्था 'हेल्प' से हुई। 'हेल्प' हर वर्ग की प्रताड़ित महिलाओं के लिए एक काउंसिलिंग सेंटर था। यहाँ जया, यास्मीन, कृष्णा, प्रमिला और कुमकुम गुप्ता थीं और थीं ढेर सारी महिलाएँ अपनी-अपनी समस्याओं के साथ। यहाँ जिस तरह का काम किया जाता था, मुझे लगने लगा था कि वह लिखने से कहीं ज्यादा महत्त्वपूर्ण है। लेखन शायद किसी को मानसिक संतोष या राहत देता होगा, शायद कभी अपनी समस्याओं से जूझने-निकलने का रास्ता भी दिखाता होगा लेकिन यहाँ आत्महंता मनःस्थिति की कगार पर पहुँची हुई वे महिलाएँ ही आती थीं, जो जिन्दगी के सारे दरवाजे बन्द देखकर आखिरी छटपटाहट में या जीने की आखिरी उम्मीद लिये अपनी बरसों से बन्द जबान को खोलती थीं और हम अनजान महिलाओं के सामने अपने आपको उड़ेल देती थीं। उन्हें समस्याओं के चक्रव्यूह से बाहर निकालना एक चुनौती भरा काम था। अक्सर महिलाएँ इस हद तक झेलने और प्रताड़ित होने की आदी हो चुकी होती थीं कि अपनी बात कह चुकने के बाद की राहत ही उन्हें अपने लिए 'अल्टीमेट' लगती थी। यहाँ औरतों के अलग-अलग शेड्स थे पर हर तरह के रंग में कहीं एक समानधर्मिता थी जो सबको आपस में जोड़ती थी। शुरू में औरतों की समस्याओं से रूबरू होना एक हताशा या फिर नाराजगी से भर देता था। धीरे-धीरे मैंने उनसे एक दूरी बनाना सीख लिया था और तभी मैं लिख पाई औरतों की समस्याओं पर कहानियों की एक श्रृंखला, जिसकी शुरुआत हुई थी *रहोगी तुम वही* से जो बारह साल के अन्तराल के बाद हंस : जून 1994 में छपी मेरी पहली कहानी थी। उसके बाद *सत्ता संवाद, यह रास्ता उसी अस्पताल को जाता है* (सबरंग दीपावली विशेषांक : 1995) *अन्नपूर्णा मंडल की आखिरी चिट्ठी* (वागर्थ : अगस्त 1996) *आधी आबादी, वर्चस्व, ताराबाई चॉल : कमरा नं. एक सौ पैंतीस, यथास्थिति* (सभी 'हंस' : 1996-97) *सुजाता तनेजा की जिन्दगी का आखिरी दिन* (कथादेश : दिसम्बर 1998) *काँसे का गिलास* (तद्भव : 2003) और बहुत-सी अधूरी कहानियों के नोट्स जो डायरी के पन्नों में दर्ज हैं, साथ ही शुरू हुआ महिला विषयक मुद्दों पर आलेखों का एक क्रम जो हमेशा मुझे रचनात्मक लेखन से अधिक महत्त्वपूर्ण पर नाकाफी लगता है।

तो यह शुरुआत थी लेखन की दूसरी पारी की। एक पुराने पाठक मित्र ने व्यंग्यात्मक लहज़े में टिप्पणी की कि आमतौर पर लेखिकाएँ अपने से शुरू कर एक बड़े फलक पर जाती हैं, आपका लेखन तो रिवर्स गिअर में जा रहा है। उनके कहने के बाद ही मैंने गौर किया कि मैं सचमुच अपने इर्द-गिर्द फैला एक विशाल फलक छोड़कर पिछले दस सालों से ज्यादातर महिला मुद्दों पर ही कहानियाँ लिख रही हूँ। मुझे सामाजिक-राजनीतिक-मनोवैज्ञानिक विषयों से अपने को समेटकर भारतीय निम्न मध्यवर्गीय परिवारों में स्त्री यातना के सीमित फलक की कहानियाँ लिखने का कोई मलाल नहीं। मैं कई हितैषी सम्पादकों को नाराज़ करके भी जैसे कभी बतौर माँग पूर्ति कहानियाँ नहीं लिख पाई, उसी तरह कहानियों के पात्र और विषय भी मैंने खुद तय नहीं किए। शायद मेरी दूसरी पारी की कहानियों के पात्र अगर खुद चलकर मुझ तक नहीं आते तो मेरी जंग खाई कलम आज भी दराज़ में बन्द होती। हाँ, अपने पुराने पाठकों की मैं बहुत आभारी हूँ कि डेढ़ दशक के लम्बे अन्तराल के बाद भी उन्होंने मुझे याद रखा। यह जानना सुखद था कि पाठकों की याददाश्त की उम्र बहुत छोटी नहीं होती। ये तथाकथित 'रिवर्स गिअर' की कहानियाँ अपने पाठकों की झोली में डालकर मैं इनसे अलग होती हूँ। अलग होकर शायद मैं 'बड़े' सरोकारों तक लौट सकूँ...

('गुमशुदा दोस्त की तलाश' आत्मकथ्य से एक अंश)

3 नवम्बर 2003
1702, सॉलिटेयर
पवई, मुम्बई-400076

काला शुक्रवार

बम्बई : 12 मार्च, 1993

वह सुबह भी और सुबहों जैसी थी। समुद्र की शान्त लहरें और साफ आसमान जैसा कि आमतौर पर बम्बई में सुबह के वक्त होता है। दूसरे शहरों के मुकाबले सूरज कुछ देर से दिखाई देता है। और इसकी हमें आदत हो चुकी है। सूरज के मुताबिक हर काम सुबह कुछ देर से शुरू होता है। रोज़ की तरह छह चालीस पर दूधवाला दूध की बोतलें दरवाजे पर रख गया था। दस मिनट बाद दरवाज़े की पतली-सी फाँक से हिन्दी और अंग्रेजी के अखबार के सरकने की आवाज़ सुनाई दी। हिन्दी अखबार आसानी से निकल आता है, अंग्रेजी अखबार को सरकाने के लिए अखबारवाले को मशक्कत करनी पड़ती है।

बेटी को स्कूल भेजकर मैं अखबार लेकर बैठी। पिछले तीन महीनों से लगातार दंगों की भीषण खबरों के बाद अब शहर तेज़ी से सामान्य हो रहा था। अब कहीं शोकसभाएँ नहीं थीं, एक-दूसरे को दोषी ठहराती राजनीतिक पार्टियों की बैठकें नहीं थीं। लक्ष्मण के कार्टूनों का विषय बदल रहा था। प्रधानमन्त्री और विदेश मन्त्री ने देश-विदेश के दौरों पर, नए उद्योगों के उद्घाटन और दिवंगत नेताओं के नाम पर वृक्षारोपण समारोहों में जाना शुरू कर दिया था। कुछ विरोधी पार्टियाँ इन व्यस्तताओं के अभाव में अब भी दंगों की विभीषिकाओं को भुना रही थीं। पर इसके समाचार अखबार के तीसरे-चौथे पृष्ठ तक ही सीमित थे। सालाना बजट को लेकर कुछ तात्कालिक असहमतियाँ थीं। अब देश की गम्भीर समस्याओं को दरकिनार कर आम आदमी अपनी व्यक्तिगत परेशानियों से उलझ सकता है, यह ख़्याल तसल्ली देनेवाला था।

अखबार मैंने तहाया ही था कि घंटी बजी। दरवाज़ा खोला तो सामने एक परिचित-सा चेहरा था—देखा तो इसे कई बार है, पर कहाँ, मेरे चेहरे पर असमंजस पढ़ उसने हाथ उठाकर हल्का-सा सलाम ठोंका और बोला, "साहब जाते समय बोल गए थे कि आज घर की ड्यूटी पर रहना है। अहमद छुट्टी पर है। इसलिए पिंटो साहब ने हमें आने को बोला।"

"मीराज़, तुम ?" मैं उसे न पहचान पाने की अपनी शर्मिन्दगी छिपाने की कोशिश कर रही थी।

मीराज़ ! दो साल से मैं उसे देख रही थी। वह कभी-कभी गाड़ी की ड्यूटी पर आता था। सलीके से रखी दाढ़ी और तराशी हुई मूँछें उसकी शख़्सियत का ज़रूरी हिस्सा थीं। बिना मूँछ और दाढ़ी के वह किसी दूसरे ही नक्षत्र से उतरा हुआ बुत लग रहा था—बेजान और मशीनी।

''यह क्या हुलिया बना रखा है,'' मैं न चाहते हुए भी बोल गई, ''मैं तो तुम्हें पहचान ही नहीं पाई।''

मीराज़ होंठ जबरन खींचकर मुस्कुराया। ऐसी मुस्कुराहट जो मुस्कुराहट नहीं थी। मैंने उसके चेहरे से नज़रें हटा लीं, क्योंकि वहाँ एक अजीब-सा तिरस्कार था, आत्म-धिक्कार या पता नहीं कैसा अमूर्त-सा भाव कि उस मुस्कान के बीच शब्द बाद में उभरे, एक अनकही तकलीफ़ सारे लिबास उतारकर पहले सामने खड़ी हो गई।

''क्या करें मैडम ! दाढ़ी और मूँछ क्या, अपुन का बस चले तो अपना नाम भी बदल दें। क्या रखा है नाम और मजहब में। मजहब के नाम पर दो जून की रोटी भी तो नहीं मिलती,'' मीराज़ ने मेरी ओर देखा और उसकी आँखों की नमी ने मुझे दुबारा शर्मिन्दा किया, ''इस दाढ़ी के चलते अपना पड़ोसी पीटर मारा गया। अपनी कम्पनी के रजत सरीन साहब का तो आपको मालूम ही होगा। फसाद में दंगाइयों ने पकड़ लिया था। नसीब अच्छा था, कार के लाइसेंस में अपना नाम दिखाकर छूट गए। वरना उस दिन घर सही-सलामत न पहुँचते। दूसरे ही दिन उन्होंने अपनी दाढ़ी-मूँछ साफ़ करवा दी। हमें भी सबने यही सलाह दी कि जान है तो जहान है, अपनी सूरत-शक्ल का मोह छोड़ो, पर सच कहता हूँ मैडम ! आईने में अपने को देखता हूँ तो लगता है कि किसी ने भरे बाज़ार कपड़े उतार लिए हैं...''

मीराज़ के इस वाक्य से मुझे एक बहुत पुरानी घटना याद आ गई। मेरे दादा और नाना बचपन के दोस्त थे। नाना सरदार थे, दादा ने जवानी में ही बाल कटवा दिए थे। नाना सुबह अपने कारखाने जब देर से पहुँचते थे तो अक्सर दादा मज़ाक किया करते—वो बैठकर अपनी 'जूड़ी' सँवार रहा होगा। यह सच भी था। नाना को अपनी कड़क सुरमई पगड़ी पर नाज था। हर रविवार वह बालों को बड़े प्यार से धोते-सुखाते, घंटों दाढ़ी का एक-एक बाल कंघी से सँवारते। दादा मज़ाक करते तो वह कुढ़कर कहते, ''यह पूँछकटा सियार मुझे भी अपनी बिरादरी में शामिल करना चाहता है। मैं तुझ-जैसे मुँछमुंडों के झाँसे में आनेवाला नहीं। अरे, बगैर दाढ़ी-मूँछ के भी कोई आदमी हुआ है ? जिनके दाढ़ी-मूँछें नहीं, वे तो सारे एक ही शक्ल के लगते हैं। पता नहीं, उनकी जनानियाँ कैसे अपने खसमों को पहचानती हैं। हमारे यहाँ तो पगड़ी का रंग देखकर ही बीवियाँ अपने शौहरों को पहचान लेती हैं।''

वही नाना एक बार निमोनिया से बीमार पड़े। बालों में जूएँ पड़ गईं। नानी ने कई बार कहा भी, ''बाल छोटे कर लो, पगड़ी के अन्दर हाथ डालकर किसने देखना है।''

पर नाना नहीं माने। बालों में कैंची लगा लें, यह तो मजहब की तौहीन है। महीने भर बाद एक दिन कारखाने से लौटे तो दाढ़ी-मूँछ सब सफाचट थीं। घर के सारे लोग सकते में आ गए। नानी धाड़-धाड़ रोने लगीं—दारजी का दिमाग खराब हो गया है। नाना हँसने लगे, "कल को मैं मर जाता तो मेरे साथ ही सब जला देना था तूने कि बाल सँभालकर रख लेने थे ? आज मेरा यार ज़िन्दा होता तो कितना ख़ुश होता !" घर में मातम का-सा माहौल था। सभी लोग मान बैठे कि नाना की अक्ल खिसक गई है और नानी रोती रही, "हाय दारजी, आप तो ऐसे लग रहे हो, जैसे बाज़ार जाकर अपने कपड़े उतरवा आए हो।"

आज चालीस सालों के बाद वही बात मीराज़ कह रहा था। और उतनी ही तकलीफ़ के साथ।

"बहुत जल्दी सब ठीक हो जाएगा।" मीराज़ को दिलासा देने की कोशिश में मेरे मुँह से अपने-आप निकल गया।

"देखें," उसने दोनों हाथ ऊपर उठाकर एक लम्बी साँस छोड़ी, "हम भी यही दुआ करते हैं।" वह फीकी-सी हँसी के साथ बोला। उसकी आवाज़ में हताशा अधिक थी, भरोसा कम।

मैंने शहर की तरफ के सारे कामों की लिस्ट बना रखी थी जिसमें यूनियन बैंक का एकाउन्ट बन्द करने से लेकर वर्ल्ड ट्रेड सेन्टर में गुर्जरी की सेल, क्राफोड मार्केट से फलों की ख़रीद और पासपोर्ट ऑफिस से अपने पासपोर्ट की पूछताछ के सारे काम दर्ज़ थे। अपनी बेटी के स्कूल लौटने से पहले तीन बजे तक मुझे घर वापस लौटना था। दोपहर का वक्त शहर से लौटने के लिए उपयुक्त था, इस वक्त सड़कें खाली होती थीं और ट्रैफिक जाम में फँसने का अन्देशा कम रहता था।

हमेशा की तरह मैंने हुतात्मा चौक की पौन घंटे की लम्बी यात्रा का वक्त काटने के लिए दोपहर के अखबार *मिड-डे* और *महानगर* तो पढ़ने के लिए ले लिए थे, पर पढ़ने का चश्मा मैं घर पर ही छोड़ आई थी। लिहाज़ा वह रास्ता मुझे सड़कें और सड़कों पर लगे बड़े-बड़े साइनबोर्ड देखते हुए गुज़ारना था।

"मेरे कू आप छः बजे तक छोड़ देंगी क्या ? आज अपुन का सत्रहवाँ रोज़ा है।" मीराज़ मुझसे पूछ रहा था।

मीराज़ के कहने से मुझे याद आया कि रोज़े चल रहे हैं।

छः बजे तक क्या, मैं तुम्हें घर पहुँचते ही छोड़ दूँगी—चार बजे तक। इस बार सारे रोज़े रखे हैं तुमने ?" मुझे याद था, पिछली बार शुरू के दो-चार रोज़े रखने के बाद उसका धीरज जवाब दे गया था। बम्बई के मार्च महीने की चिलचिलाती धूप में बग़ैर पानी का एक घूँट पिए सड़कों पर पसीने से तरबतर हो गाड़ी दौड़ाते रहना कोई आसान काम नहीं था।

''अपने अली नवाज़ की खैरियत के लिए इस बार हम पूरे रोज़े रखेंगे, बीच में छोड़ेंगे नहीं।'' मीराज़ सकुचाता हुआ बोला, ''नवाज़ की अम्मी भी रोज़े पर है।''

''नवाज़ अब कैसा है, मीराज़ ?'' पूछते हुए मुझे अपने पर शर्म आई। मुझे उसके आते ही पहला सवाल यही पूछना चाहिए था। मैं दरअसल भूल गई थी। मीराज़ भारत नगर में रहता है। उस इलाके में सभी धर्मों के लोग एक बहुत बड़ी मिली-जुली तादाद में बरसों से रहते आए हैं और एक-दूसरे के त्योहारों में शरीक भी होते हैं। 6 दिसम्बर 1992 के बाद जब दंगे भड़के तो भारत नगर के आसपास खेरवाड़ी और बहरामपाड़ा के इलाके भी उसकी चपेट में आ गए। भारत नगर में उस तरह से दंगे तो नहीं हुए, पर पड़ोस में उठती आग की लपटों की आँच ने भारत नगर को भी झुलसा डाला था। खेरवाड़ी और बहरामपाड़ा से छुरों और चाकुओं से घायल छटपटाते हुए लहूलुहान लोग सहायता की उम्मीद में उनके इलाके में आते रहे। भारत नगर की औरतों ने कई ऐसे लोगों को अपने घर में पनाह दी और उनकी तीमारदारी की। मुहल्ले में दहशत तो थी ही। इस सारे खून-खराबे और दिन-दहाड़े चलती गोलियों और हथगोलों की आवाज़ का और उससे भी ज़्यादा दहशत और सन्नाटे का असर मीराज़ के तीन साल के बेटे, अली नवाज़ पर ऐसा पड़ा कि वह—जिसने अपनी उम्र के लिहाज़ से वैसे भी देर से बोलना शुरू किया था, अचानक अपनी आवाज़ खो बैठा और हर वक्त अपनी अम्मी के कलेजे से चिपका रहता।

मीराज़ ने बताया कि पिछले हफ्ते एक नामी ओझा से अली नवाज़ को झाड़फूँक करवाई है जिसके बाद उसकी निगाह कुछ टिकना शुरू हुई है, नहीं तो उसकी आँखों की पुतलियाँ इधर-उधर घूमती थीं, कहीं ठहरती नहीं थीं। उसकी तरफ देखते हुए डर लगता था। अब वह मुँह ऐसे खोलता है, जैसे कुछ बोलने की कोशिश कर रहा हो, मीराज़ के स्वर में हल्की-सी खुशी थी।

''पर यह ओझा-वोझा के चक्कर में क्यों पड़ गए तुम लोग ? मैंने तो तुम्हें डॉक्टर का पता दिया था, फिर...''

''हम तो ले जाते, पर अपनी अम्मी ज़रा पुराने ख्यालों की है, वह अपनी पहचान के ओझा के पास ले गई। बड़ों की बात तो माननी ही पड़ती है।'' मीराज़ लाचारी जता रहा था।

सड़कों पर गाड़ियाँ दोपहर के वक्त भी कम नहीं थीं। बम्बई की सड़कें विदेशी गाड़ियों से और फुटपाथ बाहर से आए लोगों से अँटे पड़ रहे हैं। सामने रेमंड्स का एक बड़ा-सा सफेद साइनबोर्ड चमक रहा था जिस पर काले अक्षरों से लिखा था—'वी पुट द इंटीग्रेटेड फ़ाइबर्स टुगेदर।' पिछले तीन महीनों में बम्बई में तीन बार भड़के हुए दंगे सबसे प्रासंगिक विषय था जिसका इस्तेमाल अमूल से लेकर रेमंड्स तक हर बड़ा औद्योगिक प्रतिष्ठान अपने-अपने व्यवसाय के विज्ञापनों और स्लोग़नों में कर रहा था। कहीं-कहीं सामाजिक संस्थानों द्वारा लगाए गए, 'हिन्दू-मुस्लिम भाई-भाई' के पोस्टर भी थे। एक और नुक्कड़ पर सफेद साटन के लिए कपड़े पर चमकते हुए सुनहरे अक्षरों

में लिखा था, 'हम एक थे, हम एक हैं, हम एक ही रहेंगे,' पता नहीं ये सूक्ति-वाक्य उन माँओं के ज़ख्मों पर मरहम लगाने में कितने कामयाब साबित हो रहे थे, जिनके मासूम बेटों की शहादत इस भाईचारे के नारों और पोस्टरों के बैकग्राउन्ड में एक दुःस्वप्न की तरह भुला दी गई थी।

एक बजे से पहले ही हम यूनियन बैंक पहुँच गए थे। मीराज़ शुक्रवार को नमाज़ पढ़ने चला गया था और मैं बैंक का एकाउन्ट बन्द करने की औपचारिकताओं को पूरा करने के बाद गाड़ी से कुछ दूर नारियल पानी पी रही थी कि सहसा कानों को सुन्न कर देनेवाला एक धमाका सुनाई दिया। पैरों के नीचे की ज़मीन जैसे भूकम्प के धक्के से हिलती हुई महसूस हुई। किसी इमारत के ढहने और बेशुमार शीशों के तड़तड़ाकर टूटने की आवाज़ें उस धमाके का पीछा करती हुई आईं। कोई दुर्घटना घट गई थी। सड़क पर अचानक भगदड़ मच गई थी। सामनेवाली सत्ताईस मंजिला इमारत के बाहर भीषण आग फैली थी। और घने काले धुएँ के बगूलों के साथ आग की ऊँची लपटों का गुबार आसमान की ओर उठ रहा था। मैं वहाँ से हिलना चाहती थी, पर मेरे पैरों से जैसे किसी ने सारी ताकत खींच ली थी। मैं वहाँ खड़ी थी–जड़, निस्तब्ध।

''मैडम, चलिए। कहाँ देख रही हैं आप ! गाड़ी उस तरफ़ है।'' मेरे पीछे से लगभग चीखती हुई-सी आवाज़ आई। मैं यन्त्रचालित-सी जैसे गाड़ी की ओर भीड़ के रेले के साथ धकेल दी गई।

''हम नमाज़ पढ़ रहे थे, जब यह धमाका हुआ। कहते हैं, शेयर मार्केट में बम फटा है। इस तरफ का ट्रैफिक बन्द कर दिया जाएगा। यहाँ से जल्दी निकल जाना चाहिए।'' मीराज़ की आवाज़ काँप रही थी, ''हमने खुद कई लोगों को ख़ून से तरबतर हाँफते हुए बाहर देखा। बहुत लोग जख़्मी हुए हैं।'' उसके चेहरे पर दहशत थी और वह भीड़ को हटाने के लिए हॉर्न बजाए जा रहा था।

''तो उन्हें अस्पताल पहुँचा देना था, वरना वे रास्ते में दम तोड़ देंगे।'' मेरे मुँह से बरबस निकला।

''क्या कह रही हैं आप ! होश में आइए। आप नहीं होतीं तो हम ले जाते। अभी आप लफड़े में मत पड़िए।'' मीराज़ गाड़ी दाएँ-बाएँ से निकालता भागते लोगों के बीच रास्ता बना रहा था। सड़क पर दौड़ती कुछ औरतें बदहवास-सी चीख रही थीं। लोग चलती गाड़ियों के बीच बग़ैर ट्रैफिक सिग्नल की परवाह किए रास्ता पार कर रहे थे।

मैंने पीछे मुड़कर देखा, काले धुएँ के उठते बादलों का गुबार अब भी घना था। सामने से सायरन बजाती पुलिस और फायर बिग्रेड की गाड़ियों का आना शुरू हो गया था।

''क्या वर्ल्ड ट्रेड सेन्टर चलूँ ?'' मीराज़ पसीने से पूरी तरह भीगा हुआ था।

''नहीं, रहने दो।'' मेरे दिमाग़ की नसें तनाव से फट रही थीं। ऐसे माहौल में गुर्जरी की सेल में जाने का ख़्याल भी बेहूदा और भौंडा लग रहा था।

''फिर कहाँ जाना है ?'' क्रॉफोर्ड चलें ?'' मीराज़ के स्वर की खीझ बहुत साफ थी।

मेरे कहे अनुसार उसे गाड़ी की दिशा तय करनी थी।

"ठीक है, चलो।" मैंने अपने को ढीला छोड़ दिया। घर से निकली हूँ, तो कहीं तो जाना ही है। भीतर कहीं एक आवाज़ मुझे धिक्कार रही थी—हमारे सामने एक दुर्घटना घट चुकी है और उस हादसे के शिकार कितने ही घायल लोगों को किन्हीं अनजान देवदूतों के सहारे छोड़कर हम भाग रहे हैं।

कुछ आगे जाने पर पता चला कि दाहिनी ओर के सब रास्ते बन्द कर दिए गए हैं। क्रॉफोर्ड जाने के लिए अब पूरा घूमकर जाना पड़ेगा।

"रहने दो, वह काम ज़रूरी नहीं है। सिर्फ पासपोर्ट का काम करके घर वापस चलते हैं।" कहकर मैंने जैसे राहत की साँस ली।

आगे सिग्नल लाल था। गाड़ियों की लम्बी कतार के बीच हमारी गाड़ी रुक गई थी। शेयर मार्केट में बम फटा है, यह घटना आग की तरह हवा में फैल गई थी। साथवाली कतार में एक राइट हैंड ड्रायव की एअरकंडीशंड गाड़ी में से चश्मेवाले बूढ़े ड्राइवर ने शीशा खोलकर सिर बाहर निकाला और हमारी ओर मुखातिब हो बोल उठा, "हमारी सरकार निकम्मी हो चुकी है। तीन महीनों में तीन बार साबित हो चुका है। ऐसी तबाही हमने अपनी अब तक की जिन्दगी में नहीं देखी, अब बुढ़ौती में क्या मालूम, क्या कुछ देखना बदा है। खुदा से पूछने को दिल करता है—तुम हय किदर ?" वह आसमान की ओर देखकर हाथ झटका रहा था।

"सुनते हैं, डेढ़ सौ लोग मर गया है, जान-माल का बहुत नुकसान हुआ है।" मीराज़ अपने को सँभालकर बोल रहा था, "अब उन बेचारों का क्या कसूर था ?"

"कसूर किसका है भाई ? हमारा, हम जो नेताओं की शतरंज के मोहरे बने हुए हैं। जाहिल हैं हम। जान लेनी है तो हुकूमत में घुसो। उन्हें मारो, जो अपनी गद्दी की खातिर तुम्हें लड़वा रहे हैं। क्यों राह चलते बेगुनाह इन्सान की जान ले रहे हो।" वह बूढ़ा भरा बैठा था, "तीस साल से डिरेवरी कर रहा हूँ, ऐसा कभी नहीं देखा। यह शहर अब रहने लायक नहीं रहा।"

"ऐसा जबर्दस्त बम फटा है कि लड़ाई के मैदान में क्या फटेगा। देश को बर्बाद करके क्या हासिल होगा। कौन लोग हैं, क्या चाहते हैं, कुछ समझ में नहीं आता।" पीछे खड़ी गाड़ीवाले ने ऊँची आवाज़ में कहा।

"अपुन सोचते थे, दंगों में सिरिफ़ ग़रीब का झोंपड़ा फूँका जाता है, जिनको रोटी नसीब नहीं, जान उसी की जाती है। अब बड़े-बड़े बैंकों और एअरकंडीशंड दफ्तरों में भी जान की कीमत दो कौड़ी की नहीं रही।" मीराज़ बोलते-बोलते एकाएक चुप हो आया।

"हम तो इस शहर को राम-राम करके अपने गाँव चले जाएँगे। एक जून खाना खाएँगे, पर चैन से रहेंगे तो।" गुस्से में सुर्ख लाल होते चेहरे से बूढ़े ड्राइवर ने जैसे अपने से ही कहा और गाड़ी आगे बढ़ा दी।

मीराज़ उसकी उत्तेजना पर फीकी हँसी हँस दिया। ऐसी हँसी जिसमें 'जीना यहाँ,

मरना यहाँ' की बेबसी भी शामिल थी। मीराज़ का बूढ़ा बाप, जो मीराज़ से पहले इसी कम्पनी में ड्राइवर था, अपने गाँव आज़मगढ़ लौट गया था। मीराज़ के परिवार को भी वह ले जाना चाहता था, पर मीराज़ ने मना कर दिया। मीराज़ के मुहल्ले के कई संगी-साथी मजदूर-कारीगर-बढ़ई अपने गाँव लौट गए थे। वह नहीं जा पाया। अब यहाँ के दंगों में जान जाए या बचे, मरते दम तक रहना तो यहीं है। मीराज़ को किस्मत और नियति पर भरोसा था। एक बार उसने कहा था—मौत आनी ही है, तो गाड़ी चलाते हुए, घर बैठे भी आ सकती है। बाढ़, सूखा, भूकम्प से भी तो कितनी ही जानें जाती हैं। फिर जान के डर से कोई अपना घर छोड़कर भाग जाए क्या ? इस शहर ने पता नहीं कैसे रेशमी धागों से उस जैसे लाखों कामगारों को बाँध रखा है। यह बेमुरव्वत शहर रोज़ी-रोटी भी तो देता है, जो ज़िन्दा रहने की पहली शर्त है।

वर्ली में बसों और गाड़ियों की कतार में जहाँ भी सिग्नल पर गाड़ी रुकती, गाड़ियों में अनजाने चेहरे इसी चर्चा पर उतर आते। सत्रहवाँ रोज़ा रखे हुए मीराज़ शायद प्यास से बेहाल था। वह चुपचाप दूसरों की बातें सुन रहा था।

सिग्नल पीला हुआ, तो मीराज़ ने बेसब्री से सामने खड़ी बस को दाएँ से ओवरटेक कर अपने लिए रास्ता निकालना चाहा, पर मैंने उसे रोक दिया, "कोई जल्दी नहीं है। मीराज़, इत्मीनान से गाड़ी चलाओ।" बस सिग्नल क्रॉस कर चुकी थी। हमें इस ओर ही रुक जाना पड़ा। मीराज़ खीझ ही रहा था कि एक बार फिर जबर्दस्त धमाका सुनाई दिया। इस बार के धमाके की तेज़ी और ज़मीन की थरथराहट किसी युद्ध के मैदान में पैटन टैंक के धमाके से कम नहीं थी। उतनी चौड़ी सड़क पर एक सिरे से दूसरे सिरे तक आग-ही-आग थी और उस आग के घने अम्बार में बस और गाड़ियों के लोहे और टीन के पतरे, रॉड उछलकर तड़तड़ाती हुई आवाज़ के साथ स्लो मोशन में इधर-उधर छितरा रहे थे। मौत हमारे आगे थी और हम उसके सामने खड़े यह भयावह दृश्य देख रहे थे। आग के बगूलों में खून का लाल रंग घुला हुआ दिखाई दिया और इसके साथ ही चलते-फिरते इन्सान मांस का लोथड़ा बनकर हवा में तिर रहे थे। तीन मकानों के छज्जे टूटकर गिर चुके थे और सड़क का वह हिस्सा खँडहर में तब्दील हो चुका था। लोग सड़कों पर बदहवास भाग रहे थे।

"गाड़ी घुमा लो, चलो यहाँ से वापस।" मैं चिल्लाई। विनाश का ऐसा क्रूर तांडव सामने देखकर सारी इन्द्रियाँ जड़ हो गई थीं। पर्दे पर देखी गई किसी अंग्रेजी फिल्म के वीभत्स दृश्यों में और आँखों के सामने पूरी सड़क पर बसों और गाड़ियों के परखचों के साथ-साथ इन्सान के अंग-प्रत्यंगों के चिथड़े उड़ते देखना कितना खौफनाक अनुभव है, यह उस वक्त महसूस हो रहा था।

मैंने सिर ऊपर उठाया तो गाड़ी अब सुरक्षित सड़क पर थी, जहाँ आग की लपटों ने आसमान को ढका नहीं था। आसमान साफ था, पर नीचे धधकती आग की चिनगारियाँ अब पूरे शहर के माहौल पर हावी हो चुकी थीं। दुकानों के शटर धड़ाधड़ गिराए जा रहे थे और लोग एक बदहवासी की हालत में यहाँ से वहाँ दिशाहीन भाग

रहे थे। सामने का सीधा रास्ता और बाईं ओर का रास्ता बन्द किया जा चुका था। हमारे पास अपने गंतव्य से विपरीत दिशा की ओर जाने के अतिरिक्त कोई रास्ता नहीं था।

गाड़ी तुलसी पाइप रोड पर दूसरी गाड़ियों की कतार के साथ रेंग रही थी। इस रास्ते को छोड़कर बाकी सारे रास्ते बन्द थे। मैंने घड़ी देखी, साढ़े तीन बज रहे थे। मैंने मीराज़ को गाड़ी रोकने को कहा। बाईं ओर गाड़ी रुकवाकर मैं पागलों की तरह एक के बाद एक दुकानों में चक्कर काटती रही कि कहीं से घर पर फोन कर दूँ कि जलते हुए शहर के बीच मैं सही-सलामत हूँ, पर अधिकांश दुकानों पर फोन नहीं थे, जो थे वे काम नहीं कर रहे थे। फिर से गाड़ियों की कतार में शामिल हो जब हम माटुंगा पहुँचे तो चौराहे पर एक ईरानी रेस्तराँ तोड़ा जा चुका था। उससे कुछ फर्लांग आगे एक बूढ़ा फलवाला लकड़ी की टूटी हुई पेटियों में सड़क पर बिखरे फल समेट रहा था और आने-जानेवाले हर आदमी पर गालियाँ उछाल रहा था।

"मैडम, हमें इसी का अन्देशा था, शहर में दंगे फिर भड़क गए हैं।" मीराज़ की आवाज़ लड़खड़ा रही थी, "हमें वहीं से सीधे घर की ओर चले जाना चाहिए था, पर हमने सोचा, आपका कोई भी काम आज हो नहीं पाया है।" बम्बई की हमेशा रौनकवाली सड़कें मुर्दा पड़ी थीं। राह चलते लोग घरों या दुकानों में कैद हो गए थे।

कुछ मिनटों के बाद ही हमने देखा कि ट्रैफिक पुलिस के निर्देशानुसार दाएँ से बाएँ और बाएँ से दाएँ की कई छोटी-बड़ी सड़कें-गलियाँ नापते हम एक चक्रवात में घिर गए थे। सड़कें एकाएक सुनसान हो गई थीं। सड़क पर चलती पैदल औरतों और बच्चों को सुरक्षा के तहत पुलिस की बन्द वैन में ठूँस दिया गया था। जैसे ही गाड़ी एक गली में घुसी, दूर से ही हमने देखा, बीस-बाईस साल के कुछ नौजवान लाठियाँ और लोहे की छड़ें घुमाते गली के दूसरे सिरे तक पहुँच चुके थे। ऊपर गगनचुम्बी अट्टालिकाओं से ढके हुए आसमान और नीचे आँखों में नफरत और हिंसा का जुनून लिए लाठियाँ घुमाते नौजवानों के बीच एक अजीब-सा विरोधाभाव टँगा था। विज्ञान ने आदमी को कहाँ-से-कहाँ पहुँचा दिया है, पर आदमी की लाठी और भाले-बर्छेवाली आदिम हिंसक प्रवृत्ति में कहीं कोई बदलाव नहीं आया। उस वक्त जलते हुए शहर और मरते हुए लोगों के बीच हमारा किसी से कोई सरोकार नहीं था। सबसे कीमती चीज़ थी—अपनी ज़िन्दगी और सबसे बड़ी प्रतिबद्धता थी—अपने को ज़िन्दा रख पाना।

कुछ सेकेंड का ही फर्क था—मौत और ज़िन्दा रहने के बीच। कौन जाने, आगे भी रास्ते में मौत खड़ी मिले और हमारी ज़िन्दगी का यह आखिरी दिन हो। शायद मीराज़ भी यही सोच रहा था। 'पता नहीं, आज किसका मुँह देखकर उठे, अपने को आग के मुँह में झोंकने चले आए हैं,' मीराज़ कह रहा था, "आपको सही-सलामत घर पहुँचाना है, बेबी राह तकती होगी।" मीराज़ को शायद अपना अली नवाज़ भी याद आ रहा था।

मुझे बरबस याद आया—लाहौर में सन् सैंतालीस के दंगों की बहुत-सी घटनाएँ दादा अक्सर बताया करते थे। शहर में जब ऐसे दंगे छिड़ते हैं, आदमी अन्धा हो जाता है।

वह अपने यार-दोस्त, पड़ोसी, सबको भूल जाता है। मजहब उसे पागल बना देता है। इन्सान इन्सान के खून का प्यासा हो उठता है। लाहौर में उन दिनों ऐसा ही जुनून सवार था। दादा के एक दोस्त इस जुनून की बलि चढ़ गए थे। वह रोज़ लॉरेंस गार्डेन घूमने जाया करते थे। उस दिन सबने मना भी किया कि शहर की हवा अच्छी नहीं, आज सैर का नागा करें, तो बेहतर है, पर वे ठहरे हरफनमौला, कहने लगे—मेरे तो सब बचपन के यार हैं, मुझे किसी से क्या डर ! उठाई सोटी (लाठी) और निकल पड़े रोज़ की राह। बस, वो जो निकले, फिर कभी नहीं लौटे। लाश भी नहीं मिली उनकी। ऐसे सैकड़ों हादसे हमारे परिवार में हुए थे। दादा के बहनोई बड़े बेफिक्र होकर अनारकली बाजार से दूध लेने गए कि मुझे शहर का बच्चा-बच्चा पहचानता है, मुझे भला कोई क्यों मारेगा, लेकिन वह गफ़लत में थे। अनारकली बाज़ार में वह किसी छुरे का शिकार हो गए। मुझे एक के बाद एक घटनाएँ याद आ रही थीं...आज हो सकता है, हम भी घर न लौटें। मैं अपने पति को बोलते हुए सुन रही थी...आय लॉस्ट माय वाइफ़ इन बॉम्बे, ऑन अ ब्लैक फ्रायडे...शायद अली नवाज़ भी कहे—जुम्मे के दिन उसके अब्बा...

"हमें गाड़ी यहीं छोड़कर कहीं रुक जाना चाहिए।" मीराज़ ने गाड़ी की रफ्तार कम की। पूरी सड़क खाली थी।

"किसी भी गेट के भीतर गाड़ी ले लो।" मैंने कहा। और देखा—दाएँ-बाएँ सभी मकानों के कम्पाउंड के मेन गेट बन्द किए जा चुके थे। कुछ आगे बढ़े तो एक खुला गेट देखकर मीराज़ ने गाड़ी अन्दर कर दी। वहाँ पार्क की गई सभी गाड़ियों की चारों खिड़कियों के काँच चकनाचूर थे। यह किसी इलेक्ट्रॉनिक कम्पनी का ऑफिस था। भीतर खासी भीड़ जमा थी। ऑफिस के कर्मचारियों ने बताया कि यह शहर का सबसे संवेदनशील इलाका है, दोनों ओर दो अलग सम्प्रदायों के लोग रहते हैं। दंगे हमेशा इसी इलाके से शुरू होते हैं।

हम जैसे कुछ और लोगों ने वहाँ पनाह ली थी और एक तरह से वह शरणार्थियों का जमघट दिखाई दे रहा था।

"अब यह शहर रहने लायक नहीं रहा।"

"राजनीति ये लोग करते हैं, मरते हम सब हैं।"

"इतने पावरफुल बाम्ब ब्लास्ट हिन्दुस्तान की किसी भी राजनीतिक पार्टी के बस की बात नहीं है। इसमें विदेशी हाथ है।"

"आम आदमी पर दुतरफा मार है। विदेशी उस पर बम बरसा रहे हैं और उसके अपने उस पर लाठियाँ।"

"सुबह घर से निकलो तो भरोसा नहीं रहता कि शाम आप वापस लौटेंगे या नहीं।"

क्षुब्ध लोगों की भीड़ में जुमले उछल रहे थे। उस भीड़ में एक अकेला आदमी एक कोने में खाली-खाली आँखों से सबको देख रहा था। किसी ने बताया कि उसी दिन बारह बजे पैदा हुए उसके बच्चे ने बम के धमाके से दम तोड़ दिया था। वर्ली के उस नर्सिंग होम में दो नवजात शिशु इस दुनिया में आँखें खोलने के साथ ही हमेशा के लिए आँखें

मूँद लेने को मजबूर कर दिए गए थे।

लगभग एक घंटा वहाँ रुकने के बाद हमें लगा कि रास्ता खुल गया है। पुलिस वैन से बच्चों और औरतों को उतार दिया गया था। इक्का-दुक्का गाड़ियाँ उस सड़क से गुज़र रही थीं। बाहर गाड़ियों की बेतरतीब कतार और लोगों के चेहरों पर बदहवासी में शहर का तनाव स्पष्ट था। माहिम कॉज वे की उस हाई वे नुमा सड़क पर तीन-चार टैक्सियाँ, स्कूटर, साइकिलें जली हुई पड़ी थीं। गाड़ियों की लम्बी कतार के आगे अब भी कुछ हिंसक घटनाएँ हो रही थीं। स्कूलों से लौटते बच्चे गाड़ियों की खिड़की के काँच चढ़ाकर सिर नीचे कर दुबके हुए बैठे थे। ट्रैफिक बन्द पड़ा था।

पास की फिशरमैन कॉलोनी से कुछ औरतें गोद में बच्चे लिए आधा मुँह कपड़े से ढँके, जली हुई गाड़ियों से उठता हुआ धुआँ देख रही थीं। और उनके मर्द उन्हें घुड़ककर बार-बार भीतर झुग्गियों की ओर धकेल रहे थे।

फुटपाथ पर खड़े, पसीने से तरबतर, दो हट्टे-कट्टे नौजवानों ने हाथ में थामे हुए बड़े से पत्थर ज़मीन पर डाल दिए और अकड़कर चलते हुए पार्ले की कोल्डड्रिंक वैन की ओर बढ़े। वैन से उन्होंने थम्सअप की दो बड़ी बोतलें उठाईं और गाड़ियों के बीच में से रास्ता निकालते हुए बड़ी दादागिरी से बोतलों का ढक्कन दाँतों से खोल उतनी ही उद्दंडता से बोतल को मुँह से लगाकर पीने लगे। शायद वे लाठियाँ और छड़ें घुमाकर और चमचमाती गाड़ियों को तोड़ने-फोड़ने और फूँकने के बाद काफी थक गए थे। किसी सभ्य नागरिक में उन्हें रोकने का साहस नहीं था। मीराज़ ने उन पर एक जलती हुई निगाह डाली और फिर मुझे देखकर आँखें झुका लीं।

सड़क के दूसरे किनारे पर पुलिस की गाड़ी से बड़े ओहदोंवाले दो अफसर वायरलेस हाथ में लिए बाहर निकले और पाँच मिनट बाद ही गाड़ियों की कतार सरकने लगी।

दस कदम आगे एक दाढ़ीवाला गोरा-चिट्टा आदमी ज़ख्मी हालत में रोड-डिवाइडर पर खड़ा था। दोनों ओर से दो हवलदार उसे सहारा दे रहे थे। उसका सफेद सफ़ारी सूट खून से बुरी तरह भीगा हुआ था। शायद बाईं ओर जलती हुई एक नई मारुति उसकी ही थी। भीड़ के जुनून का शिकार वह हिन्दू था या मुस्लिम, नहीं मालूम। सिर्फ दाढ़ी रख लेने से कोई मुसलमान नहीं हो जाता। सफेद पोशाक पर बहता हुआ उसका खून सुर्ख लाल था। उस खून पर भी नहीं लिखा था कि वह किस धर्म का है। उसे वैसी स्तब्ध पथराई-सी हालत में लगातार देख पाना तकलीफ़देह था। मीराज़ ने उसे देखकर दोनों हाथ ऊपर किए और हताशा से सिर झटक दिया। गाड़ी अन्य कारों के काफ़िले के साथ धीमे-धीमे आगे सरकनी शुरू हो गई थी। मौत को इस तरह आस-पास छितराए देखकर वह समझ नहीं पा रहा था कि हम अपने ज़िन्दा होने और अपने घर की ओर आगे बढ़ने को नियति मानें या संयोग। तारीख और वार मेरे सामने से गायब थे। यह 12 मार्च, 1993 का शुक्रवार नहीं था। यह आदिम काल से चला आ रहा एक ऐसा दिन था जहाँ से चौपाए आदमी के हाथ और पैर अलग हुए थे, उसने दो पैरों पर सीधे खड़े रहना सीख लिया था और उसके ऊपरी हिस्से में फिट 'दिमाग़' नाम की चीज़ ने

काम करना शुरू कर दिया था। हिंसा का जो तांडव आज मैं देख रही थी, वह हज़ारों सालों से इन्सान देखता आ रहा था। महाभारत काल से या शायद उससे भी पहले से। चींटियों की तरह रेंगते चलते लोग, चींटियों की तरह मारे जाते लोग।

आखिरकार घर सामने था। साढ़े पाँच बज रहे थे। मीराज़ ने नीचे ही मुझे गाड़ी की चाभियाँ थमा दीं। उसके अफ़्तार का वक्त हो रहा था।

कमरे में बदहवास-सा घुसते ही नीली चारखानोंवाली कमीज़ और सलेटी ट्यूनिकवाली स्कूल ड्रेस पहने मेरी बेटी मुझसे लिपट गई, "माँ, आप कहाँ चले गए थे। अभी डेढ़ घंटा पहले सी रॉक में ब्लास्ट हुआ। ऊपर एक हेलिकॉप्टर घूम रहा था। लग रहा था, जैसे किसी दूसरे कन्ट्री ने हम पर अटैक कर दिया है। आपने फोन क्यों नहीं किया। हमें इतना डर लग रहा था।" मैं सिसकती हुई बेटी के सिर पर हाथ फेरती सोच रही थी कि मैं उन खुशकिस्मत लोगों में से हूँ, जो घर वापस लौट आए, लेकिन मेरे जैसे न जाने कितने लोग थे जो आज की सुबह घर से निकले और फिर वापस नहीं आए।

रात, दूसरे शहर से पति का फोन आया। हम सब ठीक हैं, जानकर उन्हें तसल्ली हुई। मैंने बताया कि मैं बैंक भी गई थी और फिर माहिम के दंगों में फँस गई थी। पति ने कहा कि वह कल लौट रहे हैं, आकर सब सुनेंगे।

शहर में हुए तेरह बम विस्फोट की खबरों से दूसरे दिन अखबार भरा पड़ा था। स्टॉक एक्सचेन्ज के बाहर वह वड़ा-पाववाला, मोसम्बी के जूसवाला, लस्सी बनानेवाला वह 17 साल का लड़का—सब मारे जा चुके थे। अखबार की पूरी खबरें पढ़ने की मेरी हिम्मत नहीं हुई। दोपहर के अखबारों में आदमी के छितराए हुए अंग-प्रत्यंगों की वीभत्स तस्वीरें भी खबरों के साथ चस्पाँ थीं।

वक्त पर मीराज़ आया। गाड़ी की चाभियाँ लेते हुए उसके चेहरे पर अनकही कृतज्ञता और सुकून का मिला-जुला भाव था। "कल रात भर हम सो नहीं पाए। हमें अपने लिए डर नहीं था, गाड़ी के टूट-फूट की भी चिन्ता नहीं थी। आप सही-सलामत पहुँच जाएँ, बस इतना ही चाहते थे," मीराज़ कह रहा था।

"खुदा ने हमारी बात रख ली, वरना न जाने क्या हो जाता।" मीराज़ ने फिर बताया कि उसकी बीवी मुमताज़ ने जब शहर में बम फटने की खबर सुनी तो रो-रोकर आँखें लाल कर ली थीं। अली नवाज़ बुखार में पड़ा है। जब मीराज़ घर पहुँचा तो दोनों ऐसे लिपट गए, जैसे वह कोई जंग जीतकर आया है। रोज़ा तोड़ने के बाद मीराज़ अपने दूसरे साथियों के साथ हिन्दुजा अस्पताल में खून देने चला गया था। अस्पताल के बाहर घायल लोगों के रोते-बिलखते सम्बन्धियों का काफिला जमा था। खून देनेवालों की क्यू बहुत लम्बी थी। वहाँ सभी धर्मों और जातियों के लोग थे। हिन्दू भी थे, मुस्लिम भी और सिख भी। लगभग सवा घंटा खड़े रहने के बाद उसका नम्बर आया। वहाँ जाकर एक बार फिर मीराज़ की इन्सान में आस्था लौट आई थी। मीराज़ कह रहा था, "कोई भी इन्सान

बुरा नहीं होता। ये पता नहीं कौन-से दरिन्दे हैं जो उनसे ये सब करवाते हैं। ऐसे लोगों को सूली पर चढ़ा देना चाहिए, लेकिन यह काम करे कौन ?'' वह बड़े आवेश में था।

पति का प्लेन लेट था और हमेशा की तरह उन्होंने मीराज़ के हाथ सामान घर भेज दिया और खुद दूसरे अफसर के साथ एयरपोर्ट से ही सीधे ऑफिस चले गए।

रात को वह देर से लौटे और खाना खा चुकने के बाद अपनी रूटीन के मुताबिक बेडरूम में अपने गावतकिए पर टिके हाथ में रिमोट लेकर उससे खिलवाड़ करने लगे। जैसे ही मैं पास आकर बैठी, वे बोल पड़े—''सब जगह धाँधली है। मेरा ट्रिप फ़िज़ूल गया। कम्पनी को अब भी इम्पोर्ट लाइसेंस नहीं मिल पाया।''

''अच्छा...और यहाँ जो कुछ हुआ, उसका आप अन्दाज भी नहीं लगा सकते। मैं यूनियन बैंक से निकली ही थी कि...''

''तुम्हें वहाँ जाने की ज़रूरत क्या थी ?'' पति ने मेरा मुँह खुलने से पहले ही तोप-सा सवाल दागा।

''मुझे मालूम थोड़े ही था कि यह होगा।'' मैं मायूस हो गई।

स्क्रीन पर माधुरी दीक्षित कूल्हे मटका रही थी।

''कल की डाक लाना ज़रा।'' पति ने चैनल बदल दिया।

''कल डाक कहाँ आई !'' मैंने बेमन से उत्तर दिया।

''क्यों ? शुक्रवार को डाक नहीं आती ?''

''आती है, पर कल नहीं आई।'' मैंने खीझकर कहा।

पति ने जी.टी.वी. के रिकॉर्डेड प्रोग्राम का कैसेट चला दिया। स्क्रीन पर उत्तर प्रदेश के मुख्यमन्त्री हँसते हुए कह रहे थे, ''एक ओर रामजी का आदेश था, दूसरी तरफ कोर्ट का ऑर्डर, मैं किसका आदेश मानता ?''

''इसे ईरेज़ नहीं किया तुमने ? और कल का वह प्रोग्राम रिकॉर्ड भी नहीं किया ?''

''नहीं, मुझे याद नहीं रहा। कल मैं बहुत परेशान थी। तुम्हें फ़ोन पर पूरी बात कहाँ बताई, मैं...''

पति ने फिर चैनल बदल दिया। स्पोर्ट्स चैनल पर मोनिका सेलेस और स्टेफ़ीग्राफ़ का टेनिस का कोई पुराना गेम चल रहा था।

''मैं माहिम के दंगों में फँस गई थी।'' मैंने अपनी बात जारी रखी, ''तुम सोच नहीं सकते कि उस लाठीवाली अन्धी गुस्सैल भीड़ के बीच कैसा महसूस हो रहा था। सिर के चारों तरफ मौत मँडरा रही थी।''

अब स्टार टी.वी. पर मधुर जाफरी बासमती चावल का पुलाव पकाने की विधि बता रही थी।

''मुझे अब भी भरोसा नहीं होता कि मैं बचकर वापस आ गई हूँ।'' मैं अपनी बात पर लौट रही थी।

''आगे से ये सब एडवेंचर्स मत करना।'' पति ने निहायत ठंडे और सपाट लहजे में कहा और चैनल बदल दिया।

अब एम.टी.वी. पर मैडोना थी और मेरे पति का पसन्दीदा गाना, ''इट यूज्ड टू बी माय प्लेग्राउन्ड...''

''मैं वहाँ एडवेंचर्स करने नहीं गई थी। तुम अपनी आँखों से देखते, तो...'' मैं अपने जुनून में बोलती जा रही थी कि देखा, पति मैडोना की नशीली आँखों और सुरीली आवाज़ में खो चुके थे।

मुझे अपनी बेवकूफी का एहसास हुआ। मैं एक ऐसी घटना बयान कर रही थी, जिसे अतीत हुए बत्तीस घंटे बीत चुके थे। बत्तीस घंटे यानी एक हज़ार नौ सौ बीस मिनट यानी एक लाख पन्द्रह हज़ार दो सौ सैकेंड और शहर की सुपरफ़ास्ट ज़िन्दगी जीनेवाले लोगों के लिए यह एक लम्बी अवधि थी।

अगले दिन न मीराज़ ड्यूटी पर आया, न अहमद। अलबत्ता अखबार समय पर आ गया था। पति खीझते हुए अखबार पढ़ते रहे। अखबार में प्रधानमन्त्री के आने की सूचना थी। वह अपने सारे ज़रूरी कार्यक्रम स्थगित कर घटना-स्थल का मुआयना करने महानगर आ रहे थे। कुछ उसी अन्दाज़ में, जैसे दुर्घटना घट चुकने के बाद पुलिस अपनी लाठियाँ फटकारती हुई जाँच-पड़ताल करने दुर्घटना-स्थल पर पहुँचती है। जब दंगों के दौरान वह बम्बई आए थे तो अपनी बुलेटप्रूफ कार के बन्द शीशों के भीतर से ही दंगाग्रस्त इलाकों का जायज़ा लेकर लौट गए थे। इस बार वे बुलेटप्रूफ कार से नीचे उतरे और हेलमेट पहन एयर इंडिया बिल्डिंग के तल-कक्ष में बम-विस्फोट से हुए खँडहर के मलबे को परखी नज़रों से देखते हुए सुरक्षा गार्डों की ओट लेकर सुरक्षित वापस लौट गए। दूरदर्शन ने सबसे दक्ष कैमरामैन को भेजकर उनकी बम्बई यात्रा को कवर किया।

इस बार महानगर की दौड़ती-भागती, बहती-चलती ज़िन्दगी के तेज प्रवाह को कोई रोक नहीं पाया, महानगर की लोकल ट्रेनें हमेशा की तरह खचाखच भरी थीं। शहर अपनी रफ्तार पकड़ चुका था। शहर को सलामी देते जहाँ-तहाँ साइनबोर्ड लगे थे—'सलाम बॉम्बे,' 'बॉम्बे, आय एम प्राउड ऑफ़ यू।'

इस बार बम विस्फोट से मरनेवालों के लिए कोई शोक-सभाएँ आयोजित नहीं की गईं। इस हादसे के पीछे बड़ी ताकतें थीं। उनका बड़े पैमाने पर मुआयना होना था। उनसे उलझना आम आदमी के बस का नहीं था। अब यह हादसा सिर्फ उनके ज़ेहन में दर्ज था जिनके भाई-बेटे-पिता या दूसरे नाते-रिश्तेदार इसकी भेंट चढ़ चुके थे या अपाहिज होकर अस्पतालों या घरों में पड़े थे।

शाम को पति ऑफिस से लौटे और गले से टाई ढीली करने के बाद बोले—तुमने शर्मा

साहब के बारे में कुछ सुना ? उन्होंने शेयर मार्केट से घर पर फ़ोन किया था कि वे ठीक-ठाक हैं और सीधे घर आ रहे हैं, वहाँ से सेंचुरी बाज़ार गए और ब्लास्ट में मारे गए। आज उनकी जली हुई कार की शिनाख्त हुई है, अन्दर उनकी बॉडी भी बुरी तरह जली हुई मिली। वहाँ कल जाना पड़ेगा। और हाँ, आज अहमद ऑफिस में देर से आया। बता रहा था कि मीराज़ के बेटे की डेथ हो गई।

मुझ पर हथौड़ा-सा पड़ा। "अली नवाज़ ?" मैं बुदबुदाई।

"अली नवाज़ ? कौन अली नवाज़ ?" पति अजीब-सी नज़रों से मुझे देखने लगे।

दो दिन से हादसों और मौत के आँकड़ों से सुन्न हुए दिमाग तक इस सूचना को पहुँचने में कुछ समय लगा। क्या इन हादसों ने हमें इतना असंवेदनशील बना दिया है कि कोई भी मौत हमारे लिए एक सूचना भर है ?

"नवाज़—मीराज़ का बेटा।" मेरे गले में शब्द फँस रहे थे, "क्या हुआ था उसे ?"

"कुछ भी नहीं, सिर्फ बुखार हुआ था। मुझे ठीक से पता नहीं। शायद रिटार्डेड था। मालूम नहीं," पति ने कन्धे उचका दिए, "बहुत बुरा हुआ ! इतने दिनों बाद तो उसके घर कोई औलाद हुई थी।"

मैं चुप रही। रिटार्डेड तो वह नहीं था। दंगों की दहशत ने उससे उसकी ज़बान छीन ली थी, पर वह तो ठीक हो रहा था। मीराज़ ने कहा था—वह अब बोलने की कोशिश में मुँह खोलने लगा है। मीराज़ को उम्मीद बँध रही थी कि वह बोलने लगेगा।

अहमद ऊपर गाड़ी की चाभी देने आया तो मैंने उससे कहा कि मैं कल उसके साथ मीराज़ के घर जाना चाहती हूँ। अहमद मेरी बात का उत्तर देने के बजाय इज़ाज़त के लिए अपने साहब की ओर देखने लगा।

"परसों मैं बम्बई से बाहर जा रहा हूँ, तब चली जाना," पति ने अहमद के सामने कहा, फिर कमरे में आते हुए बोले, "जिसे जाना था, वह चला गया। अब तुम जाकर उन्हें परेशानी में ही डालोगी...सोच लो।"

अगले दिन हम शर्मा साहब के सियापे में हो आए। उनके बूढ़े माँ-बाप बिलख रहे थे। उनकी पत्नी होश में नहीं थी। वहाँ कोहराम मचा था। हर जगह एक ही चर्चा थी—'जाको राखे साइयाँ, मार न सकिहे कोय' और जिसे साईं मारना चाहे तो उसे कोई खुदा का बन्दा बचा नहीं सकता। यहाँ नहीं तो वहाँ, जमीन पर नहीं तो आसमान में, जल में नहीं तो थल में, विधाता का लेख कोई टाल नहीं सकता। ईश्वर उस मृत आत्मा को शान्ति दे और उसके परिवार को यह आघात सहने की ताकत और हौसला दे। सब उस सिरजनहार की माया है। यह बम का फटना तो भूचाल जैसी एक अनहोनी ही है। होनी या अनहोनी को टालना किसी इन्सान के बस में नहीं। नियति कितनी खूबसूरती से इन्सान के भीतर छिपे हैवानों की करनी पर परदा डालकर उन्हें फिर से इन्सान का दर्ज़ा दिला देती है।

तीन दिन बाद सुबह दरवाज़े पर मीराज़ था। उसकी सूनी खाली आँखों में दुबारा झाँकने की मेरी हिम्मत नहीं हुई।

"मैं तुम्हारे घर आज आनेवाली थी..." मुझे अपनी ही कही बात पर जैसे भरोसा नहीं हो रहा था।

"मालूम है, अहमद ने बताया था," मीराज़ की आवाज़ जैसे किसी खाई से उभर रही थी, "आपने इतना सोचा, वही काफी है। वह इलाका आपके जाने लायक नहीं...ग़लत मत समझें।"

मैं बहुत कुछ पूछना चाहती थी, पर कुछ भी पूछ नहीं पाई। क्या पूछ सकती थी मैं ? क्या बारह मार्च को मीराज़ के घर देर से वापस लौटने पर अपनी अम्मी का विलाप अली नवाज़ से झेला नहीं गया और उसका शरीर बगावत कर बैठा ? पर वह तो ठीक हो रहा था न ? अचानक सिर्फ़ बुखार से कैसे चला गया ? इस तरह ? क्या तेज़ बुखार से उसके हाथ-पैर ऐंठने लगे थे ? क्या डॉक्टर हमेशा की तरह देर से आया ? उसे बचाने की कोशिश क्यों नहीं की ? शायद वह बच सकता था। बहुत बुरा हुआ !...कब उसने आखिरी साँस ली ? कितने बजे ? उसकी अम्मी तो रो-रोकर पागल हो गई होगी ?... और उसकी दद्दू ?...सब पर कहर बरपा गया...च्च...च्च ! परवरदिगार तुम सबको हौसला दे...मीराज़ के सामने बोले जानेवाले इन जुमलों से बड़ा झूठ और क्या हो सकता था !

मेरी ज़बान पर ताला लग गया था। कुछ बोला नहीं गया था मुझसे। मौत पर अफसोस जाहिर करने की व्यावहारिकता मुझमें नहीं थी। मीराज़ किसी पत्थर के बुत-सा खड़ा था। और एक बेजान बुत से क्या कहा जा सकता था भला।

"हम अम्मी और अपनी औरत को छोड़ने गाँव जा रहे हैं," मीराज़ ने बिना आँखें झपकाए निहायत ठंडे स्वर में कहा, "वे अब उस घर में रहना नहीं चाहते।"

उस घर में...मैं समझ पा रही थी, जिस घर में नवाज़ धीरे-धीरे ज़िन्दगी की ओर लौटने की कोशिश कर रहा था और उस कोशिश को किसी ने बड़ी बेमुरव्वती से नाकाम कर दिया था।

"उन्हें छोड़कर हम वापस आ जाएँगे।" मीराज़ ने कहा और बग़ैर मेरे उत्तर की प्रतीक्षा किए धीरे-धीरे सीढ़ियों से नीचे उतर गया। वह न भी कहता, तो भी मुझे मालूम था कि वह लौट आएगा। उसी घर में। जाएगा कहाँ ! ●●

[हंस : दिसम्बर 1996]

ऑड मैन आउट उर्फ़ बिरादरी बाहर

सोमवार

स्टियरिंग व्हील पर चढ़े सॉफ्ट लेदर के कवर पर हाथ ज़रा बाईं ओर घूमे, एक्सेलरेटर पर पैर का हल्का-सा दबाव पड़ा और गाड़ी बगैर झटका खाए नजाकत से यों आगे बढ़ी जैसे पानी की लहरों पर फिसल रही हो।

"देखा ?" रोहन ने नथुने फुलाकर कहा, "मैंने कहा नहीं था, मारुति वैन थाउजंड रन्स लाइक मर्क। इट्स एन इंडियन मर्सिडीज़।"

पिछले छह महीनों से, जब से उसके पापा ने मारुति 1000 बुक की थी, रोहन हर रोज़ इस गाड़ी के सपने देख रहा था और बिला नागा कथावाचकों की तरह अपने इस 'पुष्पक विमान' की महिमा बाँचा करता था।

"मर्क माय फुट," डॉली ने अपने खास अन्दाज में मुँह बिचका दिया, "एज इफ आय हैव नॉट सीन मर्क, लन्दन में मेरे अंकल के पास मर्सिडीज ही है। जस्ट पुश अ बटन ऑन योर लेफ्ट और आगे-पीछे की कोई भी विंडो खोल लो, ऊपर की छत भी हटा सकते हैं।"

रोहन तिलमिला उठा, "डोंट टॉक फुलिश डॉली, मैं कार में लगे बटनों की बात नहीं कर रहा। आय'म सेइंग—इट्ज एज स्मूद एज मर्क।"

डॉली ने भी चुप रहना नहीं सीखा था। किसी भी मसले पर कैसी भी बहस हो, आखिरी वाक्य हमेशा उसका होता था, "एज इफ माय वन-वन-एट एन ई, इज नॉट स्मूद। रोहन, डोंट फुलाओ योरसेल्फ विद योर ग्रेट मारुति।"

"नो-नो, योर वन-वन एट-एन ई रन्स लाइक हेलिकॉप्टर-घर्र-र्र-र्र-र्र.." रोहन व्यंग्य करने में माहिर था।

तब तक गाड़ी अलिफ के घर के सामने थी। गाड़ी के अन्दर घुसते ही अलिफ ने रोहन की पीठ पर हाथ मारा, "वा-ऊ, व्हॉट अ कार। अब से हमेशा तेरी यही कार आएगी न ? व्हॉट फन।"

रोहन ने सिकन्दर के अन्दाज में डॉली की ओर देखा। डॉली गुस्से से दुहरी होकर खिड़की से बाहर देखने लगी। अलिफ की ओर उसने कनखियों से एक 'हुँह' उछाल दिया।

''डॉली, सुबू को किसका मुँह देखकर उट्ठी है ?'' अलिफ भौंचक-सा बोल उठा, ''तेरा मुँह थोड़ा टेढ़ा हो गयेला है ?''

''शट अप,'' डॉली आगबबूला हो गई, ''आईने में कभी अपना मुँह भी देखा है ?''

अलिफ और रोहन दोनों हँस पड़े।

''लेट हर जलो-भुनोफाई,'' रोहन ने कहा और अपने हैटवाले शोफर को आवाज लगाई, ''ड्राइवर जी, शैलजा के घर रोकिए, वो आज आ रही है।''

''यस-यस।'' शोफर ने गाड़ी की स्पीड कम की। गाड़ी के बदलने से उसका रुतबा बढ़ गया था। अपने ओहदे के साथ 'जी' जुड़ने से वह परम प्रसन्न था।

शैलजा गाड़ी के अन्दर सकुचाते हुए घुसी। उसे लग रहा था, वह गलत गाड़ी में बैठ रही है।

''हैलो रोहन,'' उसने पहले रोहन को पहचाना, फिर ड्राइवर को, ''यह तुम्हारी नई कार है ?''

''यस।'' रोहन ने गावस्कर स्टाइल में कॉलर ऊँचे किए और रोहन स्टाइल सवाल दाग दिया, ''शैलजा, आय होप योर शूज आर क्लीन ?'' शैलजा आहत हो गई। उसने सोचा था, कम-से-कम तीन में से कोई तो पूछेगा कि वह दो हफ्तों से स्कूल क्यों नहीं आई है। उसने धीरे से फुटमैट से पाँव ऊँचा करते हुए कहा, ''मैंने आज ही जूते पॉलिश किए हैं।''

''माय गॉड, तू खुद अपने जूते पॉलिश करती है ? व्हॉट डज योर मेड डू देन ?'' रोहन फौरन बोल पड़ा।

डॉली ने आँखें तरेरीं, ''लुक ऐट योर ओन शूज रोहन, तेरी मर्क डर्टी ना हो जाए।'' डॉली ने मर्क कहते हुए गर्दन को ज़रा-सा झटका दिया।

''मैं शैलजा से बात कर रहा हूँ। प्लीज माइंड योर ओन बिजनेस।'' रोहन दहाड़ा।

शैलजा अपने में सिमट गई। उसे लगा, वह फिजूल ही झगड़े का कारण बन गई है। यों भी इस कार में वह काफी अनईजी महसूस कर रही थी। नई कार के एअर-कंडीशन की नई ठंडक उससे बर्दाश्त नहीं हो पा रही थी।

''नो मोर फाइटिंग, प्लीज,'' पीछे की सीट पर बीच में बैठे अलिफ ने सामने बैठे रोहन और बगल में बैठी डॉली के बीच अपने दो हाथ ऐसे हाथ नचाए जैसे उसके दो हाथ न होकर चार हाथ हों।

''तूने मैथ्स का होमवर्क खत्म किया ?'' डॉली ने शैलजा से पूछा।

''हाँ, क्यों ?'' शैलजा ने उसी तरह फुटमैट से पाँव ऊँचे रखे-रखे कहा।

''अरे, क्यों क्या, शॉर्ट ब्रेक में मुझे मैथ्स की कॉपी दे देना। मुझे अपने आन्सर्स चेक करने हैं।'' डॉली ने शैलजा से कॉपी ऐसे माँगी, जैसे उसकी अपनी कॉपी शैलजा के पास गिरवी रखी हो। शैलजा ने सिर हिलाया। वह जानती थी कि उत्तर चेक करने के बहाने वह पूरे-के-पूरे सम्स कॉपी कर लेगी पर उसके पास कोई चारा भी नहीं था। उसे कार पूल में रहना है तो डॉली, रोहन और अलिफ की हर माँग को आँख मूँदकर

मानना ही पड़ेगा। हफ्ते में तीन दिन चार पहियोंवाली आरामदेह वातानुकूलित गाड़ियों में सफर करने की यह एक अलिखित शर्त थी।

स्कूल सामने था। रोहन का ड्राइवर अपनी हैट गाड़ी में छोड़ रोहन का भारी बस्ता और टिफिन का हॉट केस उठाए उसके पीछे-पीछे चला। रोहन फिर भी हाँफ रहा था।

स्कूल समाप्त होने पर फिर चारों बच्चे चमचमाती मारुति के पास इकट्ठे हुए।

"बैड डे फॉर मी, आय गॉट टू रिमार्क्स," रोहन ने कहा, "ये मैथ्स टीचर तो इतनी स्टूपिड है। रिमार्क्स तो ऐसे देती है जैसे टॉफियाँ बाँट रही हो। हाफ ऑफ माय क्लास गॉट रिमार्क्स।"

"मेरे सेक्शन में तो टीचर कभी रिमार्क्स नहीं देती। इनफैक्ट शी इज सो स्वीट।" शैलजा ने गम्भीरता से कहा।

"योर सेक्शन इज ग्रेट, मिस शैलजा," रोहन नकियाता हुआ बोला, "एनफ ऑफ स्टडीज।" डॉली ने कत्थक की एक मुद्रा में हाथ फैला दिए, "नो मोर स्कूल टॉक्स प्लीज़ ! व्हॉट इज टुडेज रिडल ?"

'व्हेन विल अ नेट होल्ड वॉटर ?" अलिफ ने तपाक से कहा। वह पूछने के लिए तैयार होकर आया था।

"क्या ? समझ में नहीं आया। प्लीज़ रिपीट इट," शैलजा ने पूछा।

"इसे हिन्दी में समझाओ," डॉली ने कहा और सब जोर से हँस पड़े। शैलजा का सफेद चेहरा शर्म से लाल हो गया। डॉली ने आज उसका सारा होमवर्क कॉपी कर लिया था और अब वह इसका बदला चुका रही थी।

"अनग्रेटफुल।" शैलजा ने सोचा। जब-तब वे सब मिलकर उसकी हिन्दी का मजाक उड़ाने लगते हैं।

"कबी एक नेट वॉटर को होल्ड करेंगा ?" अलिफ ने हिन्दी में समझाने की कोशिश की।

"नेवर ! इट विल ड्रेन आउट," डॉली ने जवाब दिया।

"एट जीरो आवर," रोहन ने तुक्का मारा, जब वह बर्फ बन जाएगा। "व्हेन द वॉटर टर्न्स टु आइस।" शैलजा को उत्तर मालूम था पर उसका मूड उखड़ चुका था। उस एअरकंडीशंड कार में उसे साँस लेने में दिक्कत हो रही थी।

अलिफ ने जवाब दिया और सबको अगले दिन एक-एक फाइव-स्टार चॉकलेट लाने को कहा।

"वाय फाइव-स्टार ? व्हेन यू लॉस्ट, यू गेव मी अ छोटा एक्लेयर ओन्ली।"

डॉली अलिफ से झगड़ रही थी। शैलजा को फिर बुरा लगा कि उसके उतरने पर किसी ने उसे बाय-बाय भी नहीं किया। वे तीनों चॉकलेट और एक्लेयर के झगड़े में उलझे हुए थे।

मंगलवार

आज अलिफ की बारी थी। अपनी टर्नवाले दिन कभी-कभी वह नरम-मुलायम, सफेद बालोंवाला अपना प्यारा कुत्ता भी ले आता था। उसे गोद में लेकर अपने ड्राइवर की बगलवाली सीट पर बैठकर वह पीछे इस तरह देखता था जैसे परी-कथाओं का कोई बेताज बादशाह अपनी प्रजा को दर्शन देने अपना गाउन सँभालते आ खड़ा हुआ हो।

''हाय पप्सू,'' रोहन ने कार में दाखिल होते ही पप्सू के सफेद बालों पर हाथ फिरा दिया। इसके साथ ही आगे की सीट पर झुकने से उसकी पानी की बोतल पप्सू पर लुढ़क गई।

''ओफ़ रोहन। बिहेव योर सेल्फ। पप्सू को इरिटेट करना नई, डोंट यू नो, स्पिट्ज आर वेरी टेम्परामेंटल। तुमको काट लेगा।'' रोहन ने अपना भारी बस्ता और लंच बैग कार की डिक्की में लुढ़काया और फिर पप्सू पर झुक गया, ''नो, ही इज अ वेरी गुडी-गुडी बॉय। पप्सू, कम टू मी ! कम पप्सू !'' रोहन अपनी गोद में कुत्ते को लेने के लिए बेचैन हो रहा था। कब से वह अपनी मम्मी से कह रहा है पर मम्मी को पता नहीं क्यों कुत्तों से चिढ़ है। इतनी बड़ी मारुति ले देंगे मगर एक छोटा-सा कुत्ता लेकर नहीं दे सकते। इसकी वजह से रोहन को अलिफ के सामने नीचा होना पड़ रहा है। रोहन को अलिफ से ईर्ष्या हुई—हाऊ लकी ही इज़ ! ही हैज सच अ लव्ली डॉग। पप्सू के रुई से मुलायम झक सफेद बालों के सामने उसे अपनी मारुति वन थाउजेन्ड भी फीकी लग रही थी।

''अलिफ थोड़ी देर के लिए लेट मी हैव हिम,'' रोहन फिर गिड़गिड़ाया।

''रोहन, पप्सू इज नॉट वेल,'' अलिफ ने रोहन को पीछे की सीट पर लगभग धकेल दिया। भारी-भरकम रोहन एक हल्के से धक्के से ही पीछे लुढ़क गया।

रोहन मुँह फुलाकर एक कोने में बैठ गया। डॉली का घर आया तो उसने दरवाज़ा खोला और डॉली अपना आर्ट बैग सँभालते हुए अन्दर घुसी।

''ओह ! पप्सू इज देअर,'' डॉली ने कहा और पप्सू अपनी लीश छुड़ाकर डॉली की ओर झपटा। इधर अलिफ ने उसे खींचा, उधर डॉली का हाथ बढ़ा, ''ई-ई-ई-क, मेरी ओर मत भेजना, मेरी स्कर्ट क्रश हो जाएगी। मेरा चार्ट पेपर खराब हो जाएगा। मेरा आज आर्ट पीरियड है...अलिफ, वाय यू हैड टु ब्रिंग हिम इन द कार।'' डॉली को कुत्तों से कोई लगाव नहीं था।

''मालूम है ये मेरे को आज आने को ई नई देता था। मैं आने को लगा तो ये डोर के बाजू में बइठ गया। मैंने कितना बोला—पप्सू, प्लीज लेट मी गो। अइसा क्यूट-क्यूट देखता था, बस। देन ही स्टार्टेड मनाओ मी। कबी हाथ लिक किया, कब्बी जूता, बट ही डिड नॉट हिलो फ्रॅम देअर। आय हैड टु ब्रिंग हिम।'' अलिफ ने पूरा किस्सा बयान कर दिया।

''अलिफ, शैलजा अभी नहीं आई। हूम आर यू गोइंग टु इम्प्रेस विथ योर ग्रेट हिन्दी,'' डॉली ने मुँह बिचका दिया।

"क्यों, मैं कुछ गड़बड़ बोला क्या ?" अलिफ ने आँखें चौड़ी कर दीं। शैलजा जैसे ही कार में अन्दर आई, उसकी ऊपर की साँस ऊपर और नीचे की नीचे रह गई। किसी भी कुत्ते को देखकर उसका रंग पीला पड़ जाता था। यों भी उसे कुत्ते के बालों से एलर्जी थी।

"प्लीज़, अलिफ, आय बेग यू, उसे..." शैलजा की घिग्घी बँध गई थी। वह डर से काँप रही थी।

"तू मेरी फाइव स्टार लाई ?" अलिफ ने रुआब जताते हुए पूछा।

"सॉरी, भूल गई, कल ज़रूर लाऊँगी।" शैलजा ने दोनों पैर सिकोड़कर हाथों में मुँह छिपाते हुए कहा।

"पप्सू, गिव हर अ नाइस बार्क।" अलिफ ने पप्सू की लीश थोड़ी ढीली की। मालिक का संकेत पाकर कुत्ता भी शेर हो उठा। जितनी बार पप्सू के भौंकने में तेजी आती, शैलजा की चीखें हाथों-पैरों के घेरे में बदहवास होती जातीं। "कम ऑन शैलजा, डोंट बी स्कयेर्ड यार। ही वोंट डू एनीथिंग।" लगभग एक मिनट तीनों बच्चे तालियाँ बजाकर इस तरह मजा लेते रहे जैसे साँप और नेवले की लड़ाई देख रहे हों। फिर अलिफ के ड्राइवर ने बीच-बचाव किया।

स्कूल आ चुका था। अलिफ ने पप्सू को दोनों कानों से पकड़कर गुदगुदा दिया, "बाय-बाय, पप्सी।" रोहन ने भी पप्सू के मुँह-से-मुँह सटाकर उसे किस किया और कहा, 'वेल डन, पप्सू !"

जब तक शैलजा हारे हुए खिलाड़ी की तरह बाहर निकलीं, बाकी तीनों स्कूल के गेट के अन्दर थे।

शैलजा और डॉली स्कूल के बाद इन्तजार कर रही थीं। रोहन अपनी टेनिस कोचिंग के लिए जिमखाना चला गया था। अलिफ अपने जूते हाथ में उठाए कार में घुसा। गाड़ी की अगली सीट पर पप्सू को न देखकर शैलजा की जान में जान आई।

"ये तुमने जूते हाथ में क्यों पकड़े हैं, अलिफ ?" डॉली ने बैग गाड़ी में फेंकते हुए पूछा।

"पुराना जूता पप्सू काट खाया। कल नवाँ जूता लिया, इट्स सो अनकम्फर्टेबल।" अलिफ ने जूतों को गुस्से से पटक दिया।

"तो क्या हुआ ? तुम्हारा डार्लिंग कुत्ता है।" डॉली ने कहा।

"डॉली, नेव्हर अगेन यू डेअर कॉल हिम कुत्ता," अलिफ गुर्राया।

"अरे, कुत्ते को कुत्ता नहीं बोलूँ तो क्या बोलूँ ?" डॉली कब किसी से डरनेवाली थी।

"पप्सू बोलो। जूता काटा हय तो मेरा काटा, तेरे को क्या ?" अलिफ ने कहा।

"मेरे को क्या," डॉली ने मुँह बिचका दिया, "अब नवाँ जूता पैर को काटता है

तो काटने दो, मेरे को क्या।''

''काटता है जूता तो क्या हुआ ? पैर में न सही, सिर पर रख डोलो।'' शैलजा ने कविता की पंक्तियाँ धीरे-से दोहराईं जो उसे कल हिन्दी एलोक्यूशन में बोलनी थी।

''क्या-क्या क्या-क्या ? डॉली तो डॉली, अबी तू भी बोली।''

''मुझे तूने पप्पू से कितना डराया। आय विल टेल योर मदर। मेरा हार्ट अटैक हो जाता तो ?'' शैलजा का दिल फिर से सुबह की घटना की याद से ही जोरों से धड़कने लगा था। उसका चेहरा फिर पीला पड़ गया।

''इफ यू टेल माय मदर, आय'ल पुट यू इन द डिकी,'' अलिफ ने गुर्राकर कहा।

शैलजा अनसुना कर खिड़की से बाहर देखने लगी। ''यू हैव अ चिकन हार्ट, शैलजा। चलो, रिड्ल बताओ। वाय डिड द चिकन क्रॉस द रोड ?'' डॉली ने पूछा। शैलजा चुप रही।

''सिली वन। आस्क समथिंग न्यू।'' अलिफ ने कहा।

''वाय डू यू गो टू बेड ऐट नाइट ?'' डॉली ने दूसरा पूछ लिया।

''टू स्लीप।''

''जी नहीं। बिकॉज द बेड वोन्ट कम टू यू।'' शैलजा को चुप देखकर डॉली ने जल्दी से उत्तर दिया।

''सिली आन्सर।'' अलिफ ने फौरन कहा।

''व्हेन यू डोन्ट गेट इट, इट्स ऑलवेज सिली,'' डॉली ने मुँह बिचका दिया।

''डोंट कम्प्लेन अबाउट पप्पू, समज गई ना, अदरवाइज़ नेक्स्ट टाइम यू विल हैव इट।'' अलिफ़ ने गाड़ी से उतरते हुए शैलजा को चेतावनी दी। शैलजा ने बाहर की ताजा हवा में राहत की साँस ली।

बुधवार

बुधवार डॉली का दिन था। रोहन के पास शान जमाने के लिए उसकी नई मारुति थी, अलिफ के पास उसका स्पिट्ज कुत्ता पप्पू था तो डॉली के पास कार में लगा स्टीरियो और उसके पापा थे। अलिफ पप्पू को इतना प्यार नहीं करता था जितना पापा उसे करते थे। वह अपने पापा की 'पेट' थी। अपने चहेते पापा के साथ अगली सीट पर बैठकर वह औरों से दो इंच ऊपर उठ जाती थी।

''हैलो अंकल।'' रोहन अपने बैग के वजन समेत पिछली सीट के एक कोने में पसर गया। डॉली से न सही, उसके पापा से उसकी अच्छी जमती थी। दोनों नई-नई हिन्दी फिल्मों के गाने पसन्द करते थे और दोनों की पसन्द भी एक थी।

''अलिफ, कम फास्ट, देर हो रही है।'' अलिफ डॉली की गाड़ी देखने के बावजूद अपने पप्पू से खेल रहा था। फुरसत से उसने पप्पू को दुलारा-पुचकारा और बाय-बाय कर गाड़ी में आ बैठा।''

"मैंने पप्सू पर एक गाना बनाया है," रोहन अपनी खुरदुरी आवाज में गाकर सुनाने लगा, "तू चीज बड़ी है क्यूट-क्यूट। पप्सू है तेरा नाम-नाम। करता है तू आराम-राम। मुझसे ना जाना रूठ-रूठ।"

"वेरी गुड ! एक्सलेंट !" डॉली के पापा ने तारीफ की तो रोहन फूल के कुप्पा हो गया।

"इससे अच्छा गाना तो मैंने बनाया है, "रुक-रुक, रुक। अरे बाबा रुक। ओ डिअर पप्सू, डोंट बी अ क्रुक। मैं बोन लाई तेरे लिए, मैं कोन लाई तेरे लिए, दाँत तेरे वल्लाह वल्लाह, बाइटिंग तेरी उफ़ उफ़ उफ़।" डॉली ने एवज में फौरन नहले पे दहला फेंका।

"उफ़, उफ़, उफ़।" रोहन और अलिफ ने सुर में सुर मिलाया।

"ब्रिलिएन्ट, डार्लिंग।" डॉली के पापा ने डॉली की पीठ ठोंकी।

शैलजा के घर गाड़ी रुकी तो वह अभी नीचे नहीं उतरी थी। डॉली के पापा ने हॉर्न पर जो उँगली दबाई तो तब तक नहीं हटाई जब तक वह गेट से भागती हुई आती दिखाई न दी। कार में घुसते ही शैलजा ने तीन छींकें मारीं।

"एक तो देर से आती है, ऊपर से छींकें मारती है।" डॉली ने कहा।

"सॉरी ! सॉरी अंकल।" शैलजा ने छींक मारने के लिए और देर से आने के लिए दोहरी माफी माँगी।

"आइ न्यू, यू विल से सॉरी।" डॉली के पापा ने कुछ तुनककर कहा। उन्हें सड़क पर एक मिनट भी इन्तजार करना बिल्कुल पसन्द नहीं था।

"असल में मैं आने ही नहीं वाली थी, मुझे बहुत जोर का जुकाम हो रहा है।" शैलजा ने रूमाल में नाक सुड़कते हुए कहा, "पर आज मैं हिन्दी एलोक्यूशन..."

"तो नहीं आना था, मैडम।" अपनी गाड़ी में बैठते ही डॉली की आवाज में अनोखी तेजी आ जाती थी, "नाऊ प्लीज़ डोन्ट स्प्रेड इन्फेक्शन।"

"नेक्स्ट टाइम बी ऑन द रोड ऐट सेवेन थर्टी शार्प।" डॉली के पापा ने सख्ती से कहा। यह आखिरी चेतावनी थी।

"यस अंकल।" शैलजा ने आँखें झुकाकर अदब से कहा और मन-ही-मन अपनी कविता याद करने लगी जो उसे प्रतियोगिता में बोलनी थी।

"अंकल, वो 'बाजीगर' वाला कैसेट लगाइए ना," रोहन ने मिन्नत भरे स्वर में कहा। उसके कहने के साथ-साथ ही कार में धमाधम शोर-शराबे के साथ 'तुरुरु-तुरुरु' शुरू हो गया। शैलजा की कविता में खलल पड़ा और वह गाल पर हाथ रख बाहर देखने लगी। अब उसे स्कूल पहुँचने तक यह शोर सुनना पड़ेगा।

"शैल-जा, जा, तू कान बन्द कर ले। तेरी ट्रेसी चैपमैन और 'रोजा' इसमें नहीं हैं," डॉली ने मज़ाक किया।

"नहीं, मुझे तो यह गाना पसन्द है," शैलजा ने इतनी जोर से कहा कि कम-से-कम उसके पापा जरूर सुन लें। वे उससे नाराज जो थे।

"ओह गुड शी हैज डेवलेप्ड सम टेस्ट फॉर गुड म्यूजिक," अलिफ ने कहा।

शैलजा ने म्यूजिक के बारे में बात करना बन्द कर दिया था, क्योंकि घूम-फिरकर वे सब उसके क्लासिकल म्यूजिक का मजाक उड़ाने लगते थे जिसमें वह बुधवार को स्कूल के बाद जाती थी। एक बार रोहन से उसकी झड़प हो गई थी। उसने कहा था कि 'डर' फिल्म में शिव शर्मा और हरिप्रसाद चौरसिया का संगीत है। रोहन अड़ गया कि वह तो 'डर' के प्रीमियर में भी गया था, उसमें उसके अंकल हरि शिवदासानी का ही म्यूजिक है। अलिफ और डॉली ने भी रोहन की हाँ में हाँ मिलाई थी। उसी दिन शैलजा ने मन-ही-मन निर्णय ले लिया था कि आगे से कभी वह इस कार-पूल में इंडियन या वेस्टर्न किसी तरह के संगीत की बात नहीं करेगी।"

"शैलजा, मुझे अपना ज्यॉग्रफी का जर्नल देना। और शॉर्ट ब्रेक में जल्दी से मेरे जर्नल में बल्ब थर्मामीटर ड्रॉ कर देना।" डॉली के कहने पर शैलजा ने फिर सिर हिलाया। पिछले छह महीनों से उसे हर बात में 'हाँ' कहने की खासी आदत हो गई थी।

स्कूल के सामने कार रुकी तो डॉली ने ड्राइविंग सीट पर बैठे अपने पापा को चूम लिया—"बाय-बाय पापा !"

"बाय-बाय डार्लिंग," के साथ कार के स्टीरियो पर 'ओले-ओले' की धुन आगे बढ़ गई।

स्कूल छूटा तो डॉली ने देखा, उसका बड़ा भाई कार लेकर आया था। अलिफ, रोहन और डॉली कार के पास खड़े होकर शैलजा का इन्तजार करने लगे जो अपनी सहेलियों से घिरी उन्हें अपनी प्राइज बुक दिखा रही थी।

"देखो-देखो, कैसे इतरा रही है।"

"उससे कहो, अपने प्राइज को म्यूजियम में रख दे।"

"फर्स्ट प्राइज इन हिन्दी एलोक्यूशन। व्हॉट्स सो ग्रेट अबाउट इट ? इंग्लिश बोलनी तो आती नहीं मैडम को।"

तीनों आपस में फुसफुसा रहे थे। शैलजा को आते देख सब अपनी जगह पर बैठ गए। शैलजा अपने जुकाम में बेहाल होने के बावजूद खुश थी। इससे पहले वह कलकत्ता के एक स्कूल में थी जहाँ उसे हर बार एलोक्यूशन में फर्स्ट प्राइज मिला था। इस स्कूल में यह उसका पहला पुरस्कार था।

कार स्टार्ट हुई तो चुप्पी उसे खलने लगी।

"सब चुप क्यों हैं ?" शैलजा ने चहककर पूछा।

"बिकॉज हमें प्राइज नहीं मिला," रोहन ने बड़े नाटकीय अन्दाज में ठुमककर कहा।

"पर तुमने तो कविता ही नहीं पढ़ी ?" शैलजा ने फिर कहा।

"हा-हा, हिन्दी में कविता कौन पढ़ेगा ?" डॉली हँस पड़ी। शैलजा ने प्राइज में मिली किताब आहिस्ता से बैग में सरका दी।

"ऐनी वे, अपुन को तेरा पोएम समज में बी नई आएला हय।" अलिफ ने जान बूझकर बम्बइया एक्सेन्ट मारा।

वैसे तो तीनों एक-दूसरे की टाँग खींचते रहते हैं, पर उसके आते ही तीनों सामूहिक आक्रमण की मुद्रा में तैयार खड़े हो जाते हैं। कभी-कभी शैलजा को लगता है, तीनों ने डरावने मास्क पहन रखे हैं और वह हमेशा उनसे बचाव के तरीके ढूँढ़ती रहती है।

शैलजा गुमसुम हो गई। कलकत्ता में कितनी अच्छी बंगाली सहेलियाँ थीं उसकी। उनके बोलने में कितनी मिठास थी और यह बम्बई–बच्चे भी कैसी लट्ठमार हिन्दी बोलते हैं–मेरे को, तेरे को, आएला-गएला, खाएला-पिएला। लगता ही नहीं कि वही भाषा है। "भैया, प्लीज, ए.सी. बन्द कर दीजिए। मुझे ठंड लग रही है।" अचानक शैलजा को झुरझुरी महसूस हुई।

"ए मैडम, तेरा भैया है क्या ? भ-इ-या।" डॉली ने आँखें दिखाईं।

"अक्तूबर की इस गर्मी में ठंड ?" भाई हँसने लगा।

"दो मिनट बाद तो तुझे उतर जाना है अपनी शास्तरीय संगीत की क्लास में। व्हाय ऑल थ्री ऑफ अस शुड सफर इन हीट ?" डॉली ने तपाक से जवाब दिया।

"व्हिच मूव्स फास्टर-हीट ऑर कोल्ड ? इस रिडल का जवाब देकर जा, शैलजा।"

"मुझे नहीं मालूम।" शैलजा फिर छींकने लगी।

"हीट ! बिकॉज कोल्ड तो यू कैन कैच," अलिफ ने शान से कहा।

"हा-हा, सीधे बोल ना, यू कैन कैच कोल्ड," रोहन ने कहा।

शैलजा अपनी क्लास में उतर गई तो डॉली ने कहा, "छींकें मारती आई थी, छींकें मारती गई।"

शैलजा ठंडी साँसें लेती हुई, ठंडी कार से फिर एकाएक बाहर की तपिश में आ गई थी। उसने अपने दिमाग में दर्ज किया कि मम्मी को क्या-क्या बताना है। पर दूसरे ही क्षण उसने अपना इरादा बदल दिया। वह जब भी अपनी कार-पूल की शिकायतें लेकर घर जाती है, मम्मी और पापा में बहस शुरू हो जाती है। मम्मी पापा को कोसती हैं कि उन्होंने इतने पॉश इलाके में कम्पनी फ्लैट क्यों लिया ! और पापा मम्मी को दोष देते हैं कि फ्लैट लिया सो लिया, पर इतने हाई-फाई स्कूल में बेटी को भेजने का जोश आखिर किसको चढ़ा था !

बृहस्पतिवार

शैलजा की मम्मी ने चाबी घुमाकर अपनी फिएट को स्टार्ट किया तो शैलजा ने बगलवाली सीट पर बैठे खिड़की के बन्द काँच से सिर टिका दिया।

"तबीयत ठीक नहीं है क्या ?" मम्मी ने शैलजा के माथे पर हथेली रख पूछा।

माँ के स्पर्श से शैलजा को जो थोड़ी बहुत हरारत थी भी, ठीक हो गई।

"आज तो टेस्ट है मम्मा, जाना ही पड़ेगा।"

"तूने मल्टी विटामिन की टेबलेट ले ली या नहीं ?" मम्मी ने गाड़ी रोहन के घर की ओर बढ़ाई।

"है मेरे पास," शैलजा ने पॉकेट टटोलकर कहा।

रोहन अपने भारी बैग के वजन के साथ पिछली सीट पर धँसा तो गाड़ी की सीट के स्प्रिंग चरमराए।

"शिट ! व्हाय डोन्ट यू गेट योर कार रिपेयर्ड ?" रोहन ने तमककर कहा तो शैलजा को बात चुभ गई।

"रोहन, हैव सम मैनर्स। फर्स्ट से 'हलो' टु माय मदर।"

"ओह, हलो आंटी," रोहन ने झट से फर्ज अदायगी की।

"अगले महीने हमारी नई कार भी आ रही है। देन यू विल बी हैप्पी ?"

"ओ ग्रेट, कौन-सी ? मारुति वन थाउजेन्ड ?"

"नहीं, फाइव थाउजेंन्ड," शैलजा कुढ़कर बोली।

"वो कौन-सा ब्रैंड है ?" रोहन ने अपनी गोल-गोल आँखें नचाईं।

अलिफ और डॉली भी आ गए तो तीनों आपस में घुल-मिलकर बतियाने लगे। हर बार जब शैलजा की बारी होती, कार दो हिस्सों में बँट जाती। आगे के हिस्से में शैलजा और उसकी मम्मी बातें करते और पीछे वे तीनों बिना कॉमा-फुलस्टॉप के धाराप्रवाह बोलते रहे।

"एक एस्ट्रॉलॉजर मेरे घर पर आया था। मेरा हाथ देखकर बोला—इसके पास पाँच गाड़ियाँ होंगी," रोहन अपने डींगें हाँकनेवाले फॉर्म में बहुत जल्दी आ जाता था।

"आय'ल हैव-अ डजन कार," अलिफ उससे एक कदम आगे था।

"पर एक बार में तो एक ही कार चलाएगा ना तू ? एक साथ दो तो नहीं चला सकता ?" डॉली ने अपने व्यंग्य से दोनों शेखचिल्लियों को हवा में उड़ाने की कोशिश की।

"एक दिन मर्सडीज चलाएगा, दूसरा दिन टोयोटा, तीसरा दिन हॉन्डा, फिर..." अलिफ अटका। उसे आगे की हिन्दी गिनती नहीं आती थी, "फेर कॉन्टेसा, टेन डेज ऑल डिफरेन्ट कार्स।"

रोहन ने अलिफ की हथेली उलटकर देखी, फिर डॉली की और फिर अपना फैसला सुनाया—"सी, आय विल बी द रिचेस्ट। अलिफ इज द सेकेंड रिचेस्ट, डॉली द थर्ड एंड शैलजा इज द पूअरेस्ट," गाड़ी सिग्नल पर ब्रेक के साथ रुकी। शैलजा ने चाहा कि मम्मी ने इसे सुन न लिया हो। मम्मी ने चाहा कि शैलजा ने न सुना हो। जबकि सुन दोनों ने ही लिया था। और दोनों अनसुना कर रही थीं।

"पता है, हम खंडाला में एक और बंगला लेनेवाले हैं, महाबलेश्वर में तो हमारा ह्यूज बंगला है। लास्ट टाइम मैंने अपना बर्थ-डे 'द रिट्रीट' में सेलिब्रेट किया था। इस टाइम खंडाला में करेंगे। ऑल ऑफ यू कम ! वी विल हैव फन।" रोहन ने अपनी दोनों बाँहें फैला दीं, "यू नो, वी हैव प्लेन्टी ऑफ मनी।"

"ओह, कम ऑन रोहन, व्हाय यू ऑलवेज टॉक अबाउट मनी ?" डॉली ने खीझकर कहा।

"व्हाय शुडन्ट आय टॉक अबाउट मनी ? आय लव मनी। आय हैव मनी। आय ड्रीम अबाउट मनी, आय काउन्ट मनी एवरी नाइट। मेरे डैड चारों शॉप्स से इतने-इतने कैश के बंडल लेकर आते हैं," रोहन की बम्बई शहर में चार बेकरी चलती थीं। यह अलग बात थी कि बाकी तीनों में से एक ने भी उसकी बेकरी का केक नहीं चखा था।

"पर बच्चो, इस उम्र में पैसे की नहीं, पढ़ाई की बातें करो। 'मनी' के बारे में सोचने के लिए तो सारी उम्र पड़ी है।" शैलजा की मम्मी की बात पूरी होते-न-होते अलिफ और रोहन का कोरस शुरू हो गया था, "ये दुनिया क्या चाहे मनी मनी ! यहाँ रिश्ते-नाते मनी मनी ! प्यार चाहो तो निकालो मनी ! यार चाहो तो..."

नाचते-गाते बच्चे स्कूल उतर गए। शैलजा अपना भारी बस्ता पीठ पर लादे उनके पीछे धीरे-धीरे चल रही थी।

स्कूल खत्म हुआ तो शैलजा की मम्मी ऑटो रोककर खड़ी थी। मम्मी को देखते ही शैलजा रोहन और अलिफ को ढूँढ़ने निकली। डॉली वृहस्पति को ट्यूशन के लिए स्कूल में रुकती थी। अलिफ और रोहन दोनों लॉन में अपनी मिल्टन की वाटर बॉटल घुमाते हुए एक-दूसरे को मार रहे थे।

"रोहन, अलिफ, जल्दी करो। मम्मी इन्तजार कर रही है।" शैलजा चिल्ला रही थी।

दोनों हाँफते-हाँफते वहीं धम से बैठ गए।

"रोहन, क्या हो रहा है ? हर बार मम्मी को खड़े रहना पड़ता है। किसी दिन हम तुम्हें यहीं स्कूल में छोड़कर चले जाएँगे," शैलजा खीज रही थी, "रोहन, अलिफ, वी विल लीव यू एंड गो।"

"सो व्हॉट ? गो वी डोन्ट वॉन्ट टु गो इन योर रेचेड ऑटो।" रोहन ने कहा और दोनों टाँगें पसारकर लॉन पर लेट गए। शैलजा पलट गई। उसे मालूम था, ऑटो का मीटर हर मिनट आगे बढ़ रहा है। और अलिफ और रोहन को छोड़ते हुए अपने घर पहुँचने तक उसकी मम्मी को ऑटोवाले को बत्तीस रुपए देने पड़ेंगे।

शैलजा के पीछे-पीछे वे दोनों टहलते हुए आ रहे थे।

शैलजा को ऑटो में अपनी मम्मी की गोद में बीच में बैठना पड़ता था। मम्मी के अगल-बगल दोनों कोनों में अलिफ और रोहन बैठते थे। एक बार बीच में रोहन को बिठा दिया था तो घर पहुँचते ही उसकी मम्मी का फोन आ गया था—"रोहन को बीच की सीट में आगे से मत बिठाना। ही फील्स सफोकेटेड।" इससे पहले कि अलिफ की मम्मी भी एक शिकायती फोन करें, वह तथाकथित सफोकेटिंग सीट शैलजा की मम्मी ने अपनी बेटी के नाम कर दी। रास्तेभर शैलज़ा की मम्मी दाएँ-बाएँ बैठे रोहन और अलिफ को मुँह-हाथ-कुहनी बाहर निकालने से रोकती-टोकती रहती थीं।

"तुझे तो बुखार है," शैलजा जैसे ही मम्मी की गोद में बैठी, मम्मी ने कहा।

"रिडल बोल," अलिफ ने बाहर की हवा को चेहरे पर महसूस करते हुए कहा।

"व्हाय द ब्रिज इज लाइक मनी ?" रोहन पर से सुबह से चढ़ा हुआ मनी का भूत अब तक नहीं उतरा था।

"बिकॉज दे बोथ गो बैंक टु बैंक।" रोहन ने तपाक से खुद भी जवाब भी दे दिया।

"स्टॉप दैट सिली रिडल," अलिफ ने पजल का एक चिकना कागज—जिस पर पाँच चेहरे बने थे, थमाते हुए कहा, "व्हिच इज द ऑड मैन आउट ?"

"हुँह, इसे बताना कौन-सा मुश्किल है," रोहन ने कह तो दिया पर पहचान नहीं पाया।

मम्मी की गोद में निढाल पड़ी शैलजा ने वह कागज अपने हाथ में ले लिया और कुछ पल उसे देखती रही। वैसे बिना देखे ही वह बता सकती थी। अपने आपको पहचानना उसके लिए आसान था।

शुक्रवार

यह शैलजा के लिए हफ्ते का सबसे अच्छा दिन था। शुक्रवार को उसे सुबह आधा घंटा पहले योग की क्लासेज के लिए जाना पड़ता था और वह अकेली अपनी मम्मी के साथ जाती थी।

आज सुबह उससे उठा नहीं गया। मम्मी ने माथे पर हाथ रखा तो चौंक पड़ी, "इतना तेज बुखार कैसे हो गया ? कहीं स्कूल में कुछ गड़बड़ खाया तो नहीं था ?"

शैलजा ने 'नहीं' में सिर हिला दिया।

"रोहन और डॉली की कार में ए.सी. चलाया हुआ था क्या ?" मम्मी ने आशंकित नज़रों से देखते हुए पूछा।

"नहीं तो," शैलजा ने भरसक अपनी आवाज को विश्वस्त बनाकर कहा।

कभी जब झूठ के बिना काम न चले और उस झूठ से किसी का फायदा होता हो तो वह झूठ बेहिचक बोला जा सकता है, शैलजा को याद आया। पाली हिल की ऊँची पहाड़ी तक स्कूल बस आती नहीं। सुबह पापा गाड़ी ऑफिस ले जाते हैं और मम्मी भी काम पर चली जाती हैं। उसे मम्मी इतना जिम्मेदार समझती नहीं कि वह अकेली पब्लिक बस में आ-जा सके। घर में सारे दिन की नौकरानी भी नहीं, जो उसे स्कूल से वापस ला सके। उसे इस स्कूल में भी रहना है और कार-पूल में भी। वैसे उसे कार-पूल में जाना अच्छा नहीं लगता। वह दो दिन न भी जाए तो कोई यह नहीं पूछता कि वह क्यों ऐबसेन्ट थी। अनचाहे घुसपैठिए की तरह उसे ट्रीट किया जाता है। सब उसे इस तरह देखते हैं जैसे कार में बैठने की इजाजत देकर उस पर एहसान कर रहे हैं। जब देखो, शैल-जा, जा, जा कहकर उसके नाम का मजाक बनाते रहते हैं, फिर भी उसे मुस्कुराना पड़ता है क्योंकि मम्मी कहती हैं...जस्ट इग्नोर देम, एक कान से सुनो, दूसरे से निकाल दो,

परवाह मत करो। यह परवाह नहीं करना है या बर्दाश्त करना है।

तभी फोन की घंटी बजी। इधर शैलजा ने फोन उठाया, उधर मम्मी ने। शैलजा कुछ बोले, उससे पहले ही मम्मी की 'हलो' के जवाब में रोहन की मम्मी की गरजती-बरसती आवाज़ सुनाई दी, "मिसेज वर्मा, प्लीज़ डोंट माइंड, आपको आफ्टरनून टर्न में गाड़ी नहीं मिलती तो बच्चों को कैब में लेकर आइए। उस वक्त टैक्सियाँ बहुत मिलती हैं। बच्चे ऑटो में बहुत सफोकेटेड महसूस करते हैं। प्लीज़, यू हैव टु अरेंज समथिंग..."

शैलजा भीतर तक सिहर गई। मम्मी ने क्या कहा, वह सुन नहीं पाई। आज फिर मम्मी-पापा के बीच बवाल खड़ा होगा। शैलजा ने करवट बदल ली। दूसरी ओर मुँह घुमाते ही उसे अपने हिन्दी एलोक्यूशन वाली सर्वेश्वर दयाल सक्सेना की कविता याद आने लगी।

"कुछ सीखो गिरगिट से
जैसी शाख वैसा रंग
जीने का यही है सही ढंग !
अपना रंग दूसरों से अलग पड़ता है तो
उसे रगड़-धो लो।
जैसी है दुनिया
उसके साथ हो लो।
व्यंग्य मत बोलो।"

उसका अपना रंग फीका ही सही, उसे पसन्द था। कविता उसने परसों पढ़ी थी। लेकिन आज वह अपनी तरह से उसका अर्थ समझ रही थी। कविता का व्यंग्य उसकी पकड़ में आ गया था।

मम्मी-पापा क्या निर्णय लेंगे, उसे नहीं मालूम। वह अपना निर्णय ले चुकी थी। ●●

[धर्मयुग : जुलाई 1995]

बोलो, भ्रष्टाचार की जय !

मैं अब पूरी तरह आजाद थी। आजाद और बेपरवाह ! बेपरवाह और बेलौस ! बहुत मुलायम और सुगन्धित हवा पर सवार मैं एक हल्के और खूबसूरत पंख की तरह उड़ रही थी। सारे दुनियावी रिश्तों से ऊपर उठकर, हवा में मुक्त होकर तैरना कैसा रईस अनुभव है, यह आज मैं महसूस कर रही थी। माँ-बाप, भाई-बहन, पति-बच्चे, बन्धु-बान्धव सब नीचे जमीन पर बहुत छोटे और बौने नजर आ रहे थे। आज मैं सबसे ऊँची, सबसे ऊपर थी—आलीशान इमारतों के ऊपर, विशालकाय डैने फैलाए हवाई जहाजों से ऊपर, नन्हें-नन्हें पंख फैलाए उड़ते पक्षियों से ऊपर। कोई भी हाथ बढ़ाकर, हाथ उठाकर मुझे छू नहीं सकता था। मैं इस ऊँचाई से सबकी मुझे न छू पाने की असमर्थता पर मुस्कुरा रही थी। मैं अब बस, एक इच्छा भर से कहीं भी पहुँच सकती थी, धरती के किसी भी शहर के किसी भी कोने में। बन्द किवाड़ों के अन्दर मैं झाँक सकती थी, सौ तालों में बन्द खजाने मैं देख सकती थी, अफसरी दिमाग में चलनेवाले खुराफाती अंकगणित मैं पढ़ सकती थी।

अचानक मैंने देखा—मेरे आस-पास और भी कई सफेद-सफेद पंखोंवाले खूबसूरत आकार थे—परियाँ ! मेरे दिमाग में कौंधा। नहीं, परियाँ तो मैंने बचपन के सुनहले सपनों में देखी थीं—नींद में। पर यह तो सपना नहीं था और इसलिए ये परियाँ नहीं थीं। ये तो मुझ-जैसी ही, दुनिया से निजात पाई हुई, आत्माएँ थीं—भटकती हुई, थकी हुई, टूटी हुई और अब सारे बन्धनों से मुक्त बेपरवाह और बेलौस !

उनमें से एक अपने झक सफेद आकार को लहराती, हवा में तैरती मेरे पास आई। बोली, "कैसा लग रहा है, दोस्त ?"

मैं चौंकी। लो, यह भी वही जबान बोलती है, जो हम जमीन पर बोलते थे। इसकी जबान मेरी समझ में आ रही थी।

मैं खुश हुई, बोली—बढ़िया ! बहुत बढ़िया !! क्या जिन्दगी है यहाँ—जहाँ चाहो, घूमो ! जो चाहो, करो ! न पानी की प्यास, न खाने की भूख ! न पति के ऑफिस से लौटने का इन्तजार, न बच्चों को स्कूल भेजने की हड़बड़ी ! न हर रोज नए-नए व्यंजन बनाने की खिचखिच, न डायरी में पाई-पाई का खर्च लिखने का झंझट ! न दोस्तों का विश्वासघात झेलने का सदमा, न दुश्मनों की धोखाधड़ी और जालसाजी की फिक्र !

बस, इसीलिए तो मैं यहाँ आना चाहती थी। देखना चाहती थी कि झूठ-फरेब,

बेईमानी और मक्कारी से भरी इस बेगैरत दुनिया की जीने की तमाम मुसीबतों से ऊपर उठना कैसा होता है !

14 अगस्त, 1981, शुक्रवार—आज पहला दिन था मुझे अपने नाम पते से अलग हुए ! मुझे खुद नहीं मालूम, कैसे हुआ यह सब ! मैं तो भली-चंगी थी सुबह तक। सुबह उठी, ब्रुश किया, नाश्ता तैयार किया, पति को ऑफिस, बच्चों को स्कूल भेजा। बरामदे में खड़े होकर स्कूल-बस में जाते दोनों बच्चों के नन्हे-नन्हे हाथ हिलते देखती रही। बेचारे बच्चे ! उन्हें क्या मालूम था कि आज के बाद फिर कभी बरामदे में 'टाटा' करते हुए मम्मी नहीं मिलेगी। खैर ! रोजमर्रा की बँधी-बँधाई रूटीन के मुताबिक पति के दफ्तर के बिखरे हुए कागजों, गँधाते हुए मोजों और बच्चों की अस्तव्यस्त स्कूली किताबों के बीच रह गई अकेली मैं ! दो कमरों के उस खँडहर को एक घंटा लगाकर फिर से मैंने घर बनाया और नहाने घुस गई। अपने धूल-मिट्टी से सने और रसोई के मसालों और वनस्पति तेल से लेकर जूते की पॉलिश की गन्ध से महकते कपड़े मैंने उतार फेंके। खूब साबुन रगड़ा, खूब पाउडर लगाया। पता होता तो इतना साबुन और पाउडर क्यों बर्बाद करती—उस शरीर पर, जो कुछ घंटों के बाद ही राख हो जानेवाला था।

नहाने के बाद मैंने अपनी सबसे मामूली साड़ी पहनी। अच्छे, कलफ लगे कपड़े पहनकर कहाँ जाना है, मैंने लम्बी साँस खींची। आईने के सामने बैठते ही मुझे झटका लगा—यह मैं थी ? माथे पर, आँखों की कोरों के पास, गालों पर त्वचा की लिजलिजी सिकुड़नें ! झुर्रियाँ ! ये कब मेरी बड़ी-बड़ी आँखों और खिले हुए चेहरे पर आ धमकीं। तीस साल की उम्र में मैं चालीस की लग रही थी। ड्रेसिंग-टेबल पर बिखरे हुए क्रीम-पाउडर-लिपस्टिक के सस्ते ब्रैंडों की ओर मैंने निरीहता से देखा। अब इस साज-सज्जा से क्या आने-जानेवाला है। एकाएक पूरा कमरा मेरी आँखों के सामने गोल-गोल घूम गया और अपने घूमते सिर को बाएँ हाथ से थामे मूर्तिवत् बैठी रह गई मैं।

मैं—तीन महीने पहले जिसे अपनी दस साल पुरानी नौकरी से निकाल दिया गया था। निकाला नहीं गया, दूसरे शहर में तबादले के कागज थमा दिए गए। यह नौकरी से निकाले जाने से बदतर था। अपने पति और बच्चों को छोड़कर मैं अपने शहर से तीन हजार किलोमीटर दूर बसे एक नए महानगर में कैसे जा सकती थी ? यह तबादला नहीं, नौकरी से निकालने का एक सम्भ्रान्त तरीका था—ठीक मेरे बॉस की जापानी क्रीजरहित कमीज की तरह उजला-धुला-साफ और बेदाग !

मैंने अपने बॉस—मिस्टर बी. के. मनिहार के भ्रष्टाचार का पर्दाफाश करना चाहा था और उसकी बड़ी महँगी कीमत मुझे चुकानी पड़ी थी। खैर, यह सब सोचकर क्या फायदा ? मैंने अपना चेहरा आईने के सामने से हटा लिया और बड़ी तकलीफ से होंठ खींचकर मुस्कुराई ! बस, वह मुस्कुराना ! होंठ मुस्कुराहट में फैले और हिचकी से सिमट गए ! पता नहीं क्या हुआ सहसा कि धड़कन दिल की जगह से ज़रा-सा खिसकी, ऊपर

की ओर उछली और गले से जैसे पाँच पैसे का सिक्का निकल जाए, होंठों से बाहर निकल गई।

होंठ खुले थे, खुले रह गए। आँखों की पुतलियाँ ऊपर की ओर खो गईं। एक क्षण के शतांश में पहले तो मैं घबराई—यह क्या हो गया ? मैं अपने ही शरीर से निकलकर हवा में आ गई थी और अब अपने शरीर को फर्श पर लुढ़के हुए देख रही थी। फिर लगा, यह उतना अप्रत्याशित नहीं था। रोज ही तो रात को सोते वक्त मेरी धड़कन डूबती थी—कभी गले तक उठती, कभी फेफड़ों की जाने किन पसलियों में खो जाती। धड़कन भी अजीब थी, उसे दिल की जगह पर टिककर बैठना चाहिए था, पर वह अड़ियल और बागी लड़की की तरह इधर-उधर पागलों-सी चक्कर काटती।

तबादले के आदेश को रद्द करवाने की अपनी सारी फिजूल कोशिशों के बाद जिस दिन आखिरकार मुझे अपनी नौकरी से इस्तीफा देना पड़ा, धड़कन ने पहली बार मेरा साथ छोड़ा। मेरे पति ने मुझे नजदीक के सरकारी अस्पताल में भर्ती कर दिया। पन्द्रह दिन 'इंटेन्सिव केयर यूनिट' में रहने के बाद जब मैं अस्पताल से बाहर निकली, तो मुझे दिल का मरीज घोषित किया जा चुका था। घर पर दूसरे शहर से आई हुई माँ थीं, जो बेटी को मौत के मुँह से वापस आते देख खुश थीं और पन्द्रह दिन की तीमारदारी के बाद अपनी जिम्मेदारी से मुक्त होकर मेरी सेहत की दुआ माँगते हुए और 'बच्चों के सिर पर माँ का साया बना रहे' की शुभकामना के साथ वापस जा रही थीं।

माँ के जाते ही दिल की यह आँखमिचौली आम बात हो गई। धड़कन कई बार दिल की जगह से हटकर इस तरह खो जाती कि उसे घर के किसी ओने-कोने में रूठकर छिपे हुए विन्नू-बंटी की तरह ढूँढ़ना पड़ता।

इस लुकाछिपी के खेल से घबराकर मैंने निर्णय लिया कि मैं इसी शहर में दूसरी नौकरी ढूँढूँगी। अठारह साल की उम्र से, मशीन की तरह सुबह-सुबह सारा काम निबटाकर नौ बजे तक घर से निकल जाने की मुझे आदत थी। और अब विन्नू-बंटी के स्कूल जाने के बाद हाथ में 'डस्टर' लिए, सारा दिन मेज-कुर्सियों की धूल झाड़ना और पड़ोसियों से बेसिर-पैर की गप्पें हाँकना मुझे भारी पड़ता था। लेकिन मैंने अपने पति से इसका जिक्र किया तो वह नाराज हो गए। पहले तो उन्होंने मुझे अपनी सेहत का ख्याल रखने की हिदायत दी, फिर कहा कि शादी के बाद दस सालों में जिन्दगी में पहली बार उन्हें घर घर जैसा लगता है। यानी पहले सराय लगता था, मैंने सोचा !

वैसे पति भी जानते थे, कि मेरी नौकरी के बिना घर का खर्च चलना मुश्किल है, लेकिन यह सच था कि शहर में मिस्टर मनिहार का दबदबा था और उनसे दुश्मनी मोल लेकर कोई मुझे नौकरी देना नहीं चाहता था। सच यह भी था कि अपने पति के मना करने के बावजूद, मिस्टर मनिहार से झड़प होने के बाद मैं अपनी कम्पनी के चेयरमैन के पास उनके वफादार जनरल मैनेजर बी.के. मनिहार की काली करतूतों का चिट्ठा बाकायदा पन्द्रह रुपए पैंसठ पैसे खर्च कर टाइप करवाकर ले गई थी और उससे साफ-साफ कहा था कि इस तरह के झूठे-मक्कार और बेईमान आदमी को इतनी बड़ी

लिमिटेड कम्पनी का इतना बड़ा अधिकारी बनाने का कोई हक नहीं है। ऐसे व्यक्ति को फौरन बरखास्त कर दिया जाना चाहिए। चेयरमैन साहब अपनी सारी गरिमा और अपने सम्पूर्ण आभिजात्य के साथ बहुत गम्भीरता से मेरा तमतमाया चेहरा देखते रहे और जल्दी ही 'एक्शन' लेने का वचन देकर उन्होंने अपने दोनों हाथ जोड़कर मुझे विदा किया।

एक महीने के अन्दर ही 'एक्शन' का नतीजा सामने था—मेरे हाथ में तबादले के आदेश थे और मिस्टर मनिहार के हाथ में प्रमोशन के कागज ! वह जनरल मैनेजर के पद से ऊपर उठकर अब कम्पनी के मैनेजिंग डायरेक्टर हो गए थे।

''अब कुछ नहीं हो सकता,'' मेरे पति ने मुझे समझाया, ''हरमितिया एंड कम्पनी लिमिटेड के मैनेजिंग डाइरेक्टर से उलझना तुम्हें भारी पड़ेगा।''

लेकिन मैंने तब भी हिम्मत नहीं हारी। शहर की तमाम आला हस्तियों के पास गई कि वे कोशिश करके मेरा तबादला रुकवा दें। सबको मैंने अपनी कहानी सुनाई कि कैसे पिछले साल जब बोनस-ऐक्ट के तहत मुझे और मेरे पति को अपनी-अपनी नौकरी के बकाया बोनस के रुपए मिलाकर कुल पाँच हजार रुपए मिले थे। हम खुशी से झूम रहे थे कि चार सालों से लगातार स्थगित की गई हमारी जरूरतें अब पूरी होंगी। मेरे दोनों बेटे—विन्नू और बंटी नाच रहे थे कि अब उनके घर में फ्रिज आएगा और वे भी दूसरे बच्चों की तरह घर में बनी हुई आइस्क्रीम खाएँगे, टेलीविजन आएगा और वे भी पड़ोसियों के घर जाने की बजाय अपने घर में पाँव पसारकर हर बुधवार को 'चित्रहार' देखेंगे। लेकिन वह 15 अगस्त, 1980 का ऐतिहासिक दिन था, जब मिस्टर मनिहार हमारे घर आए। वह एक 'श्रमिक-अधिकार-सुरक्षा-समिति' की योजना बना रहे थे और श्रमिकों से ही चन्दा इकट्ठा कर रहे थे। इसके लिए इससे बढ़िया वक्त और क्या हो सकता था, जब सबको बोनस के रुपए मिले थे। सबने अपनी-अपनी सामर्थ्य के अनुसार उनकी झोली में रुपए डाले थे। मेरे पति तो इस बात से ही गद्‌गद थे कि उनकी मामूली पत्नी का इतना बड़ा बॉस उनके घर झोली फैलाए आया था। उस दिन हमारी हैसियत पाँच हजार की थी, सो हमने बुझे हुए दिल और ओढ़ी हुई मुस्कुराहट से अपने मुल्तवी किए गए सपनों का बंडल मनिहार को थमा दिया।

आठ महीने बीत गए और हमने देखा कि समिति के लिए चन्दा देनेवाले भी यह भूलते जा रहे थे कि उन्होंने कभी चन्दा दिया भी था। 'श्रमिक-अधिकार-सुरक्षा-समिति' से एक भी श्रमिक के अधिकारों की सुरक्षा न होनी थी न हुई। हुआ यह कि शहर के सबसे सम्भ्रान्त इलाके में मिस्टर मनिहार ने अपनी पत्नी के नाम से बँगला बनाने के लिए जमीन खरीद ली। अब हमारी आँखें खुलीं। मैंने अपनी कम्पनी के हर उस कर्मचारी को इकट्ठा किया, जिसने दस रुपए भी चन्दा दिया था और कहा कि चलो, हम मनिहार

से पूछें कि हम सबके दिए हुए रुपयों का क्या हुआ ! पर मुझे यह देखकर आश्चर्य हुआ, जब सबने कहा कि उन्हें अपनी नौकरी प्यारी है, वे अपनी रोटी-रोजी से हाथ धोना नहीं चाहते और उन्होंने चन्दा दिया है, कोई फिक्स्ड-डिपाजिट-योजना में रकम जमा नहीं करवाई है। दरअसल सौ-पचास से ऊपर किसी ने नहीं दिया था और सब अपने पेट की खातिर उस रकम को भूल जाना चाहते थे।

सबके लिए वह चन्दा था, लेकिन हमारे तो सपने उन पाँच हजार के बंडल में कैद थे। आखिर मैं अकेली मिस्टर मनिहार के एयर-कंडीशंड कमरे में पहुँची। वह अकाई के टेप-डेक पर सैटरडे-नाइट-फीवर सुन रहे थे।

''सर, वह आपने 'श्रमिक-अधिकार-सुरक्षा-समिति' के लिए हमसे पाँच हजार...''

''माफ करना, कौन-सी सुरक्षा समिति ?'' उन्होंने अपने दाएँ कान पर दायाँ हाथ रखा।

''श्रमिक-अधिकार...'' मैंने दोहराया।

''वहाँ मेरे बंगले के साथ सर्वेन्ट्स क्वार्टर के बीचवाले कमरे के बाहर काला बोर्ड लगा है। उस पर सफेद चॉक से लिखा है—'श्रमिक-अधिकार-सुरक्षा-समिति ?'...वहीं उसका दफ्तर है, वहाँ जाओ।''

''लेकिन रुपए तो हमने आपको दिए थे !'' मैंने रुआँसे होकर कहा।

''रु-प-ए ?'' उन्होंने खीजकर नाइट-फीवर का स्विच बन्द किया, ''कौन-से रुपए, भाई ?''

''बोनस के ! उसी दिन हमें मिले थे।''

''मुझे तो याद नहीं। उसकी कोई रसीद ? कोई सबूत ?'' उन्होंने हाथ आगे बढ़ा दिया।

रसीद ? सबूत ? कहाँ था कोई सबूत ?

मैं क्या कहती ? मुझे तो जैसे साँप सूँघ गया।

''देखो, मेरे पास तुम्हारे कोई पाँच-वाँच हजार रुपए नहीं, माफ करना।'' वह एक-एक शब्द चबा-चबाकर बोले, ''हाँ, तुम्हें जरूरत है तो यह लो...'' उन्होंने जेब से सौ का एक कड़कता चमकदार नोट निकाला, ''इस वक्त मेरे पास यही है...''

मुझे धक्का पहुँचा। एक मध्यवर्गीय नौकरी-पेशा औरत के लिए अपनी जमा-पूँजी इतनी आसानी से अपनी आँखों के सामने छिन जाने और खैरात के कड़कते नोट की चमक दिखाए जाने से बड़ा सदमा और क्या हो सकता था ?

यह आदमी इतनी सफाई से मुकर जाएगा, इसकी मुझे उम्मीद नहीं थी। मैंने उस कड़कते नोट की चिन्दियाँ कर उसके चेहरे पर उछाल देने से बमुश्किल अपने को रोका, ''ऐसा कैसे हो सकता है, सर !''

''ऐसा ही है !'' उन्होंने 'ही' को रेखांकित किया, ''मैं सच कह रहा हूँ। जाओ, जाकर मेरा एकाउंट देखो, मेरा बैंक-बैलेंस देखो जाकर !'' मनिहार अपने चेहरे पर सारी मासूमियत सजाकर बोले, ''अभी कल ही मेरा...''

"एक सौ चौंतीस रुपए का चेक बाउंस हो गया है !" मैंने उनका सुपरिचित वाक्य पूरा किया और अपनी आवाज की नफरत और व्यंग्य उन पर जाहिर होने दिया।

"यू आर राइट !" वह बेशर्मी से मुस्कुराए, "तुम्हें कैसे मालूम ?"

इस बार बेशर्म होने की मेरी बारी थी। मैं फट पड़ी, "मैं ही नहीं, इस दफ्तर का एक-एक कर्मचारी जानता है कि आप कलैप्टोमोनिया के पुराने मरीज हैं। होटलों से छुरी-काँटे और नैपकिन चुराने से लेकर अपने नीचे काम करनेवाले कर्मचारियों से सौ-पचास रुपए उधार लेते रहना आपकी पुरानी आदत है और जब वह बेचारा किस्मत का मारा आपसे अपने पैसे का तकादा करने आता है, आप हाथ में शराब का पैग थामे हुए फौरन आर्थिक संकट से ग्रस्त हो जाते हैं और आपका सौ से दो सौ के बीच की किसी भी संख्या का चेक बाउंस हो जाया करता है।"

"हूँ-ऊँ-ऊँ, आप मेरे बारे में मुझसे भी ज्यादा जानती हैं !" अब मनिहार ने अपना चेहरा घुमाकर तिरछी निगाहों से मुझे घूरते हुए बड़ी धूर्त मुस्कुराहट के साथ सिगरेट सुलगा ली, "और कुछ कहना है ?"

मैं अपने जुनून में बोलती चली गई, "जब हमारी यूनियन के सबसे ईमानदार, सबसे मेहनती नेता माजरेकर की हड़ताल के दौरान दंगे में मौत हो गई थी, सबने उसके परिवार के लिए, उसके छोटे-छोटे चार बच्चों के लिए, अपनी हैसियत के अनुसार चन्दा दिया था, आपका तब भी ठीक एक दिन पहले दो सौ पैंतीस रुपए का चेक बाउंस हो गया था। यह अलग बात है कि आप माजरेकर के झोंपड़े के सामने से गुजरते हुए अपनी इम्पाला रोककर कभी-कभार उसकी माँ को ढाई किलो आलू-प्याज थमा जाते हैं और वह बेचारी उस आलू-प्याज के बोझ से दबी दुनिया जहान के सामने आपकी दरियादिली का बखान किया करती है।...सर, जिस आदमी ने इस कम्पनी के सारे मजदूरों को इकट्ठा कर माइक पर माजरेकर के परिवार के लिए एक हजार रुपया देने का ऐलान कर तालियाँ और वाहवाही तो बटोर ली, लेकिन आज तक दस रुपए का चन्दा भी उसके नाम पर नहीं दिया, उसी के सामने मैं अव्वल दर्जे की बेवकूफ अपने पाँच हजार वसूल करने आई हूँ। लानत है मेरी अक्लमन्दी पर !"

"तुम्हें इनाम मिलना चाहिए, लड़की !" मनिहार बड़े धैर्य के साथ सिगरेट का कश खींचते रहे, "तुम्हारी याददाश्त बहुत तेज़ है !'

"और आपकी याददाश्त उतनी ही कमजोर है, सर !" मैंने तिलमिलाकर कहा।

"दीनानाथ !" मिस्टर मनिहार की आवाज कड़की, "मैडम को बाहर का रास्ता दिखाओ। ये रास्ता भूल गई हैं।"

"मुझे सेठ हरमितिया के केबिन का रास्ता मालूम है। मैं आपकी धाँधली का सारा कारनामा सेठजी को बताऊँगी।" मेरे स्वर में दृढ़ता थी।

"बेस्ट आफ लक !" मनिहार सबसे तटस्थ अपनी काँइयाँ आँखों में खौफनाक चमक लिए हुए मुस्कुराए।

उनकी आँखों में उस खौफनाक चमक को देखकर मैं जाते-जाते फिर ठिठकी, "सर,

आप अपने आपको समझते क्या हैं ?'' मेरी आँखों में खून उतर आया था, ''आप समझते हैं कि आप जब चाहें, जिसका चाहें, शोषण कर सकते हैं ?''

मनिहार अपनी रिवाल्विंग कुर्सी से उठ खड़े हुए, ''मैं यह समझता नहीं, मैं यह जानता हूँ कि मैं जब चाहूँ, जिसका चाहूँ, जितना चाहूँ, शोषण कर सकता हूँ। डू यू गेट माई प्वायन्ट ?'' मनिहार किसी फिल्मी खलनायक की तरह अपने अभिनय के चरम पर थे, ''मैं तो अपने को शत-प्रतिशत वही समझता हूँ, जो मैं हूँ। लेकिन तुम अपनी औकात भूलकर मेरे सामने आई हो, तुम्हें जरूर अब समझ लेना चाहिए कि तुम क्या हो ! कल से दुनिया तुम्हें समझाएगी कि तुम क्या हो ! नाउ गेट आउट एंड गेट लॉस्ट !''

मैं मनिहार के शीतल कक्ष से बाहर आ गई। यहाँ गर्मी थी और घुटन। हवा कम थी और साँस लेना भारी हो गया था। मनिहार के सामने मैंने बड़ी बहादुरी से शाब्दिक लड़ाई लड़ी थी, पर बाहर आते ही मेरे कल-पुर्जे ढीले पड़ने लगे थे।

दूसरे दिन दफ्तर पहुँची तो देखा, एक ही दिन में मैं बदतमीज, चरित्रहीन, गैर-जिम्मेदार और जाने क्या-क्या घोषित हो चुकी थी। मिस्टर मनिहार के कमरे में जाने का और कमरे से बाहर निकलने का एक नया संस्करण हरेक के जबान पर था। मेरे साथ काम करनेवाले हर सहकर्मी की निगाह में मेरे लिए भर्त्सना थी। मनिहार ने सच कहा था, दुनिया ने एक ही दिन में मुझे समझा दिया था कि मेरी हैसियत क्या थी।...एक महीने के अन्दर मैं अपनी नौकरी से पल्ला झाड़कर, रोती-कलपती बाहर निकल आई। पहले तबादले के आदेश लेकर, फिर इस्तीफे के कागज थमाकर। दफ्तर के द्वार तक भी मुझे विदा देने कोई नहीं आया। न ही दिल के दौरे के बाद अस्पताल से घर पहुँचाने में मेरे पति के अलावा किसी ने मदद की। मैंने सोचा था, कम-से-कम मेरी बीमारी के वक्त मेरे साथ काम करनेवाली मेरी सभी साथिनें आँखों में सहानुभूति, होंठों पर चिन्तित मुस्कुराहट और हाथों में रजनीगन्धा के फूल लिए बारी-बारी मेरे बिस्तर तक आएँगी। लेकिन कुशल-क्षेम जानने की उनकी संक्षिप्त मुलाकात ने जाहिर कर दिया कि उनके लिए मेरी सेहत की जानकारी से ज़्यादा जरूरी मिस्टर मनिहार की जी-हुजूरी करना था। मेरे घर आकर पी हुई एक प्याला चाय के लिए वह मनिहार की 'गुड-बुक' से अपना नाम कटवाना नहीं चाहती थीं।

मैंने धीरे-धीरे अपने को संयत किया और विन्नू-बंटी के होने में ही अपना अस्तित्व ढूँढ़ा। अब मैं पूरी तरह एक आदर्श घरेलू औरत थी। लेकिन मैंने पाया कि मेरे भीतर का कहीं कोई हिस्सा था, जिसे घुन लग गया था और जो धीरे-धीरे झर रहा था। मेरी रातों की नींद लड़खड़ाने लगी। डॉक्टर के कहे अनुसार मैं कभी एक, कभी दो नींद की गोलियाँ खाकर सो जाती और गोलियों से खरीदी हुई नींद ऐसी होती, जैसे किसी अनजान-अपरिचित शहर की सैर करके आने के बाद थकान से टूटी, भारी और बोझिल पलकें खोलकर अपने आपको टटोलना पड़े, महसूस करना पड़े कि यह मैं कहाँ, किस

कमरे में हूँ। हर सुबह नए सिरे से मुझे अपने 'होने' को अपने जिन्दा रहने के अहसास को मजबूती से पकड़ना पड़ता था। इसके बावजूद मैं जानती थी कि किसी सुबह अचानक मैं देखूँगी कि मैं नहीं हूँ।

आखिरकार आज वह सुबह आ ही गई, जब मैं देख रही थी कि मैं नहीं हूँ। मेरी जिन्दगी की सारी अहम घटनाएँ शुक्रवार को ही घटती थीं। अगस्त मेरे लिए हमेशा खतरनाक महीना रहा था। यह इत्तफाक ही था कि अपने नाम-पते से अलग होने की यह तारीख भी शुक्रवार, 14 अगस्त ही थी। रोज की तरह मेरी नौकरानी दस बजे आई और अपने सम्पूर्ण धैर्य का परिचय देती हुई आधे घंटे तक दरवाजे पर खड़ी होकर कॉलबेल बजाते हुए दरवाजा खुलने का इन्तजार करती रही। फिर मेरी पड़ोसन से उसने सन्देह भरे स्वर में मेरे घर की डुप्लीकेट चाबी लगाकर दरवाजा खोलने को कहा। सुनते ही पड़ोसन इस कदर चिहुँकी जैसे वह बरसों से इसी दिन का इन्तजार कर रही हो। यों गलती उसकी भी नहीं थी। दिल के मरीज के लिए उसकी धड़कन का किसी भी दिन धोखा दे जाना बड़ी बात नहीं थी। शायद इसीलिए दरवाजा खोलते ही फर्श पर मुझे लुढ़के हुए देखकर उसकी चीख बहुत अप्रत्याशित नहीं थी। उस चीख में आश्चर्य कम और डर अधिक था। चीख से फारिग होने के बाद उसने मुझे छूकर देखना चाहा, पर फौरन उसके कानूनी दिमाग ने उसे ऐसा करने से रोका। क्या पता, हत्या या आत्महत्या का मामला हो और उसकी अँगुलियों के निशान...उसने अपना बढ़ा हुआ हाथ खींच लिया। आखिर वह एक बैरिस्टर की बेटी और एडवोकेट की बीवी थी। उसने मेरी अन्य दो पड़ोसनों को खबर की, जिनमें से एक फौरन सामनेवाले कम्पाउन्डरनुमा डॉक्टर को बुलाने दौड़ी। अब उसने मेरे पति के दफ्तर फोन किया। पति अपनी जगह पर नहीं थे। उसने दुबारा फोन घुमाया। वह, जो एक-एक फोन का बड़ी सख्ती से डायरी में हिसाब रखती थी, आज इतनी उदारता से फोन-पर-फोन घुमा रही थी। पति के पहुँचने से पहले ही डॉक्टर आ चुका था। मेरा ठंडा पड़ा शरीर देखकर अब कुछ भी करना बाकी नहीं रह गया था। डॉक्टर ने सफेद चादर मेरे चेहरे पर ऊपर तक ढक दी। उसकी यह क्रिया मृत्यु की सीलबन्द घोषणा थी। जैसे कह रहा हो, जिसे रोना है, रो ले। सबसे पहले मेरी नौकरानी ने जोर-जोर से सिसकियाँ भरनी शुरू कीं, धीरे-धीरे पड़ोसनों ने भी साड़ी के पल्ले से होंठ-नाक ढककर दबे-दबे-से स्वर में फुसफुसाहट आरम्भ की कि यह सब हुआ कैसे, बच्चे तो स्कूल गए होंगे, पति क्यों नहीं आए अब तक, माँ तो अभी महीना भर पहले वापस गई हैं, फिर आएँगी बेचारी...

पति के पहुँचते ही सबके रुदन के स्वर में थोड़ी तेजी आई और पति दरवाजे पर ही ठिठके हुए बुत बने खड़े रहे। बच्चे रोज के समय पर स्कूल से लौटे तो पड़ोसन ने उनके कन्धों से बस्ता उतारकर अपने घर रखा और उनसे पहले कुछ खा लेने को कहा। पड़ोसन जानती थी कि कैसे विन्नू-बंटी स्कूल से आते ही पहले खाने पर पिल पड़ते थे।

उनके आने से पहले ही मेज पर खाना तैयार रखना पड़ता था, पर पड़ोसन के रसोई में जाते ही दोनों बच्चे उसकी आँख बचाकर भाग निकले और अपने फ्लैट के सामने खड़ी भीड़ में से सरकते हुए अपने पापा से जा चिपके।

मेरी पहचान के लोग ही कितने थे, इस शहर में। कुल जमा दस-पन्द्रह परिचित लोगों के और किसी भी मौत में दिलचस्पी रखनेवाले पास-पड़ोस की अपरिचित भीड़ के जुड़ते ही कानाफूसी शूरू हो गई—कब लेकर जाएँगे? माँ-बाप, भाई-बहन, सास-ससुर, जेठ-जिठानी कोई आएगा? नहीं, कोई नहीं आएगा, किसी ने बताया। सब दूर परदेसों में रहते हैं, आना कोई आसान है ? दाल-रोटी खाते लोग हैं, हवाई जहाज का किराया भला कहाँ खर्च कर सकते हैं ? बहुत हुआ, 'चौथे' में आ जाएँगे, रेलगाड़ी से आने में ही तीन दिन लगते हैं...

औरतों में पति की उम्र को लेकर भी पूछताछ शुरू हो गई। शायद सभी के घर में, शादी की औसत उम्र लाँघी हुई, दहलीज के दूसरी ओर की अनब्याही लड़कियों की संख्या ज्यादा थी। इन हिन्दुस्तानी तौर-तरीकों से बचना मुश्किल था। चालीस से नीचे का पुरुष विधुर हो जाए तो उसके लिए दूसरी शादी के दरवाजे बड़ी मुस्तैदी के साथ खोल दिए जाते हें। औरत विधवा हो जाए तो बेचारी को अपनी चूड़ियाँ तोड़नी पड़ती हैं। रंगीन साड़ियों से विदा लेनी पड़ती है। बस, एक सफेद रंग ही उसके नसीब में रह जाता है, पर पुरुष विधुर हो जाए तो ठाठ से पहले की तरह ही टाई लगाकर, रंगीन कपड़ों में घूमता है। न उसकी घड़ी तोड़ी जाती है, न चश्मा उतारा जाता है। मेरे पति यों भी चश्मा तो पहनते नहीं थे और घड़ी उनके पास इकलौती थी, उसे तोड़ना वह 'अफोर्ड' नहीं कर सकते थे।

सर्वसम्मति से यह तय हो गया कि अर्थी आज ही उठेगी—शाम के पाँच बजे। रस्सी, बाँस, कोरा कपड़ा, सफेद फूलों की माला—सब सामान बटोरा गया। अचानक मेरे पति को पता नहीं क्या हुआ वह चीखकर मेरे ठंडे चेहरे से लिपट गए। एकाएक मेरा मन हुआ कि मैं फिर से अपने शरीर में घुस जाऊँ और उस गर्मी को महसूस करूँ, फिर मैंने कहना चाहा कि यह तुम सबके सामने क्या कर रहे हो ? हमारी शादी को दस साल हो गए, पर क्या मजाल कि किसी के सामने मेरे पति ने उँगली का नाखून भी छुआ हो ! वह एक बेहद तमीजदार, सभ्य और गम्भीर इन्सान थे। हमेशा मुझसे दस-पन्द्रह कदम आगे चलते थे, सड़क पार करते वक्त भी कभी उन्होंने मेरे कन्धे पर हाथ नहीं रखा था...सबके सामने तुमने इतना प्यार दर्शाया होता तो मैं रानी रूपमती न हो जाती। मैंने रुआँसे होकर सोचा, तब मुझे तीस साल की उम्र में हवा में यों बेपरवाह होकर तैरने की क्या जरूरत थी...?

अभी मैं ऐसी गीली-गीली, भीगी हुई बातें सोच ही रही थी कि लोगों में खलबली मचने लगी। हवा का रुख बदला हुआ लगा। सबकी निगाहें फर्श के उस टुकड़े से हटकर, जहाँ मेरा बेजान शरीर पड़ा था, लम्बी, फैली उजाड़ सड़क के आखिरी मोड़ पर केन्द्रित हो गईं। धूल का एक अम्बार-सा उठा और धूल-धक्कड़ से उस धुएँ को चीरती हुई बिजली की तेजी लिए एक सफेद लम्बी कार देवदूत की तरह प्रकट हुई ! इस कॉलोनी के दस किलोमीटर के वर्गक्षेत्र में दो ही इम्पाला थीं। एक यहाँ के प्रसिद्ध पंजाबी फिल्म प्रोड्यूसर की और दूसरी, सिर आसमान की ओर उठाकर चलनेवाले हरमितिया एंड कम्पनी के नए मैनेजिंग डायरेक्टर श्री बी.के. मनिहार की। सबने सोचा था, यह धूल उड़ाती इम्पाला आगे बढ़ जाएगी। लेकिन नहीं, सफेद इम्पाला रुकी—ठीक मेरे घर के सामने।

एच.ए.सी. का बैज लगाए हैटवाले शोफर ने तेजी से उतरकर, एक अच्छे शोफर की सारी मुस्तैदी और तहजीब दिखाते हुए अपनी झुकी हुई गर्दन और सधे हुए हाथों से गाड़ी का दरवाजा खोला और उसमें से बन्द गले का, मिनिस्टरों जैसा सफेद कोट और सफेद पैंट पहने उतरे पाँच फुट एक इंच के कद के मिस्टर मनिहार—अपने बेडौल शरीर को सँभालते हुए। देखा जाए तो उन्हें एक अर्थी के सामने सिर झुकाकर चलना चाहिए था, पर वह सिर आसमान की ओर उठाकर चलने की अपनी आदत से लाचार थे। ऐसा करने से शायद वह अपने को छः फुट लम्बा महसूस करने लगते थे। अपने ख़ास अन्दाज में चल रहे थे वह। सीधा वह कभी देखते नहीं थे। हमेशा दाएँ-बाएँ कनखियों से देखते हुए वह ऐसे चौकन्ने होकर चलते, जैसे कहते हों—पहचानो, पहचानो, मैं ही हूँ, मिस्टर मनिहार।

कौन नहीं पहचानता था उन्हें ? शहर का बच्चा-बच्चा उनसे और उनकी सफेद इम्पाला से परिचित था। आते ही उन्होंने बड़ी नफासत से अपना हाथ मेरे पति के कन्धे पर रखा। पति आँखें झुकाए बेहद निरीह प्राणी-से खड़े रहे। मेरे पति को उसका हाथ झटक देना चाहिए था। पर मैं जानती थी कि मेरे बॉस ने अगर दूसरी बार इसी नजाकत से मेरे पति का कन्धा थपथपाया तो मेरे पति उसकी सारी ज्यादतियाँ, सारी बेईमानी भूलकर उसके कन्धे पर सिर रखकर रोने लगेंगे। आसानी से खुश हो जाने की और उतनी ही आसानी से माफ कर देने की मेरे पति की पुरानी आदत थी, जिसका फायदा उनकी सहकर्मी टाइपिस्ट रोजी फर्नांडीस अक्सर उठाया करती थी।

मिस्टर मनिहार वहाँ से हटे तो सीधे मेरे बच्चों के पास चले आए, जो अब तक सहमे हुए खड़े थे। रोने का नाटक करते हुए उन्होंने दोनों बच्चों को दोनों बाँहों में भींच लिया। मनिहार एक अच्छे अभिनेता थे, लेकिन विन्नू-बंटी में अभिनय पहचानने की समझ अपने पापा से ज्यादा थी। दोनों बच्चे चाकलेट पाकर खुश होना नहीं जानते थे। देनेवाले की नीयत पहचानने की समझ उन दोनों में अद्भुत थी। वे फौरन एक झटके से मनिहार की पकड़ से छूट निकले। अब मनिहार के दोनों हाथ खाली थे और उनका

एक हाथ झट अपने बालों पर चला गया, जिन्हें बंटी खूँखार निगाहों से घूर रहा था। मेरे सामने एक साल पहले का वह दिन आकर ठहर गया...

शुक्रवार, 15 अगस्त, '80। मनिहार अपनी समिति के लिए चन्दा लेने हमारे घर आए थे और बड़ी तन्मयता से समिति की लिखित योजना बाँच रहे थे, वज्रासन में बैठे हुए। जमीन पर बैठते समय वह हमेशा अपने पैरों को मोड़कर उन पर टिककर बैठते थे। इस तरह बैठने से वह पालथी मारकर बैठे हुए तमाम लोगों से कुछ ऊँचे दिखाई देते थे। सहसा बंटी को पता नहीं क्या सूझा कि उसने मनिहार के बाल खींच लिए। बाल क्या खींचे उसने, बालों का पूरा सेट उसके हाथ में आ गया। तब तक न मैं जानती थी, न मेरे पति कि मिस्टर मनिहार विग पहनते हैं। विग उतर जाने से मनिहार के साही जैसे काँटेदार खड़े-खड़े बाल भीतर से निकल आए। बंटी को यह बड़ी अजीबोगरीब चीज लगी। उसने बेतहाशा हँसना शुरू किया और विग लेकर कमरे से बाहर भाग गया। सबको जैसे लकवा मार गया, सब दम साधे बैठे रहे। मैंने तो सोच लिया, गई मेरी नौकरी ! यह क्या किया बेटा तूने ? मेरे बॉस का विग उतार लिया ? उसे गंजा कर दिया ?

मैंने खिसियाहट में उनसे माफी माँगी तो वह एकदम मँजे हुए अभिनेता की तरह गुस्सा छिपाकर बताते रहे कि चार साल पहले, जब वह पेरिस गए थे, उन्होंने यह विग खरीदा था। आज तक किसी को सन्देह तक नहीं हुआ कि वह विग पहनते हैं। उन्होंने ठहाका लगाकर बताया कि क्या हम सब विश्वास करेंगे कि उनकी तो पत्नी भी नहीं जानती कि उनके खूबसूरत रेशमी बाल उनके अपने नहीं, पेरिस के 'ला ब्यू पार्ले' के हैं।..वैसे इसकी सम्भावना अधिक थी कि मिस्टर मनिहार कभी पेरिस गए ही न हों और यह विग किसी 'ला पार्ले-वार्ले' का न होकर सदर बाजार के अहमद हेयर-कटिंग सेलून का हो। पूरे शहर में उन जैसा 'सत्यवादी' दूसरा नहीं था। इतनी सफाई से वह इतना विस्तृत झूठ बोलते थे कि सुननेवाला मन्त्रमुग्ध हो जाता था।...विग खींचने तक भी गनीमत थी, हम लोग जब तक बंटी को पकड़ें-पकड़ें, वह मिस्टर मनिहार के चपरासी दीनानाथ के गंजे सिर पर विग फिट कर चुका था। हँसी दुहरी-तिहरी होकर कमरे में फैल गई, जब हमने देखा कि अब दीनानाथ, दीनानाथ नहीं, बी.के. मनिहार लगने लगा था। अजीब करिश्मा था इस विग का—जिसके सिर पर लगा दो, वह मनिहार लगने लगता था।

और अब बंटी को देखते ही मनिहार को भी वह घटना याद हो आई थी। कहीं फिर वह उनका विग न उतार दे, उनका हाथ अपने बालों पर चला गया, वर्ना सभी जान जाएँगे कि इन खूबसूरत रेशमी बालों के लिहाफ के भीतर एक नुकीला, काँटेदार साही

छिपा है। लेकिन लोगों की जबान पर तो कुछ और ही था। सब दबे स्वर में कह रहे थे कि बड़ा आदमी इसे कहते हैं...कैसा बड़प्पन है, कितनी विनम्रता ! हवा में तेजी के साथ यह खबर फैल गई कि एच.ए.सी. का एम.डी. अपनी एक मामूली स्टेनो की शव-यात्रा में आया है। जिन्होंने मातमपुर्सी की रस्म अदायगी के लिए वीकएंड की दुपहर चुन ली थी, वे भी यह खबर सुनते ही पाँच मिनट के अन्दर आँखों में कुतूहल लिए दौड़े चले आए।

"मुझे दो घंटे पहले ही खबर मिल गई थी। मैं तभी आ जाता," मनिहार मेरे पति को सम्बोधित करते हुए उनके आसपास खड़े लोगों को अपनी जबान की मिठास और अपनी आवाज के जादू से परिचित करवा रहे थे, "लेकिन अमेरिका से डॉ. विलियम जॉनसन अभी ही पहुँचे थे। मैंने उनसे माफी माँगी और कहा कि मेरी स्टेनो, जो बिल्कुल मेरी छोटी बहन-जैसी थी, अचानक मर गई है, मेरा जाना बहुत जरूरी है।"

मैं वहाँ होती तो यह सुनकर अपने पति के कान में जरूर कहती कि शेखचिल्ली चले गए, औलाद छोड़ गए, लेकिन वहाँ मैं नहीं थी, मेरी मातमपुर्सी में आए हुए लोग थे, जो एक नजर मेरी अर्थी पर डालकर 'च्चू...च्चू' कर रहे थे। मनिहार के पास हर किस्म और हर साइज का झूठ, हर वक्त तैयार रहता था, जिसे वह सामनेवाले का हाजमा और उसकी औकात मापकर उसके चेहरे पर चस्पाँ कर देते थे। उनसे मिलनेवाला आदमी बेहद प्रसन्नचित्त, उस झूठ का लबादा ओढ़े, उनकी महानता बखानते हुए वहाँ से चला जाता। अपने झूठ के झंडे गड़ते देखकर अब मनिहार को माफ़ी माँगने और झूठ बोलने के दौरे पड़ने लगे थे। जनता में अपनी लोकप्रियता सूँघकर अब वह आम चुनाव जीतकर मन्त्री बनने के ख्वाब देखने लगे थे। हर दूसरा वाक्य वह अपने कानों को छूकर बहुत विनम्रता से माफी माँगते हुए शुरू करते थे। झूठ अब उनकी जबान से इतनी आसानी से फिसलता था कि कभी-कभी सच बोलते हुए वह अपने को बेहद असहज पाते थे।

मनिहार के आने से माहौल में रौनक आ गई थी। जोर-शोर से अर्थी उठने की तैयारियाँ होने लगीं। दोनों बच्चे अब तक मनिहार को लाल-सुर्ख आँखें तरेरे, गुस्से से घूर रहे थे। वैसे अब बच्चों की ओर ध्यान भी किसका था ? सबने उत्सुक निगाहों से देखा कि जैसे ही अर्थी उठने लगी, और मेरे पति ने अर्थी को कन्धा दिया, मनिहार ने झट बाईं ओर खड़े मेरे पति के मित्र को हटाकर अर्थी को दूसरी ओर से थाम लिया। मेरे लिए हवा सहसा बहुत भारी हो गई। वह—जो मेरी मौत का एकमात्र जिम्मेदार था और अब मेरी मौत को भी अपने हक में कैश करवाना चाहता था, वह—जिसने हमारे सपनों की हत्या की थी और मेरे दोनों मासूम-निरीह, नन्हे-नन्हे बच्चों को अनाथ बना दिया था, वह अदना आदमी मेरे ही खून से रँगे हुए अपने हाथों से मेरी अर्थी का डंडा थामे सबसे अगली पंक्ति में गर्व से चल रहा था। लोग यह दृश्य देखकर अतिरिक्त उत्साह में आ गए और गद्गद होकर 'राम नाम सत्य' का गुणगान करने लगे थे।

मनिहार, जो एक-एक पैसे को दाँत से पकड़ता था, जिसका आए दिन सौ रुपए का चेक बाउंस हो जाता था, जो ढाई किलो आलू-प्याज की बदौलत माजरेकर की माँ का वोट पाना चाहता था, आज बड़ी उदारता से अपनी जेब से खनकती हुई चिल्लर निकालकर अधनंगे बच्चों की ओर उछाल रहा था। साथ चलती भीड़ ने हुंकारा भरा–'राम नाम सत्य है।'

लेकिन यह दृश्य तो वह था, जो लोग देख रहे थे। इसके समानान्तर उभरता हुआ दूसरा दृश्य, जो दुनियावी आँखों से परे था, मैं देख रही थी। स्पष्ट। बहुत स्पष्ट। वह दृश्य इससे अलग था। वही लोग, जो शोकयात्रा गान बड़े लय और सुर में गा रहे थे, उन्होंने अपने सबल कन्धों पर कमजोर कन्धोंवाले मनिहार को बिठा रखा था। उसकी बित्ते भर की गर्दन फूलमालाओं से लदी हुई थी।

''बोलो, बी.के. मनिहार की जय' लोगों ने जय-जयकार की। विजय-दुन्दुभी बजाई, मनिहार पर पुष्प-वर्षा की और मनिहार को कीमखाब का दुशाला ओढ़ा दिया। भीड़ में से हरेक ने अपने-अपने चीथड़े फाड़कर उसके लिए दुशाला सीया था। अपने मसीहा के हर एक झूठ को खूबसूरत पैबन्दों से ढककर जनता खुश थी और आँखों पर पट्टियाँ बाँधे, मंजीरे बजाती हुई, भाँग के नशे में जैसे झूम रही थी–

बोलो भ्रष्टाचार की जय !

बोलो झूठ-मक्कार की जय !!

बोलो, बाँके मनिहार की जय !! जय-जय-जय ! नारों से दिशाएँ गूँज उठीं। आकाश सुनहले, नीले, लाल रंगों से रँग गया। बादलों में इन्द्रधनुष चमक उठे। उजली धूप के साथ हल्की-हल्की बूँदाबाँदी होने लगी। आँखों पर पट्टियाँ बाँधे-बाँधे ही लोगों ने कहा, आज का दिन बड़ा शुभ है, आज भ्रष्टाचार की जय बोली गई है, आज देवता भी प्रसन्न हैं।

चिता पूरी तरह जल चुकी थी। अब कुछ सुलगती हुई लकड़ियाँ और उड़ती हुई चिनगारियाँ हवा में थीं।

तीस साल की उम्र में एक जवान औरत, अपने कमजोर दिल की बदौलत, इस दुनिया से उठ गई थी, इसमें किसी का क्या कसूर था ? कोई क्या कर सकता था ? सिर झुकाए खड़े मेरे पति के सामने लोग सहानुभूति के घिसे-पिटे वाक्य दोहराकर अपने-अपने घर लौट गए। मनिहार मेरे पति को अपनी लम्बी कार में छोड़ने आए। पति और बच्चों ने घर में घुसते ही देखा–प्रसिद्ध मदनलाल हलवाई की दुकान से आया गरमागरम खाना रखा था–खूब करारी मटर-कचौरी, गोभी-गाजर का पुलाव और काबुली छोले ! माँ-बाप चाहे कितने शोकग्रस्त हों, बेटी के घर में कोई भी मौत होने पर उस दिन का खाना उन्हें भेजना पड़ता था। मेरे माँ-बाप इस शहर में नहीं थे, फिर यह काम किसने किया था ? और कौन कर सकता है भला ? मनिहार आँखें झुकाए विनम्रता की

साक्षात् प्रतिमा बने खड़े थे।

"कल से तनिमा आ जाएगी। जब तक तुम्हारे घर से कोई नहीं आ जाता, बच्चों को सँभाल लेगी। किसी चीज की जरूरत हो तो कहना, संकोच न करना।" मनिहार ने कहा और एक बार फिर कन्धा थपथपाकर मेरे पति से विदा ली। तनिमा ! मनिहार की पैंतीसवर्षीया कुँवारी लँगड़ी बहन तनिमा ! मनिहार का अर्थशास्त्र अब रंग ला रहा था। तनिमा के साथ मेरे शालीन पति की दूल्हा बनी ईस्टमैनकलर तस्वीर मनिहार के धूर्त अफसरी दिमाग में अंकित हो चुकी थी।

दूसरे दिन तनिमा ने आते ही मेरे पति से लिपटकर रोना शुरू कर दिया। वह मेरे पति की क्लासफेलो रह चुकी थी। तब भी उसने मेरे पति को फँसाने की असफल कोशिश की थी। अब उसके लिपटने की गर्मी मैं यहाँ तक महसूस कर रही थी। तनिमा की जगह रोजी फर्नांडीस होती तो मुझे अफसोस न होता, पर मनिहार मुझे हर दाँव पर मात दे रहा था।

मैंने घबराकर उस सफेद झक पंखोंवाले खूबसूरत आकार को ढूँढ़ा।

उसने मुस्कुराकर बड़े तफरीही अन्दाज से पूछा, "क्या हुआ अब ?"

"छीन लो मुझसे ये हवा में तैरनेवाले पंख !" मैंने तल्खी से कहा, "नहीं चाहिए मुझे तुम्हारी आजादी ! बेपरवाही ! नहीं चाहिए यह बेलौस, तैरती-लहराती, आसमानी जिन्दगी ! नहीं चाहिए अफसरी दिमागों के खुराफाती अंकगणित पढ़ने की सामर्थ्य।" मैं गिड़गिड़ाई, "दोस्त ! मुझे भेज दो वापस ! उसी सर्दी-गर्मी-बरसात में, उसी दस-पन्द्रह कदम आगे चलनेवाले पति के पास, उसी धोखाधड़ी और जालसाजी की दुनिया में, उसी झूठ और मक्कारी से भरी हवा में ! मैं अब उस हवा में अपने को बिखरने नहीं दूँगी। मैं अपनी धड़कन को सँभाल लूँगी। मैं अपने बच्चों को मनिहार के अर्थशास्त्र का शिकार नहीं बनने दूँगी। मेरी लड़ाई अभी बाकी है। मुझे लड़ना है। मुझे लड़ने दो। मुझे भेज दो वापस ! प्लीज !"

उसका तफरीही अन्दाज सहसा खौफनाक मुद्रा में बदल गया। एक विजेता की क्रूर मुस्कान के साथ वह बोली, "अब कहाँ भेजें ? यह चिता की बुझी हुई चिनगारियाँ देखो। यह मुट्ठी भर राख देखो, यह तुम्हारी धरती नहीं। यहाँ दल नहीं बदलते। अब कुछ नहीं हो सकता। अब बहुत देर हो चुकी है !" ●●

[साप्ताहिक हिन्दुस्तान : 1982]

जानकीनामा

"जानकी का कुछ पता चला ?"

"जानकी लौट आई या नहीं ?"

"चार घंटे हो गए, अभी तक लौटी नहीं छोकरी ?"

"अब मालूम तो था, शहर में हालात ठीक नहीं, फिर उसे बाहर भेजा ही क्यों ?"

"लड़की जात की जिम्मेदारी उठाना कोई मजाक है, फिर पराई अमानत !"

दाएँ-बाएँ, हर ओर से सवालिया जुमलों की बौछार करुणा पर हो रही थी। परेशान वह भी थी। दिल उसका भी जोरों से धड़क रहा था पर पड़ोसियों के अन्तहीन सवालों ने उसे कठघरे में ला खड़ा किया था। हर बार जानकी के बारे में कोई पूछता और उसके भीतर शर्म-सी उठती लहरें कान की लवों तक पहुँच जातीं। हर बार दरवाजे की घंटी बजती और उसका कलेजा मुँह को आ जाता। पता नहीं कब उसके भीतर एक कोने में बुजुर्ग भाग्यवादी दादीनुमा औरत पालथी मारे अपना आसन जमा रही थी—जो होना है, होकर ही रहता है। भाग्य का लिखा, विधि का विधान, किस्मत की रेखा—इसे कोई बदल नहीं सकता। जानबूझकर तो कोई अपने बच्चे को आग में झोंकता नहीं। सुबह तक तो सब भला-चंगा ही था। मुहल्ले के सब मर्द काम पर गए हैं कि नहीं। ग्यारह नम्बर के मलकानी साहब की बेटी भी कॉलेज गई है। फिर हर आदमी यही तो चाहता है कि जल्दी-से-जल्दी शहर में अमन-चैन हो जाए।

कौन जानता था कि बारह बजकर दस मिनट पर अचानक दनादन पटाखों-सी गोलियाँ चल जाएँगी, बारजे-झरोखों और दरख्तों की ऊँची टहनियों से कौए-कबूतर फड़फड़ाते हुए उड़ने लगेंगे और फिर से इस मुहल्ले के वाशिन्दे अपने-अपने छज्जों पर आ खड़े होंगे। गोलियों की वह अपशगुनी आवाज सुनकर सबकी तरह उसके काँपते हाथों से भी बरतन खनखनाए थे—फिर वही आफत ! पुल पार की बस्ती से उठता फिर वही धुआँ, जिसे देख-देखकर आँखें थक चुकी थीं। धुआँ देखते ही उसके भी पेट से एक गुबार उठा और सीने तक पहुँच गया। दिमाग पर एक हथौड़ा-सा पड़ा—जानकी ! अभी आधा घंटा भी नहीं हुआ, उसे वहीं तो भेजा था—बनिये से कुछ सामान लाने और गेहूँ पिसवाने ! अभी तो वह चक्की पर ही कतार में लगी होगी ! भली है यह लड़की भी, कोई कुछ भी काम कहे, फौरन करने को तत्पर ! न गुप्ताइन मौसी ने कहा होता कि उनकी पोती बीमार है, जानकी को भेजकर बनिये से बार्ली मँगवा दो, न उसे अपना गेहूँ पिसवाना याद आता।

पर फिर वही सौ की सीधी एक बात—मालूम किसे था कि बे-मौसम बरसात की तरह यह लूटपाट, दंगा-फसाद आए दिन सबकी छाती पर मूँग दलेगा !

दो महीने पहले जब 6 दिसम्बर के बाद शहर दंगों की चपेट में आया था तो सब चौकन्ने हो गए थे। जिनके मुहल्ले-नुक्कड़ दंगों की गिरफ्त में नहीं आए थे, वे अपनी किस्मत को सराहते, दूसरे इलाकों के खून-खराबे के बारे में सुनते और थू-थू करते, शहर के राजनेताओं, गुंडों-मवालियों-दंगाइयों के नाम लानतें-मलामतें भेजते पर धीरे-धीरे जब हर किसी के रिश्तेदार या पड़ोसी इस तबाही का शिकार होने लगे तो शहर की यह आकस्मिक हलचल उत्सुकता की चीज़ न रहकर परेशानी का वायस बनने लगी। दो महीनों में लोग सब्जी, दूध, चीनी, पावरोटी की किल्लत से तंग आ चुके थे। हर ओर अफवाहें थीं, जो दहशत फैला रही थीं। परसों शहर भर में सुबह के आठ बजे तक घर-घर में यह अफवाह फैल गई थी कि सुबह जो सरकारी दूध के पैकेट आए हैं, उनमें जहर मिला हुआ है। सबने अपने दूध के पैकेट खोलकर मोरी में बहा दिए। उसके पहले अफवाह थी कि एक ऑटो रिक्शावाले ने दूसरे धर्म के पैसेंजर को अपने इलाके में ले जाकर कत्ल कर दिया। लोगों ने ऑटो में चढ़ना बन्द कर दिया या चढ़ते समय चालक की आँखों के आर-पार देखकर उसका धर्म टटोलने लगे। इस तरह की अफवाहों की रफ्तार दुनिया के सबसे तेज रॉकेट को भी मात दे सकती थी इसलिए जब कल का दिन सकुशल गुजरा तो लगा, वहशियों की हिंसक खूँखार आदिम प्रवृत्ति शान्त हो गई और सबने सुख-चैन की साँस ली। घर के आदमी सुबह काम पर जाने के लिए निकल पड़े, बस-स्टाप और लोकल की टिकट-खिड़की पर कतारें दिखाई देने लगीं। सड़कों पर चीखते-चिल्लाते गाड़ियों के हॉर्न सामान्य होती जिन्दगी का ऐलान कर रहे थे। आखिर कितने दिन लोग अन्धे-बहरे होकर आपस में ही कट-मर सकते हैं। इस तरह की दहशत में जीना भी कोई जीना है ! सबने इस सामान्य होती जिन्दगी का स्वागत किया पर कुछ सतर्कता और चौकन्नापन जरूरी था, करुणा ने मन पर एक वजन महसूस किया—इस स्वागत का शिकार होना था जानकी को ही ! करुणा चाह रही थी, इस बार की घंटी पर वह दरवाजा खोले तो सामने चमकती आँखों की कोरों तक खिंची मुस्कान लिए जानकी वहाँ जादुई चिराग के जिन की तरह मौजूद हो !

इस जानकी का असली नाम था—जुलेखा। छह महीने पहले जब करुणा उसे अपने कस्बे से बम्बई लाई थी तो सबने उसे देख नाक-भौं सिकोड़े थे—काली-कलूटी, सलवटोंवाली, रूखी-सूखी त्वचा लिए डेढ़ हड्डी की वह लड़की किसी अकाल-ग्रस्त इलाके की जीती-जागती तस्वीर लगती थी। हँसती तो चेहरे पर सिर्फ साफ-सफेद दाँत-ही-दाँत दिखाई देते और चुप रहती तो पनीली आँखें चमकतीं। हिन्दी बोलना भी उसे नहीं आता था, वह सिर्फ अपनी जबान को टेढ़ा कर कुछ हकलाती-सी मैथिली बोलती थी। करुणा के पति दिवाकर और बच्चों ने भी उसे देखकर सिर थाम लिया था—यह सर्कस का

अजूबा घर क्यों उठा लाई ? यह काम क्या खाक करेगी ! इसे तो सुबह-सुबह देख लिया तो सारा दिन खाना नसीब नहीं होगा।

जितना ही बच्चे, पति और अड़ोसी-पड़ोसी बारह-तेरह साल की उस लड़की को देख मुँह बिचकाते, करुणा को उतना ही उस पर लाड़ उमड़ता। उसे शहर ले आने के अपने निर्णय पर करुणा को ज़रा भी अफसोस नहीं था। गर्मी की छुट्टियों में वह अपने कस्बे जमालपुर गई थी और वहाँ लगातार दस दिन वह जुलेखा को अंडों की टोकरी सिर पर उठाए देखती रही थी। करुणा के पिता रामबहादुर सिंह की सरकारी जीप के पुराने बूढ़े ड्राइवर अनवर की चार बेटियों में से सबसे छोटी थी जुलेखा। बचपन में मियादी बुखार में चेहरे के एक हिस्से को फालिज मार गया था, तब से मुँह भी थोड़ा-सा तिरछा हो गया था। बोलते समय हकलाती भी थी। अपने हकलाने से बचने के लिए बहुत कम बोलती थी। बहुत-सी बातें वह अपनी आँखों और हाथों के इशारे से समझा देती थी। अनवर ने उसे स्कूल भेजा था, पर वह हर दिन दूसरे बच्चों के चिढ़ाने से बिसूरती हुई आ जाती। अनवर ने कुछ मुर्गियाँ पाल रखी थीं और जुलेखा रोज सुबह सिंह खानदान के चार-छह घरों में सिर पर टोकरी उठाए अंडे बाँटने आ जाती। उसके पीछे-पीछे दो-चार शरारती बच्चे चिल्लाते हुए दौड़ते—

आगरे का पेड़ा,
जुलेखा का मुँह टेढ़ा...

एक दिन करुणा ने देखा, वह सिसकियाँ भर रही थी और माथे पर की चोट से खून रिस रहा था। जुलेखा के पीछे कस्बे के नंग-धड़ंग बच्चों की भीड़ थी जो करुणा को देखते ही भाग खड़े हुए। दो छोटे बच्चे वहीं खड़े-पहाड़ा पढ़ने के अन्दाज में चिल्लाते रहे—

जमालपुरे की छोकरी
तेरे सिर पे टोकरी
टोकरी में अंडा
भाग पड़ेगा डंडा !

करुणा ने डपटकर उन्हें भगाया और जुलेखा को पास आने को कहा। जुलेखा ने करुणा को देखा तो आँसू पोंछ शर्म से जैसे जमीन में गड़ गई। गाँठ बाँधकर पहने हुए अपनी माँ के जम्पर के एक कोने को खींच नाक पोंछने लगी।

"ये बच्चे रोज तुझे ऐसे ही छेड़ते हैं ?" करुणा ने पूछा और जुलेखा के कन्धे पर हाथ रख उसे अपने करीब खींच लिया। जुलेखा भी ऐसे लिपटी जैसे शायद कभी अपनी माँ से भी न लिपटी हो। करुणा ने उसे अपने से अलग करना चाहा तो भी वह अपना चेहरा अपनी बगल में दुबकाए सिमटी-सी सुबकती रही।

"मेरे साथ बम्बई चलेगी तू ? तेरे अब्बा से बात करूँ ?" करुणा के मुँह से अचानक निकल पड़ा।

जुलेखा कुछ नहीं बोली पर उसकी नम आँखों में अचानक जलते दिए ने हामी भर दी।

करुणा को लगा था, इसे ले जाने में कोई अड़चन नहीं आएगी। अनवर अपनी किस्मत सराहेगा कि उसकी चार बेटियों में से एक इतने बड़े शहर बम्बई में इतने अच्छे घर जा रही है पर अनवर को राजी करने में करुणा को अपनी दलीलों का पिटारा खाली करना पड़ा। आखिरकार अनवर और उसकी बीवी जुलेखा को भेजने को तैयार हो गए। लड़की हकलाती हो, सुकट्ठी हो, बदसूरत हो, टेढ़े मुँहवाली हो पर है तो अपने जिगर का टुकड़ा। ''दिदिया, अहाँ भरोसे भेज रहल छी, अगला बरस साथ नेने अहब !'' जुलेखा की अम्मा ने मुँह ढाँप आँसू रोककर कहा।

और करुणा उसे बम्बई ले आई। पन्द्रह दिन तो वह ऐसे गुमसुम रही जैसे मुँह में जबान ही न हो। दिवाकर के सामने न फटकती और ऋचा-अभिषेक से सहमी-डरी रहती। उसे लगता, बच्चे बहुत साफ-सुथरे हैं और वह अपने नए-साफ कपड़ों के बावजूद अपने को एक मैली गठरी की तरह एक कोने में समेटे-दुबकाए रखती। बच्चे टी.वी. देखते तो वह उकड़ूँ बैठे अपनी दुबली-पतली बाँहों में पैरों को समेटे, घुटनों में चेहरा छुपाए रहती। जहाँ स्क्रीन पर कोई ऐसा-वैसा दृश्य आता, शर्म से दुहरी-तिहरी हो फौरन वहाँ से खिसक लेती और पर्दे की ओट से कनखियों से देखने लगती। कुछ दिन घर का हर क्रियाकलाप बुझी नजरों से भाँपती रही। करुणा को लगा, इसे वापस जमालपुर पहुँचाना होगा। न उसे रोटी बेलनी आती, न सब्जी काटने के लिए छुरी हाथ में पकड़नी आती। सब्जी काटने के लिए उसे फाँसुल चाहिए था जिसे बम्बई में कोई जानता न था। अचानक एक शाम उसने करुणा के हाथ से चकला-बेलन थाम लिया और सात दिन के अन्दर ही गोल-गोल चपातियाँ बेलने-फुलाने लगी। जब अम्मा या बच्चे उसकी सेंकी रोटियों की तारीफ करते तो वह खुद भी अपनी कारीगरी पर मुग्ध हुई रहती। उसके भीतर अपने प्रति विश्वास जगने का यह पहला कदम था, फिर तो उसने हर काम बड़े शौक और उत्साह के साथ सीखना शुरू किया और जैसे कक्षा में फर्स्ट आने पर बच्चे इतराते हैं, वह भी सीढ़ी-दर-सीढ़ी दुगुने जोश के साथ फलाँगती हुई घर का हर छोटा-से-छोटा और अपने कद से बड़ा काम भी सीखने का दम भरने लगी। अम्मा उससे पानदान और सरौता माँगती तो वह हुक्म बजा फौरन अम्मा के पायताने बैठ उनके पैर दबाने लगती। परिवार के हर सदस्य की नब्ज उसने पहचान ली थी और सबको अपनी तरह से खुश कर सात नम्बर के दिवाकर सिंह परिवार का सबसे महत्त्वपूर्ण कल-पुर्जा जमालपुर की जुलेखा बन गई थी।

अम्मा को जैसे ही लगा, अब यह बम्बई शहर के इस घर में जज्ब होती जा रही है और अब इसे जमालपुर वापस भेजना नहीं पड़ेगा, अम्मा ने एक दिन अपना रोब जताया, ''यह जुलेखा नाम तो हमारी जबान पर न चढ़े। इसका नाम बदलकर सीता-गीता कुछ भी रख दो।''

घर के किसी भी सदस्य को उसके नाम पर आपत्ति नहीं थी पर करुणा अपनी सास की बात टाल नहीं सकती थी, उसने जुलेखा की बाँह थामी, जिस पर महीने भर में कुछ गोलाई चढ़ गई थी, ''क्यूँ री जुलेखा, तेरा नाम बदल दूँ ?''

जुलेखा ने अपने खास अन्दाज में शरमाते हुए एक ओर सिर झुका लिया और निचला होंठ दाँत में दबा मुस्कुरा दी। करुणा ने पहली बार महसूस किया कि आँखों की मासूमियत और होंठों की बेलौस मुस्कुराहट चेहरे की हर बदसूरती को कैसे ढक लेती है। टेढ़े मुँहवाली इस लड़की की चमकती आँखों की कोरों तक खिंचती मुस्कान में गजब का आकर्षण था।

"तू ही बता, क्या रखूँ तेरा नाम ?" करुणा ने पूछा।

जुलेखा ने सकुचाते हुए अम्मा की ओर इशारा कर दिया।

"जानकी रख दो," अम्मा ने तपाक से कहा, "जुलेखा से मिलता-जुलता ही है।"

और जुलेखा का उस दिन से कायापलट हो गया। अब वह जानकी थी। अम्मा की जानकी। ऋचा और अभिषेक की जानकी। मुहल्ले भर की जानकी। सबके मुँह पर जानकी चढ़ गया। चित्रा के मुँह नहीं चढ़ा। वह अब भी उसे चोरी-छुपे जुलेखा नाम से ही पुकार बैठती। जुलेखा पर बदले नाम का रत्ती-भर असर नहीं हुआ। उसे जुलेखा बुलाओ तो भी वही चमकती आँखें, जानकी बुलाओ तो भी वही खिला हुआ चेहरा।

अपना खिला हुआ चेहरा लिए जैसे-जैसे वह घर के काम में दक्ष हो रही थी, उसकी जबान भी धीरे-धीरे खुलने लगी। अपने हकलाने के प्रति उसकी झिझक भी कम हो गई थी और बोलना उसने 'यह क्या है ?' 'यह ऐसा क्यों है ?' से शुरू किया। गैस की नीली लपट देखकर कहती, 'आग ऐसी नीली क्यों होती है ?' प्रेशर कुकर को उलट-पुलटकर देखती और पूछती, 'इसमें दाल उबल जाने पर सीटी क्यों बजती है, कैसे बजती है ?' कुछ ही दिनों बाद जब रसोई के आधुनिक उपकरणों और यन्त्रों के बारे में उसकी जिज्ञासा शान्त होने लगी तो अखबार के पहले पन्ने पर छपी तस्वीर के बारे में उसने पूछना शुरू कर दिया। अब वह इतने सवाल पूछती कि हारकर करुणा 'पता नहीं' से समापन कर पूर्ण विराम लगा देती। करुणा जब-तब अपने बेटे अभिषेक को, जिसे वह रोज अखबार पढ़ने के लिए कह-कहकर थक गई थी, जानकी का उदाहरण देती, "देखो, वह बेपढ़ी-लिखी लड़की भी देश में कहाँ-क्या हो रहा है, में दिलचस्पी लेती है और तुम भाई-बहनों को एम.टी.वी. और स्टार टी.वी. से ही फुर्सत नहीं।"

करुणा हैरान होती कि जानकी के इतने दुबले-पतले आधी ज़ान के जिस्म में इतना जहीन दिमाग कैसे छिपा हुआ था। ऋचा और अभिषेक के स्कूल से लौटने के पहले ही वह मेज पर प्लेटें लगा देती। किसी दिन सब्जी कम होती तो अपने हिस्से की सब्जी वापस कटोरे में डाल खुद अचार के साथ खाना खा लेती। ऋचा के जन्म दिन पर उसने करुणा से छिपाकर अपने हिस्से के केक का टुकड़ा फ्रिज में रख दिया और दूसरे दिन जब अभिषेक के केक माँगने पर करुणा ने कहा कि वह तो खत्म हो गया है, जानकी चुपचाप फ्रिज के एक कोने से छोटे से टिफिन में सँभालकर रखा केक ले आई। कहने लगी, हम जानते थे, भैया दूसरे दिन माँगेगा। करुणा स्तब्ध रह गई। जानकी को अपने घर कैसा खाना मिलता रहा होगा, वह उसकी सूखी सूरत से जाहिर था पर करुणा के घर बने 'स्वादिष्ट व्यंजन' भी उसे ललचा नहीं पाते थे। ऐसा अद्‌भुत सब्र और धीरज

करुणा ने आज तक किसी काम करनेवाली लड़की में नहीं देखा था।

करुणा के उस मुहल्लेनुमा चौकवाले मकान में चौदह घरों में से किसी के पास सारे दिन की लड़की नहीं थी। जानकी के आने से मुहल्ले में दिवाकर और करुणा सिंह का रुतबा बढ़ गया था। शुरू-शुरू में गुप्ताइन चाची ने दबी-घुटी जबान से 'मुसले की बेटी से कोई रसोई का काम करवाता है भला' जैसे फिकरे कसे और बहाने-बहाने से करुणा के घर आ जानकी को काम करते, ऋचा के साथ खेलते निहारती रही, फिर एक दिन अचानक सत्यनारायण की कथा से पहले करुणा से जानकी को भेज देने का झिझकता-सा अनुरोध किया, "जरा उसे दोपहर घंटा-डेढ़ घंटा भेज देना, थोड़ा फ्रूट काट देगी, फूलों की माला पिरो देगी।" जानकी उस दिन गुप्ताजी के घर क्या गई, मुहल्ले भर ने जानकी पर बपौती जमा ली। कवि पंकज के घर उनके साहित्यकारों की अड्डेबाजी होती तो जानकी को बुलावा आता, "भागकर ज़रा पानवाले से दो सिगरेट के पैकेट और फरसाण मार्ट से समोसे-कचौरियाँ ला दे।" अमीना के घर सेवइयाँ बनतीं तो जानकी को ट्रे थमा दी जाती, "अपने माले के चारों घरों में बाँट देना, कहना, अमीना आपा ने ईद की भिजवाई है।" जानकी भी दूसरों का काम करने के लिए हमेशा तत्पर रहती। जितनी वह करुणा की अपनी थी, उससे कहीं ज्यादा मुहल्लेवालों की। सत्यनारायण की कथा वाले दिन करुणा ने देखा, कथा समाप्त होने पर प्रसाद बाँटने से पहले पंचामृत देते पंडित के सामने जानकी का हाथ बार-बार फैल जाता। गुप्ताइन चाची ने भी देखा और बचे पंचामृत का पूरा कटोरा ही उसे थमा दिया, "ले, तुझे बहुत पसन्द है, पूरा गिटक जा।" और वह चट से पीकर कटोरा धोने रसोई में चल दी। कभी-कभी अम्मा उन्हें छेड़ती, "तुम्हें अपने धरम का ज़रा भी ख्याल नहीं, उसे रसोई में भेज दिया, आखिर है तो वह जुलेखा ही, धरम भ्रष्ट नहीं हुआ तुम्हारा।" चाची भी पुरखिन के अन्दाज में हाथ नचा देतीं, "हम इतने पुराने ख़्यालों के थोड़े ही हैं। वह जुलेखा हो या सुरेखा। हमारे लिए तो जानकी है।"

6 दिसम्बर के बाद अचानक उस मुहल्ले की भी हवा में फर्क आ गया था। दंगों के पहले दौर के बाद अमीना समेत उस मुहल्ले के पाँचों परिवार अपने इलाके के रिश्तेदारों के घर शिफ्ट कर गए थे। लोग जाति और धर्म के आधार पर अपने पड़ोसियों को खानों में बाँटने लगे थे। इससे पहले उन्होंने कभी गौर नहीं किया था कि उनके मकान में पाँच मुस्लिम परिवार थे, छह हिन्दू और तीन ईसाई। अब हर आदमी अपने पड़ोसी के धर्म के प्रति चौकन्ना हो गया था। दंगों के बाद मकान के मुख्य द्वार से रहनेवालों के नामों की तख्तियों का बोर्ड फिलहाल सुरक्षा की दृष्टि से उतारकर रख दिया गया था ताकि बाहर से आनेवाले दंगाई यह न जान पाएँ कि कौन से नम्बर के घर में किस धर्म के लोग रहते हैं।

इन छह महीनों में जानकी ने कभी अपने अम्मा-अब्बा, अपने कस्बे को याद नहीं किया था पर शहर में दंगे छिड़े तो वह फिर पहले की तरह गुमसुम हो गई। उस दिन अखबार के पहले पन्ने पर एक बुजुर्ग दाढ़ीवाले आदमी की खून से सनी लाश की तस्वीर

देखकर जानकी एकाएक हड़बड़ाकर पूछ बैठी, "दिदिया, इसको क्या हुआ ? कैसे मर गया यह ?"

"इसे पुलिस की फायरिंग में गोली लग गई।" अभिषेक ने अखबार पढ़कर बताया।

"पर भैया, इसने क्या किया था ? दिदिया, इसने मारा किसी को ?" जानकी की आवाज में परेशानी साफ थी।

करुणा क्या कहती ! ऐसे एक नहीं, सैकड़ों थे जिन्होंने कुछ नहीं किया था, जो खुद दंगाइयों के खून के प्यासे छुरों के सामने आ गए थे या जिनकी तकदीर उन्हें पुलिस की अन्धी गोलियों के सामने खींच लाई थी। करुणा ने ध्यान से देखा, जालीदार टोपी पहने उस बुजुर्ग की शक्ल जानकी के अब्बा अनवर से मिलती थी। करुणा को लगा, इस शक्ल के न जाने कितने लोगों को यह देख चुकी है। सामने एक पत्रिका के खुले पृष्ठ पर एक कविता की दो पंक्तियाँ बाहर पूरी हवा में तैर रही थीं—

हर बार फसादों में वही शख्स मरा है
जिसका किसी से उम्र भर झगड़ा नहीं हुआ

अचानक जिस सवाल के लिए करुणा कतई तैयार नहीं थी, जानकी की ओर से सामने आ गया, "हमें अम्मा-अब्बा के पास कब ले चलोगे, दिदिया ?"

करुणा सकते में आ गई। हिंसक वारदातों की भयावहता ने जानकी में अपनी जड़ों तक लौटने की चाह जगा दी थी। करुणा ने हँसकर ममतालु लहजे में बात को सँभालना चाहा, "हम तेरे कुछ नहीं हैं क्या ! बस, तीन महीने की तो बात है—अप्रैल-मई के महीने में चलेंगे।"

"ठीक है," जानकी ने बड़ी समझदारी से सिर हिलाया, "लेकिन हम वहाँ रहेंगे नहीं, आपके साथ ही वापस आ जाएँगे।" उस रात जानकी रात-भर सपने में बड़बड़ाती रही और अगली सुबह उसे तेज बुखार हो गया। जब से वह शहर आई थी, यह पहली बार बीमार पड़ी थी। तभी पता चला कि उसका ऐलोपैथिक डॉक्टर से इलाज करवाना कितना मुश्किल था। दवाई की गोली या कैप्सूल वह निगल नहीं पाती थी। इंजेक्शन को देखते ही ऐसी नीली पड़ जाती कि लगता, डर से उसकी साँस उखड़ जाएगी। क्रोसिन का बच्चोंवाला सिरप देकर उसका बुखार थोड़ी देर के लिए उतरता, फिर पारा पूरे 105 डिग्री पर। करुणा घबरा गई। घबराहट में उसके पास एक ही रास्ता था—जानकी के ठीक होने पर हनुमानजी के मन्दिर मंगलवार को ग्यारह रुपए का प्रसाद चढ़ाने की मन्नत माँगना। जानकी दो दिन बाहर क्या न निकली कि जानकी के हालचाल पूछनेवालों का ताँता बँध गया। पाँचवें दिन ऋचा स्कूल से लौटी तो जानकी को रसोई में देख जानकी के दुबले हाथ थाम नाचने लगी, "ममी, अब जानकी फिर से खेलेगी हमारे साथ ! जानकी ठीक हो गई।" करुणा ने जानकी की ओर देखा जैसे कह रही हो—देखा, तुझे सब कितना चाहते हैं। जानकी ने बात को समझा और कृतज्ञता से अपनी नम आँखें झुका लीं। तभी चाची आई और जानकी के सिर पर हाथ फेरा, "क्यों बेटा, अब तबीयत

ठीक है ? आगे से ध्यान रखना—नंगे सिर तपती धूप में न बैठना।'' फिर करुणा की ओर मुड़ी, ''पिछले हफ्ते जूलियट अपने गरम कपड़े धूप में डाल रही थी तो यह घंटा-भर साथ बैठी उसका हाथ बँटाती रही, तभी धूप खा गई होगी। अब तुम इसे अपने घर के लिए लाई हो, मुहल्ले भर के लिए तो नहीं, समझाओ इसे।''

वही चाची अब सामने खड़ी थीं। यह उनका तीसरा फेरा था। अम्मा ने जैसे ही कहा, ''तुम्हारी बार्ली तो आई नहीं।'' चाची बिफर पड़ी, ''अरे, बार्ली को मारो गोली। हमें तो जानकी की चिन्ता है। उस तरफ फिर दंगा छिड़ गया है। पिछले महीने भी इन्हीं तारीखों के आसपास फसाद हुआ था। अब 6 दिसम्बर की बरसी क्या हर महीने होगी। लोगों की तो अक्कल पर पत्थर पड़े हैं।'' मलकानी की बीवी भी करुणा के घर से फोन पर अपनी बेटी की खोज-खबर ले रही थी। शहर के भी कुछ इलाकों में तनाव शुरू हो गया था। लोकल ट्रेनों की आवाजाही कम हो रही थी। चाची करुणा को खींचती हुई बाहर ले आईं, ''चलो जरा, पंकज की बाल्कनी से देखें, उस ओर की बस्ती का क्या हाल है।'' दोनों बाहर निकलीं तो देखा, जिस परिवार का एक भी सदस्य घर से बाहर था, वे बदहवास-बेहाल से इधर-उधर पूछताछ कर रहे थे। कवि पंकज का दरवाजा खुला था और वह अपने गावतकिए का सहारा लिए कुछ लिख रहे थे। उनकी बाल्कनी से पूरब की ओर की बस्ती दिखाई दे रही थी। बस्ती से आग के बगूले और धुआँ उठ रहा था। शायद कहीं हथगोले फेंके गए थे। आसमान में काले घने हुए धुएँ का एक बादल बहुत धीरे-धीरे फैलता हुआ ऊपर उठ रहा था। उस काले भयावह अँधेरे से चीखों-चिल्लाहटों और उन्माद का मिश्रित स्वर इतनी दूर तक दहशत फैलाने के लिए काफी था। सड़कें सुनसान हो चुकी थीं। पुल की चौड़ी सड़क पर बन्दूकें ताने सुरक्षा दस्ते तैनात थे। चाची और करुणा ने कवि पंकज को जानकी के बारे में बताया तो अपनी ही दुनिया में खोए हुए पंकज 'च्च, च्च' कर बड़े असंवेदनशील लहजे में बोले, ''घबराने की कोई बात नहीं, वह तो हमेशा जाती है वहाँ, चक्कीवाला उसे पहचानता है, अभी कर्फ्यू ढीला होता है तो मैं उधर देख आता हूँ। इस समय तो वहाँ जाना खतरे से खाली नहीं। आप लोग बैठिए, चाय पीजिए, अपना टेन्शन दूर कीजिए। कवि पंकज की सपाट दृढ़ आवाज भी उन दोनों को आश्वासन देने में असमर्थ थी। वे दोनों आने को हुईं तो कवि पंकज ने लगभग रास्ता रोकते हुए कहा—''आज की इस स्थिति पर मैंने अभी चार लाइनें लिखी हैं, सुनकर जाइए,'' और उन दोनों को दरवाजे पर ही रोककर वे अपनी कविता सुनाने लगे—

''इन खाकी वर्दीवालों को
जिन्हें खड़ा होना चाहिए था
पुल पार की उस बस्ती में
जहाँ उन्मादियों की भीड़
जुनून में अन्धी हो रही है
बेनाम चेहरों पर

वहशी वार कर रही है
और ये, इस पार कतार में
खड़े हैं—खाकी वर्दी पहने
अपनी सजावटी बन्दूकों से लैस
दो घंटे से इन्तजार में
प्रधानमन्त्री के
जिनकी बुलेट प्रूफ कार के पीछे
आलीशान कारों का काफिला
इस ओर से अभी गुजरनेवाला है।''

''अब क्या बताएँ, करुणाजी, धर्म एक आदमी को जिन्दगी में इतना बड़ा रोल अदा नहीं करता, जितना बड़ा राजनेताओं ने उसे स्वार्थवश बना दिया है। समूची बम्बई आग में झुलस रही है। दंगों का फायदा उठाकर बड़े-बड़े बिल्डर्स बस्तियों की बस्तियाँ उजाड़ रहे हैं और यहाँ हिन्दुस्तान का भूतपूर्व प्रधानमन्त्री हुतात्मा चौक पर सुरक्षा पुलिस और ई.सी.जी. ब्लडप्रेशर के यन्त्रों से लैस डॉक्टरों के जमघट के बीच अपनी भूख-हड़ताल का प्रदर्शन कर रहा है। ऐसी-ऐसी नौटंकियाँ होती हैं इस देश में कि राजनीति दंगल और कुश्ती का अखाड़ा बनकर रह गई है। जब हमारी पुलिस को बेमौत मारी जाती गरीब जनता के बीच होना चाहिए, वह प्रधानमन्त्री के कारों के काफिले के लिए सुरक्षित रास्ता तैयार कर रही है। और हमारे भावी प्रधानमन्त्री का सपना देखनेवाले नेताजी को देखिए—सत्रह जनवरी को म्युनिसिपल स्कूल में बेघर हुए सैकड़ों शरणार्थियों के दर्द, कराहें, सुनने के बाद सर्वोदय नगर में भाषण देने के जोश में यह भी भूल गए कि यह इलेक्शन कैम्पेन नहीं है। जिनके पास चाय पीने के लिए टूटे हुए कप भी नहीं थे, उनके सामने सत्तारूढ़ सरकार की निन्दा और अपनी पार्टी की तारीफ सुनकर यही सन्देह होता है कि हमारे नेताओं ने अपने दिल भी गिरवी रख दिए हैं और वहाँ वोट के आँकड़े गिननेवाली मशीन फिट करवा ली है...।''

करुणा बुरी तरह आहत हो गई। अपने को रोकते-रोकते भी कह गई, ''भाई साहब, आपके सरोकार बहुत बड़े हैं, आप देश के बारे में, सैकड़ों बेघर शरणार्थियों के बारे में सोच सकते हैं पर हमें इस वक्त जानकी के अलावा कुछ सूझ नहीं रहा। पिद्दी-सी जान, वहाँ का बवाल क्या झेल पाएगी ! पता नहीं...'' करुणा की आवाज भारी हुई तो चाची ने सँभाला, ''अभी-अभी दस दिन पहले तो बुखार से उठी है।''

पंकज खिसियाते हुए बोला, ''पर आप लोग इतना घबराए हुए क्यों हैं। उसे कुछ नहीं होगा। वह लौट आएगी। आप लोग इतने निराशावादी क्यों हो रहे हैं ?''

करुणा अपने भीतर उठता गुबार महसूस कर रही थी। बाहर अब भी लोग बदहवासी से अपने परिवार के अन्य सदस्यों के लौटने का इन्तजार कर रहे थे। करुणा को याद आया, अभी दो दिन पहले जब मुहल्ले में बारी-बारी से चार-छह के ग्रुप बनाकर वहाँ के लोग रात को पहरा देते थे और सारा दिन सुरक्षा के कारगर तरीकों की चर्चा

होती थी, जानकी जो हमेशा चौकन्नी होकर सुनती रहती थी, एकाएक बोली, "हम कभी पुल पार जाएँगे तो नाम बताएँगे—जुलेखा और इस तरफ झंडी वाले मन्दिर में गए और किसी ने नाम पूछा तो कहेंगे जानकी।" उन दिनों यह हालत थी कि मुहल्ले की औरतें पुल पार सब्जी खरीदने जाती थीं तो अपने माथे की बिन्दी उतारकर हाथ में लगा लेती थीं। पर जब इन्सान अन्धा होकर मार-काट और खून-खराबे पर उतारू हो जाए तो नाम और चेहरे पर दर्ज धर्म के सब निशान मिट जाते हैं, फिर कौन देखता है—गेहूँ पिस रहा है या घुन।

साढ़े छह बजे सूरज डूबने के साथ-साथ पूरा माहौल मनहूस हो उठा। पुल पार कर्फ्यू था और लोकल बन्द हो चुकी थी। मातमी सन्नाटा धीरे-धीरे करुणा के घर के हर कोने में पसर रहा था। दिवाकर डॉक्स का पास होने की वजह से छोटे रास्ते से घर जल्दी लौट आए। आते ही जैसे ही सुना कि सुबह की गई जानकी अभी तक नहीं लौटी, नाराज होने लगे—ऐसी कौन-सी आफत आ पड़ी थी कि उसे पुल पार भेज दिया। मलकानी की बेटी का फोन आ गया था कि वह अपनी सहेली के घर रात रुक रही है क्योंकि बसें बहुत कम चल रही हैं। दिवाकर, मलकानी को लेकर नीचे जानकी को ढूँढ़ने निकले पर आधे रास्ते से ही लौट आए। बस्ती के मुहाने पर ही टूटी हुई बोतलें, जले हुए हथगोलों के अवशेष और उजड़ी हुई दुकानों का माल-असबाब बिखरा था। जूतों की एक दुकान लूट ली गई थी और उसके जूते-चप्पल सड़क पर बिखरे थे।

दिवाकर लौटकर पुलिस स्टेशन पर फोन मिलाने की कोशिश करते रहे पर टेलीफोन की लाइनें कहीं पहुँच नहीं रही थीं। आखिरकार वे लोग एक-दूसरे को दिलासा देते रहे कि जरूर किसी भलेमानस ने जानकी को अपने घर में पनाह दे दी होगी और सुबह तक़ वह लौट आएगी पर रात-भर सब अपराधभाव से ग्रस्त ऐसे बैठे रहे मानो फर्श के बीचोबीच कोई ताजा लाश पड़ी हो और सबको रोने की मनाही कर दी गई हो।

दूसरे दिन का सूरज बहुत धीरे-धीरे ऊपर चढ़ा। हवा में तूफान के बाद की असामान्य शान्ति थी। अखबार के पहले पन्ने पर बुलेट प्रूफ कार से बगैर उतरे प्रधानमन्त्री का अपने सुरक्षा दस्ते के साथ दंगाग्रस्त इलाके का दौरा करने का विस्तृत ब्यौरा था। दाईं ओर एक कोने में नीचे पुल पार की हिन्दू-मुस्लिम बस्ती में दंगा भड़काने की रिपोर्ट थी। हमेशा की तरह अन्त में 'समय पर घटनास्थल पर पुलिस के पहुँच जाने से स्थिति को नियन्त्रित कर लेने' का आशावान उल्लेख था।

स्थानीय पुलिस स्टेशन में करुणा और दिवाकर जानकी के गुम होने की रिपोर्ट लिखवाने

पहुँचे तो वहाँ रोते-बिलखते लोगों का हुजूम था, किसी का बेटा घर नहीं लौटा था। किसी का पति। सख्त चेहरोंवाले हवलदार इधर-से-उधर हवा में लाठियाँ घुमाते गालियाँ उछाल रहे थे, "इधर काहे को गर्दी करता है, हम किसी को लॉकअप में बन्द नहीं कियेला है।" "रास्ता छोड़ो, बाजू हट के बैठो।" सिसकियों के बीच रूखे-सूखे जुमले माहौल का सन्तुलन बनाए रखने में अपना रोल निभा रहे थे।

आखिर पुलिस अधीक्षक ने अपना रजिस्टर खोला और मशीनी स्वर में बोला, "नाम ?"

"जानकी।"

"बाप का नाम ?"

"अनवर।"

"क्या बोला ?"

"जी, उसका असली नाम जुलेखा था।" करुणा ने झट से संशोधन किया।

"हम लोग उसे जमालपुर से लाए थे, उसका नाम बदलकर हमने जानकी..." दिवाकर बोल रहे थे।

"तुम्हारा अपना छोकरी नहीं था न वो।"'

"नहीं, पर...।"

"क्या खाली-पीली टाइम का खोटी करता है, साहब ! एक जानकी बोलता है, दूसरा और कुछ बोलता है। नाम भी ठीक से मालूम नहीं तो क्या रिपोर्ट लिखवाने को आया।" पुलिस अधीक्षक ने खटाक से रजिस्टर बन्द किया और लाठीवाले हवलदारों को आदेश दिया, "बाहर करो। इधर इतना गर्दी होना नहीं माँगता है।"

"पर आप सुनिए तो..." इस बार मलकानी साहब आगे आए और अपनी बम्बइया हिन्दी में पूरी कहानी बयान करने लगे। करुणा और दिवाकर उस पुलिस अधीक्षक से संवाद करने में अपने आपको असमर्थ पा रहे थे।

"देखिए, कल पुलिस वैन में भरकर कुछ बच्चों, कुछ छोकरी लोगों को उस पाड़ा में से निकालकर सेफ जगह में भेजा गया है। आपका छोकरी उसमें होएँगा तो मिल जाएगा। कल उधर की बस्ती में दिन-दहाड़े सैकड़ों का मार-काट हुआ, जवान लड़की लोग का इज्जत भी लूटा। हमारा हाथ में तो कुछ नईं ना। आप भगवान पर भरोसा रखो—हमने आपका छोकरी का चेहरा-मोहरा, कद-काठी सब दर्ज कर लिया है। कल आकर फिर पूछताछ करना।" उसने हाथ जोड़ दिए, "अब आप लोग जाओ। हमारा कोशिश चालू है।"

पुलिस स्टेशन से वापस जब वे तीनों अपने मुहल्ले में वापस लौटे तो बिना जानकी के उन्हें आता देख चारों ओर ऐसा सन्नाटा छाया कि चिड़िया के पर फड़फड़ाने की आवाज़ भी सुनाई देने लगी।

उसी दिन शाम को बस्ती के बाहर पाइप लाइन के नीचे गटर में लगभग पच्चीस से तीस लाशों के पाए जाने की दबी-घुटी खबर थी। अधिकांश लाशों के चेहरे प्रहार द्वारा विकृत कर दिए गए थे। घटना के प्रचारित होने से शान्त इलाकों में भी दंगे भड़कने का अन्देशा था इसलिए नगरपालिका के लोगों ने सूचना पाते ही कटे हुए हाथ-पाँवों के बेजबान टुकड़ों को इकट्ठा कर सामूहिक अग्निदाह सम्पन्न कर दिया।

एहतियात के तौर पर किसी अखबार ने इस घटना का उल्लेख न कर अपनी नैतिक और राष्ट्रीय जिम्मेदारी को बखूबी निभाया। ●●

[वर्तमान साहित्य : महिला कथाकार विशेषांक : 1994]

दमनचक्र

मुझे अपने बचपन की बहुत कम बातें याद हैं। बाबा बताया करते थे कि हमारा बचपन घर से ज्यादा इस पार्क में बीता है। सुबह-दोपहर-शाम, हर वक्त घर से गायब—हम दोनों हमेशा पार्क में पाए जाते थे। मुझे बस इतना भर याद है कि मुझमें तब गुस्सा बहुत था और मैं जब-तब दामू को पीटती रहती थी। वह मार खाकर भी माँ-बाबा-दादी, किसी से मेरी शिकायत नहीं करता था और चुपचाप सहमा-सा मेरी ओर देखता रहता था। उसके बदन का पोर-पोर दर्द कर रहा होता और वह फिर मेरे पीछे लग लेता। शुरू से ही वह एक मरगिल्ला-सा, डेढ़ हड्डी का लड़का था। चश्मा लगाने के बाद वह और भी मासूम दिखाई देता था। अब भी उसका यही डील-डौल, यही ढाँचा था, पर सबकुछ एकाएक बदल गया था। अपनी इसी रंगत में दामू अचानक एकदम सख्त और अक्खड़ लड़का बन गया था। मुझे 'दीदी' कहना तो उसने तभी बन्द कर दिया था जब उसकी आवाज़ बदलनी शुरू हुई थी और वह फटे बाँस-सी खरखराती आवाज़ में बोलता था, जिससे मुझे बहुत खीझ होती थी। अब वह मुझसे बिना सम्बोधन के बात करता था।

जाने कब, कैसे हम दोनों में एक गहरी दुश्मनी पैदा हो गई थी। उसकी नुकीली, उठी हुई ठुड्डी, पिचके हुए गालों की उभरी हुई हड्डियाँ और मोटे काँचवाला चश्मा—सब मेरी बर्दाश्त के बाहर थे। जब वह गुस्से में बोलता हुआ मुँह से थूक के छींटे उछालता था, मेरा मन होता था, उसका कॉलर पकड़कर उसे दरवाज़े से बाहर धकेल दूँ। वह भी मुझे पसन्द नहीं करता, यह ज़ाहिर था। बिना किसी कारण के, जिस तरह वह मुझे निगल जानेवाली नज़रों से देखता था, मैं दूसरी ओर मुँह घुमा लेती थी।

...पर इन तीन दिनों में उसके घर न लौटने से, न जाने क्यों, पिछली सारी बातें वक्त-बेवक्त सामने आकर खड़ी हो जाती हैं, हालाँकि हर साल दुर्गा-पूजा के दिनों में हफ्ता-हफ्ता घर से गायब रहना मामूली बात थी। बाबा ने तो इन तीन दिनों में कभी पूछा तक नहीं कि दामू कहाँ है, पर रोज़ इस पार्क से गुज़रते हुए मैं ठिठक जाती हूँ। कोई फायदा नहीं, पर मन होता है कि एक बार बीती हुई बातों का नक्शा फैलाकर खोजूँ कि कहाँ सबकुछ इस कदर गलत हो गया।

पार्क के फाटक से बाहर निकलते ही सामनेवाले फुटपाथ पर हमारे मकान का दरवाज़ा है। इस पार्क से होकर आने में रास्ता छोटा पड़ता है। बस, यह शॉर्टकट नहीं बदला और यह मकान नहीं बदला। बाबा की शादी हुई थी और वह अपनी नई-नवेली दुल्हन को इसी दरवाज़े से भीतर ले गए थे। सुनते हैं, तब इस मोहल्ले के लोग हर शनिवार की सुबह अपने दरवाज़े पर खड़े रहते थे कि आनन्द चक्रवर्ती की बहू काली मन्दिर पूजा के लिए जाएगी। दादी थीं कि अपनी गोरी-चिट्टी, सुन्दर बहू को घर से बाहर निकलने नहीं देती थीं...और दो साल पहले जब माँ की अर्थी इसी दरवाज़े से निकली थी, खटिया पर हड्डियों का ढाँचा था, चादर पर दो-चार सलवटों से बाहर निकली हुई गरदन पर धँसी हुई आँखें और उभरे हुए दाँत। अर्थी देखकर किसी ने कहा था, ''आदमी तो जिन्दगी भर क्लर्क का क्लर्क ही रहा। तीन-तीन बेटियों की कमाई पर घर चलाया है बुढ़िया ने।''

तीन बेटियों ने माँ-बाबा को दान-दहेज से बचा लिया और अपनी मर्जी से शादी करके इस दरवाज़े से जो बाहर निकलीं, फिर पीछे मुड़कर उन्होंने नहीं देखा। अच्छा हुआ, माँ तभी चली गईं, चौथी बेटी की कमाई की शर्म उन्हें नहीं उठानी पड़ी और न ही अपने इकलौते, सबसे लाड़ले बेटे दामू की हाज़िरजवाबी का सामना उन्हें करना पड़ा, जो उनकी धुँधलाती हुई आँखों की आखिरी उम्मीद था।

बाबा, माँ के मरने के बाद और समझदार हो गए थे। अपनी बीमारी पर अब उन्हें खीझ नहीं होती थी बल्कि हर चीज़ के प्रति उनमें एक उदार दृष्टि आ गई थी। एक ही बात को लेकर वह मुझे भी उतने ही ठोस तर्कों से समझाते थे और दामू को भी और दोनों को अपनी-अपनी गलती का एहसास करवा देते थे। पर पिछले दो महीनों से वह कुछ ढीले-से हो गए हैं—एक ही बिस्तर पर लेटे-लेटे उदास और पस्त।

आज ताला खोलते वक्त मेरे हाथ काँप रहे हैं। नहीं, बाबा की फिक्र नहीं। शुरू-शुरू में अपना यह कार्यक्रम बहुत घातक, बहुत क्रूर लगता था कि बीमार बाप को ताला बन्द कर लड़की अपनी नौकरी पर चली जाती है। तब मैं लौटती थी तो दूर से ही यह मनाते हुए कि दरवाज़ा खुला हो, दामू लौट आया हो। दामू तब इतना गैरजिम्मेदार भी नहीं था। अब तो इस ताले की दूसरी चाबी भी उसके क्लब की दुर्गा-पूजा के महोत्सव में पूजा के साज-सामानों में कहीं खो गई होगी। अब घर से जाते वक्त यह मालूम होता है कि इन छह-सात घंटों में बाबा को किसी चीज़ की जरूरत नहीं होगी। दरवाज़ा खोलते हुए, पहले की तरह, यह दहशत नहीं होती कि कहीं बाबा के होंठ खुले हुए न हों, आँखें छत पर टिकी न हों। उस कोने की ओर बहुत डरते-डरते मैं देखती थी। अब दरवाजा खोलते ही मैं यह भाँप लेती हूँ कि खटिया से घुटी हुई साँसों की आवाज़ आ रही है।

बाबा सो रहे हैं। रात भर उन्हें नींद नहीं आती। अब तो यही नियम-सा बन गया है कि वह मेरे जाने के बाद ही सोते हैं। इस वक्त उनका सोना मेरे लिए बहुत

सुविधाजनक रहता है, पता नहीं, उन्होंने मेरे अनुसार यह आदत डाल ली है या सचमुच वह रात को सो नहीं पाते। इस उम्र और इस बीमारी में आदमी बहुत गुस्सैल, बहुत चिड़चिड़ा हो जाता है। पर बाबा और ज़्यादा सहनशील, अन्तर्मुखी हो गए हैं। बस, उनकी एक ही आदत है जिससे मैं बौखला जाती हूँ। उठते ही कहेंगे, "सामने से अखबार ले आ, खबरें पढ़कर सुना।" या "ट्रान्जिस्टर चला दे, खबरें आ रही होंगी।" लगता है, उनके दिमाग में एक घड़ी फिट हो गई है, खबरें आने का वक्त उन्हें पता चल जाता है। जितनी देर आकाशवाणी से समाचार आते रहते हैं, मेरे माथे की नसें तनी रहती हैं। लगता है, भीतर एक ज्वालामुखी सुलग रहा है, जो फट जाएगा। सबकुछ बर्दाश्त के बाहर हो जाता है—खबरें, खबरें, खबरें ! परमाणु विस्फोट और क्रिकेट का टेस्ट मैच और प्रधानमन्त्री का विदेश दौरा—इन सबसे बाबा को, जो अपनी खिड़की से बाहर भी नहीं झाँक सकते, कैसी दिमागी शान्ति मिलती होगी ! हाँ, एक बार कितना गिरा हुआ, कितना नीच ख्याल मेरे दिमाग में आया था कि बाबा को गलत दवा दे दूँ या चाय में स्लीपिंग पिल्स की पूरी शीशी उँड़ेल दूँ। उनके जीने का कोई अर्थ मेरी समझ में नहीं आता था। पर फिर यही सोचना बदल गया था। जब उन्हें अपनी जिन्दगी बोझ नहीं लगती तो क्या हक है मुझे उनकी ज़िन्दगी को खत्म करने का—सिर्फ़ इसलिए कि उन्हें दो वक्त का रूखा-सूखा खाना मैं दे देती हूँ और रोज़ सुबह उनका कमोड जमादार से साफ़ करवाने के लिए बाहर रख देती हूँ। कभी उन्हें अखबार पढ़कर सुना देती हूँ, कभी 'पड़ोस में ताला बन्द है' का बहाना बनाकर कह देती हूँ कि अखबार ही नहीं मिला...और अब तो उनका होना बहुत ज़रूरी लगता है। वह कुछ कहते-सुनते नहीं, समझाते भी नहीं, पर उनके इस बेजान शरीर का होना भर अपने-आपमें कितना अहम हो गया है—मेरे और दामू के बीच एक पुल। बाबा नहीं रहेंगे तो इस घर में पता नहीं हम दोनों में से कौन होगा—मैं या दामू।

सोचा तो अपने लिए भी यही था। अपनी इस तेईस साल की ज़िन्दगी का ही कौन-सा अर्थ मेरी समझ में आया था ! रोज़ बीमार बाप की सेवा-टहल और अपने आवारा-निकम्मे भाई से दो-चार कड़ी बातें सुनना। काम के नाम पर यह कि कभी इस, कभी उस कम्पनी की चीज़ों के नमूने झोले में डालकर दरवाज़े-दरवाज़े घूमना और एक ही रटा-रटाया पाठ सबके सामने सुना देना। कभी किसी दरवाज़े से यह सुनना कि माफ करो, इस वक्त हमें फुरसत नहीं है, कभी किसी आदमी का गलत इरादे से देखते हुए यह कहना कि और कोई काम करना हो तो...पर नहीं, एक अनाम इन्तज़ार में यह सोचना भी टल गया था कि किसी दिन तो कोई सही आदमी सामने होगा...और मेरी तीन बड़ी बहनें, जो इसी चौखट से निकली हैं, अब सुखी तो हैं न।

घर की सारी चीज़ें वैसी ही अनछुई पड़ी हैं। दामू करीने से रखी हुई चीज़ों को बिखेर देता है, पर उस बिखराव में यह एहसास तो रहता है कि इस घर में लोग रहते हैं। मेज़ पर से हाथ हटाया है तो वहाँ उँगलियों के निशान पड़ गए हैं। इतनी धूल—यह घर किस कदर भुतहा लग रहा है। माँ इस कमरे को भी किस तरह सजा-सँवारकर रखती थीं !

उन्हें तो सफ़ाई करने की सनक थी। हर वक्त उनके हाथ में झाड़न होता और एक-एक शीशी-बोतल उठा-उठाकर वह पोंछती रहतीं। अब इस घर में सामान ही कितना है। बाबूजी की खटिया के किनारेवाली तिपाई पर ट्रान्जिस्टर था, अब नहीं है। लगता है, घर का एक आदमी चला गया है। विश्वास करने को मन नहीं होता, पर दामू अब कुछ भी कर सकता है। उसकी यह मजबूरी कभी मेरी समझ में नहीं आएगी कि उसने ट्रान्जिस्टर बेच दिया। दो साल से जो अपने फटे हुए जूतों को घसीट रहा है, उसकी कौन-सी शान बाकी है जिसे ट्रान्जिस्टर बेचकर उसे बचाना पड़ा है ? यह घटना हम दोनों के बीच हुए झगड़े की चरम स्थिति थी, लेकिन मैं उसे भूल गई थी। हो सकता है, दामू भी भूल गया हो और तीन दिन से घर न आना सिर्फ़ उसकी व्यस्तता हो।

अब याद करूँ तो लगता है कि वह बात इतनी बड़ी नहीं जितना हमने उसे तूल दे दिया था। उस दिन दोपहर उस मनहूस माहौल में बहुत शिथिल होकर लेटी ही थी कि किसी ने इतनी जोर से साँकल बजाई थी कि वह चोट हथौड़े-सी सिर पर लगी थी। दरवाज़ा खोला था तो सामने टाई-सूटवाला एक रोबदार आदमी था, "दमन चक्रवर्ती यहाँ रहता है ?" वह गुस्से से काँप रहा था।

"हाँ।"

"उसके पिताजी घर में हैं ?"

"आपको जो भी कहना हो, मुझे कहिए। बाबा बीमार हैं, उठ नहीं सकते।"

"आप उसकी बड़ी बहन हैं ?" उसने दाँत पीसे, "देखिए, अपने भाई को समझा दीजिए। गली-मुहल्ले दुर्गा-पूजा के लिए चन्दा माँगते फिरते हैं। महँगाई का ज़माना है, हमारा जितना मन होगा, चन्दा देंगे। नहीं मन होगा तो कोई हमसे ज़बर्दस्ती चन्दा लें लेगा ? चन्दा नहीं दिया तो साला आँखें दिखा रहा था। नीचे उतरकर चिल्लाकर कहा है, 'मने राखबेन, आमार नाम दमनचक्र।' आप लोग अपने घर के लड़कों को समझाते नहीं ? आज उससे कह देना, उसने कुछ गड़बड़ की तो मेरी बहुत बड़ी फैक्टरी है, साले को गुंडों से पिटवा दूँगा, होश ठिकाने आ जाएँगे साहबज़ादे के ! हुँह, आमार नाम दमनचक्र..."

मैं क्या कहती ? पास-पड़ोस के लोग इकट्ठे हो गए थे। सामनेवाले घर से अम्माजी अपनी ऐनक सँभालती हुई आईं, "दामू के लिए कह रिया था ? दामू तो साच्छात क्रिशन महाराज हो रिया है, लोग उलहाने ले-लेकर आवैं। कितना अच्छा लड़का था अपना दामू..."

हाँ, अब दामू अच्छे की परिभाषा से बाहर आ गया था। एक वह ज़माना था--हम दोनों चक्रवर्ती भाई-बहन स्कूल के वार्षिकोत्सवों में ढेरों पुरस्कार लाते थे। अपनी-अपनी क्लास की बारी आते ही दीप्ति चक्रवर्ती और दमन चक्रवर्ती के नाम सबसे ऊपर रहते थे। पढ़ाई में, स्पोर्ट्स में, यहाँ तक कि शत-प्रतिशत उपस्थिति में भी--कितनी किताबें,

मैडल घर में जमा हो गए थे। अब वे सारे बदरंग हो गए मैडल और दीमक लगी किताबें पुरानी अलमारी में बेतरतीबी से रखी हुई थीं। उस दिन स्कूल की हायर सेकेंडरी की फाइनल परीक्षा थी। बायलॉजी का पेपर था और परीक्षा केन्द्र में फसाद हो गया था। बाहर निकाले गए छात्रों में एक नाम दमन चक्रवर्ती का भी था। बस, उस दिन से उसकी दुनिया बदल गई थी। जाने कैसे दोस्तों से वह गन्दी-गन्दी गालियाँ सीख गया था। दूसरे साल हायर सेकेंडरी में किसी तरह पास हो गया था और कॉलेज में नाम भी उसने लिखवा लिया था, लेकिन पढ़ने में उसका मन नहीं लगता था। अपने आपको कलाकार समझने लगा था वह। उसने पेंटिंग शुरू की, पर वह एक महँगा शौक था। अपने एक रईस दोस्त के घर जाकर उसकी इलेक्ट्रिक गिटार बजाना वह सीख रहा था। तभी हमारी तीसरी दीदी एक दिन अचानक घर से गायब हो गईं और दामू ने बाबा का कहना मानकर एक बड़ी कम्पनी में सेल्समैन की नौकरी कर ली। कलाकार बनने का भूत उसने अपने दिमाग से उतार दिया था। दिन-भर काम और शाम के लिए उसने एक क्लब ज्वाइन कर लिया था। धीरे-धीरे छह-सात लड़कों का शुरू किया हुआ वह क्लब काफी बड़ा हो गया था और वहाँ आए दिन नाटक और संगीत के प्रोग्राम हुआ करते थे। अब उस क्लब में कुछ बड़े-बड़े रईसों के लड़के भी आ गए थे और दामू जैसे लड़कों को चन्दा बटोरने और ऊपरी दौड़-भाग का काम ही सौंपा जाता था। दामू तब बहुत बौखलाया-सा घूमता था। एक बार मैंने तीन-चार दिन लगाकर उसे सुबह-दोपहर सड़क पर घूमते पाया तो रात को मैंने उससे पूछा कि आजकल वह काम पर नहीं जाता ? उसने उतनी ही आसानी से जवाब दिया, "मैंने सात दिन पहले नौकरी छोड़ दी है।"

मुझे पहले ही लग रहा था कि वह ज़्यादा दिन इस नौकरी पर नहीं टिकेगा। पर बाबा अपना आपा खो बैठे थे, "मुझे तुमसे यही उम्मीद थी। घर के लिए अढ़ाई सौ रुपल्ली लाते थे, उसमें से सौ-सवा सौ क्लब में और अपने जेब-खर्च में फूँक आते थे, और अब नौकरी भी छोड़ दी। हुआ क्या था ?"

"उन लोगों को लगता था, मैं एक घंटे का काम चार घंटे में करता हूँ। गाड़ियों में घूमनेवाले लोगों को क्या मालूम, कलकत्ता की बसों में धक्के खाना क्या चीज़ होती है !"

"बस, इतनी-सी बात और जनाब ने नौकरी छोड़ दी !" बाबा गरम हो गए थे, "अरे, हमारी तो सरकारी नौकरी थी, फिर भी क्या-क्या नहीं सुनना पड़ता था। तुम आजकल के लड़के खाली बातें बनाना जानते हो। अभी हफ्ता-भर पहले तू ही कह रहा था न अपनी बहन से, मैं बंगाल का नेता बन जाऊँ तो सबसे पहले हाथरिक्शावालों को साइकिल-रिक्शा दिलवा दूँ। जैसे द्रमुक सरकार ने किया है। नेता बनने से पहले कितना कुछ सहना पड़ता है, कितनी गालियाँ खानी पड़ती हैं, वह भी मालूम है ? बस, दो बातें सुनीं, नौकरी छोड़ आए !"

"ये दो बातें हैं ? साला मेरी पूरी कौम को गाली दे रहा था—'तुम लोग बस आर्टिस्ट

बन सकते हो या भीख माँग सकते हो। तुम्हारे बाप-दादों ने भी कभी मेहनत का काम किया है ? एक घंटा देर लगाकर मेरा दस हज़ार का नुकसान कर दिया।' मैंने भी कह दिया, 'सँभालो अपनी नौकरी ! दमन चक्रवर्ती ऐसी नौकरी नहीं करेगा।' "

"हाँ," बाबा की आवाज़ काँप रही थी, "दमन चक्रवर्ती के तो सिर पर सींग हैं। यह नहीं सोचा कि अढ़ाई सौ रुपए देता है वह, तुम अढ़ाई बात नहीं सुन सकते ! तुम्हारी इज़्ज़त कम हो गई यह सब सुनकर ? ईमानदारी से काम करते रहते, अपने-आप वह..."

इस बार दामू का चेहरा तन गया था, "बाबा, आपका ज़माना गया। लात खा लो, चुप रहो, क्योंकि महीने की पहली तारीख को काग़ज़ के दो टुकड़ों की खैरात मिलती है।" दामू मुँह से थूक के छींटे उछाल रहा था, "आपने बहुत ईमानदारी से काम किया न, क्या दिया हमें ? यही एक घर, यह बगैर रंग-रोगन का एक कमरा, जहाँ सुबह उठकर आधा घंटा पेशाब रोककर खड़े रहना पड़ता है, क्योंकि नीचे क्यू लगी रहती है...और आपके साथ के लोग, जिन्होंने बेईमानी की, आज बालीगंज-टालीगंज में दोमंज़िला मकान बनवाकर ठाठ से रह रहे हैं और उनके लड़के-लड़कियाँ जाने किस-किसकी सिफ़ारिश पर ऐसी-ऐसी नौकरियों पर लगे हैं जिनके काबिल उनके पास डिग्री भी नहीं..."

वह पहली और आखिरी नौकरी थी। उसके बाद दामू को नौकरी नहीं मिली। और अब तो उसने हारकर कोशिश भी छोड़ दी है। बस, जब देखो, किराए की साइकिल लिए इधर-से-उधर भाग रहा है—क्लब के लिए चन्दा उगाहना, पंडाल सजानेवालों को खुद सारे डिज़ाइन समझाना, लाउडस्पीकर लगाकर नए-से-नए रवीन्द्र संगीत के रेकॉर्ड बटोरते फिरना—हर तरफ से यह कोशिश कि उस मोहल्ले की पूजा सबसे अलग, सबसे कलात्मक हो। दुर्गा-पूजा खत्म होने के बाद महीने भर वह इतना उदास और लावारिस घूमता था जैसे किसी अपने की मौत हो गई हो। इस बार वह कुछ ज़्यादा ही जुटा हुआ था—न खाने की सुध, न पहनने की। जब से नौकरी छूटी थी, वह बाबा से आँखें चुराने लगा था। अब तो बाबा खुद ही उसे कुछ नहीं कहते थे। पर वह न घर पर खाना ठीक से खाता था, न चैन से सो पाता था। एक दिन सुबह मेरे काम पर जाने से पहले वह मेरे सामने आकर खड़ा हो गया था, "मुझे पच्चीस रुपए चाहिए।" वह नीचे देख रहा था, पर यह साफ़ था कि वह रात-भर नहीं सोया है।

"क्या लेना है ?"

"पूजा के लिए चन्दा चाहिए।"

"चन्दा ? वाह ! अब घरवालों से भी चन्दा माँगने लगे।"

"इस बार लोगों ने पहले की तरह चन्दा नहीं दिया है। हमें चार हज़ार का फौरन इन्तज़ाम करना है। सब अपने-अपने घरों से कम-से-कम पचीस-पचीस रुपए दे रहे हैं।"

"अपने-अपने घरों से नहीं, अपनी-अपनी कमाई से। सिर्फ मेरी कमाई से यह घर कितनी अच्छी तरह चल रहा है, शायद तुझे दिखाई नहीं देता। तुझे कमाकर हम सबको

खिलाना चाहिए। तू उलटे मुझसे पचीस रुपए माँग रहा है।"

"हाँ, मैं तो अपनी मर्ज़ी से हाथ पर हाथ धरे बैठा हूँ न ! तुम दिलवा दो न काम। खैर, मुझे लेक्चर नहीं सुनना। मुझे पचीस रुपए चाहिए।" उसने मेरा पर्स पकड़ा था।

"मेरे पास हैं रुपए, पर मैं दूँगी नहीं तेरे उस क्लब को, जिसमें सब तेरे जैसे निकम्मे, काहिल, अड्डेबाज लोग भरे पड़े हैं या फिर उन रईसों के बेटे, जिनके पास बहुत-सा काला पैसा है। तूने अपनी ज़िन्दगी, अपना उठना-बैठना सब उस क्लब के नाम लिख दिया है, अब क्या हमें भी..."

"देखो, बढ़-चढ़कर मत बोलो। मुझे दो वक्त का खाना दे देती हो, यह बहुत बड़ा एहसान है न तुम्हारा ! मैं अपनी मर्ज़ी से एक पत्रिका तक खरीदकर नहीं पढ़ सकता, अपनी पसन्द से घर के लिए एक चीज़ नहीं ला सकता और तुम हर महीने तीन रुपए अपनी आइब्रोज शेप करवाने के लिए खर्च करती हो, वह बहुत ज़रूरी खर्च है। मेरा मुँह मत खुलवाओ, लेकिन तुम भौंहें बनवाकर इतनी बदसूरत और बनावटी लगती हो जैसे...जैसे मंगलग्रह से उतरकर आई हो..."

"दामू, तू निकल जा यहाँ से बाहर ! बात करने की तमीज़ भी तुझमें नहीं रह गई है।"

"मैं नहीं जाऊँगा। तुम जाओ और ले जाओ अपनी कमाई भी साथ ही। मैं बाबा को भूखा नहीं रखूँगा, तुम्हें हमारे लिए मिटने की ज़रूरत नहीं है। बड़ी दीदी जैसे गई हैं न, तुम भी रोज़ घर-घर जाती हो, अब तक ढूँढ़ क्यों नहीं लिया ? लेकिन याद रखना, पचीस रुपए मैं आज ही लेकर आऊँगा, यह मेरा प्रेस्टीज ईशू है।"

मैं बिना कुछ कहे घर से बाहर निकल आई थी। हाँ, इसकी 'प्रेस्टीज' कितनी है, यह मुझसे बेहतर कौन जानता है ? मुझे एकाएक दामू पर तरस आया था। यह लड़का कितनी गलत जगहों पर अपनी सारी प्रतिभा खर्च कर रहा है, लेकिन घर लौटते ही दामू पर आया सारा तरस झड़ गया था। वह सामने होता तो मैं उसे दो-चार तमाचे जड़ देती। घर से ट्रान्जिस्टर गायब था—डेढ़ सौ का ट्रान्जिस्टर वह तीस-चालीस रुपए में बेच आया होगा। घर में एक यही चीज़ थी जो उसके काम आ सकती थी। लेकिन दामू भी यह तो जानता था कि बाबा को ट्रान्जिस्टर का कितना बड़ा आसरा है। अकेले में उनका मन लगा रहता है। दामू इतना क्रूर हो सकता है, यह तो मैं सोच भी नहीं सकती थी। वह मेरी कोई भी चीज़ बेच आता, लेकिन बाबा...और अब एक बाहरी आदमी आकर हमें हिदायत दे रहा था कि अपने भाई को सँभालकर रखो। शाम को दामू लौटा था, चेहरा तना हुआ--आते ही बाबा के पास खड़ा हो गया था, उनके माथे पर हाथ रखा था उसने।

"खाना रखा है।" मैंने कहा था।

"मैं खाना खाकर आया हूँ।"

"वह तो तेरी शक्ल ही बता रही है कि कितना खाना खाया है।" वह इन दो महीनों में आधा रह गया है। चेहरा इस कदर मुरझाया हुआ कि अर्थी के वक्त माँ की धँसी

हुई आँखें और गालों की उभरी हुई हड्डियाँ याद आती हैं।

"बाबा ठीक हैं ?" उसने पूछा था।

"तुझे क्या करना है ? वह दिन में चार बार ट्रान्जिस्टर सुनते थे और वह तू बेच आया।"

"तुम किसी बात का सीधा जवाब नहीं दे सकतीं ? रुपए मुझे देने ही थे। ट्रान्जिस्टर तुम्हारा नहीं था, तुम्हारी कमाई का नहीं था। मैंने तुम्हारी चीज़ नहीं ली, और मुझे तुमसे कुछ नहीं कहना है।"

"लेकिन मुझे कहना है। आज सामनेवाले त्रिलोक भवन से एक आदमी आया था, दमन चक्रवर्ती को पूछ रहा था। तुझे तो अपना नाम पसन्द नहीं था न, अब जिस-तिस से झगड़ा करके तू अपने नाम का ढिंढोरा पीटता रहता है--मने राखबेन, आमार नाम दमनचक्र !"

"तुम भी वही सब मुझसे कहना चाहती हो जो वह आदमी कहकर गया है ! मुझे अपनी सफ़ाई नहीं देनी है।"

"मुझे तेरी सफाई चाहिए भी नहीं, सिर्फ इतना बता दूँ कि वह अपने गुंडों से किसी दिन तुझे पिटवा देगा। वे बड़े लोग हैं, उनके हजार हाथ हैं, उनसे तू उलझ नहीं सकता।"

"मेरा खून करवा देगा तो तुम काली मन्दिर जाकर प्रसाद चढ़ा आना, लौटकर बाबा को भी थोड़ा प्रसाद दे देना।"

"इस बार चन्दा पूरा नहीं मिला तो तू ऐसे अनजाने लोगों से झगड़ रहा है। उन्होंने ठेका लिया है क्या दुर्गापूजा करवाने का ? अभी दुर्गापूजा है, फिर लक्ष्मीपूजा, फिर काली पूजा, फिर जगधात्री-पूजा, फिर सरस्वती-पूजा--कोई कितना चन्दा देगा, हरेक की अपनी सीमाएँ हैं।"

"हाँ-हाँ, देखी हैं सीमाएँ। हर शनिवार वह पाँच-सात सौ रुपए रेस में हार आता है, हर महीने उसके यहाँ शराब की पार्टियाँ होती हैं, और वह हमें दस रुपए नहीं दे सकता ! न दे, पर चन्दा न देने के साथ-साथ इतना लम्बा उपदेश क्यों देता है हमें कि कुछ काम-धन्धा करो, चन्दा क्यों माँगते फिरते हो, तुम लोगों को बैठे-बैठे खाने की आदत पड़ गई है, चन्दे से रुपया जमा करोगे, आधा पूजा में लगाओगे, आधे से साल-भर बैठकर खाओगे। मैं उसे छोड़ूँगा नहीं, वह साला मुझे क्या पिटवाएगा !"

"चन्दा माँगने जाओगे तो वह सब सुनना ही पड़ेगा। इसी बित्ते-भर के मोहल्ले में दस जगह पंडाल लगे हैं, दस लोग चन्दा लेने सिर पर आ खड़े होते हैं। मुझे तो आज तक समझ में नहीं आया, जिन गलियों में इतनी गरीबी पल रही है, वहाँ हज़ारों का खर्च सिर्फ़ बिजली और सजावट पर करने से क्या मिलता है तुम लोगों को। इस सबको एन्जॉय तो फिर वही करते हैं न जो छुट्टी मनाने, घूमने निकलते हैं। भूखा आदमी इन सजावटों से अपना पेट तो भर नहीं सकता। तुम लोगों के लिए तो दुर्गापूजा मनाना, टीमटाम करना एक हॉबी है, ढकोसला है। बस, इससे ज़्यादा कुछ नहीं। इतना पैसा बटोरकर क्यों नहीं उनमें बाँट देते, जिन्हें सचमुच इसकी ज़रूरत है ?"

"हाँ, दो दिन अच्छा खा लेंगे, पहन लेंगे, फिर वही भूख, साल-भर हम इस भूख से, गरीबी से लड़ने की ताकत यहीं से लेते हैं। हमें मानसिक शान्ति मिलती है, पर यह सब तुम्हारी समझ में नहीं आएगा।"

"अच्छा, तुझे सचमुच मानसिक शान्ति मिलती है ? मुझे नहीं मालूम था कि तू इतना बड़ा आस्तिक हो गया है। तू तो ईश्वर, पूजा, मन्दिर—कुछ नहीं मानता था।"

दामू ने जवाब नहीं दिया। वह बाहर जाने लगा तो मैंने पूछा, "ट्रान्जिस्टर तूने सचमुच बेच दिया क्या ? कितने रुपए मिले ?"

"मैं जा रहा हूँ। कल भी खाना नहीं खाऊँगा।"

"फिर घर आने की भी क्या ज़रूरत है !"

तब मुझे नहीं लगा था कि उसने मेरा यह आखिरी वाक्य सुना भी है। वह तीन दिनों से घर नहीं लौटा। आज चौथा दिन है। मैंने तो अभी बाबा को यह भी नहीं बताया कि ट्रान्जिस्टर विन्नू नहीं ले गया, दामू बेच आया है। बाबा कुछ नहीं करेंगे, बस, सूनी-सूनी पनियायी आँखें एक तरफ स्थिर कर देंगे।

"दीऽऽपू !" यह शायद बाबा ने दूसरी बार मुझे आवाज़ दी है।

"आ गई, बेटा ? कब आई ? उनकी आवाज़ बेतरह काँप रही है, "तनखा मिली ?"

"आज तो अट्ठाईस है, बाबा। परसों मिलेगी।"

"अगले महीने जाना है ?" पता नहीं उनकी आवाज़ को क्या हो गया है। एक-एक शब्द बोलने में जैसे उनकी पूरी ताकत खत्म हो जाती है।

"जाना है।"

"चलो, अच्छा है।" बाबा उठने की कोशिश करते हैं। उनकी आवाज़ सुनकर डर लगता है। मौत के नज़दीक पहुँचते हुए आदमी की आवाज़ क्या इतनी सूनी, इतनी भयावह हो जाती है ?

"कुछ चाहिए, बाबा ?"

"अख़बार है ?"

तभी दरवाज़े की साँकल ज़ोर से बजी है। फिर कोई नया आदमी, फिर कोई नया उलाहना। या शायद दामू आ गया है। मैंने झटके के साथ दरवाज़ा खोल दिया है। नहीं, दामू नहीं लौटा। उसका कोई साथी है। वैसी ही उजड़ी हुई शक्ल। अठारह-उन्नीस साल के नौजवान और सबके एक-जैसे पिटे हुए चेहरे। मैं कहने को हुई हूँ कि दामू घर में नहीं है। तभी वह एक साँस में बोला, "दामू अस्पताल में है—सुबह से।"

"क्या !" मैं चौंकी हूँ। एक-न-एक तमाशा खड़ा करने की उसे आदत है—दामू, तू हमें चैन से नहीं रहने देगा ?

"दामू पी.जी. के एमरजेंसी वार्ड में है। कल रात उसके पेट में बहुत दर्द था। वह

कहता रहा, डॉक्टर को बुलाने की कोई ज़रूरत नहीं, ठीक हो जाएगा। सुबह अचानक बहुत बढ़ गया तो अस्पताल ले गए। फूड पायजनिंग है शायद। आप अकेले चली जाएँगी ? मुझे ज़रा काम है। वैसे दामू के पास दो लड़के हैं हमारे।''

मेरे होंठ काँप रहे हैं। नहीं, ऐसा कुछ नहीं होगा। मैंने बाबा को कहा है, अभी बाज़ार से अखबार लेकर आती हूँ। दरवाज़ा बन्द कर ताला लगाया और बाहर आकर रिक्शा लिया। वही हाथरिक्शा। इस मैनपुलिंग रिक्शे में दामू आज तक एक बार भी नहीं बैठा...कहीं दामू ने खुद कुछ खा तो नहीं लिया ? नहीं, यह काम वह कभी नहीं कर सकता। मैंने रिक्शावाले से तेज़ चलने को कहा है, पर वह झटके के साथ रुक गया है। सामने लम्बा जुलूस है और रास्ता बहुत सँकरा है। इतना शोर, इतने बैंड-बाजे—आज दशहरा है, दुर्गा की प्रतिमा का विसर्जन। रिक्शावाले ने एक से कहा है, ''रास्ता दे दो, अस्पताल जाना है।'' पर सड़क के दोनों ओर देखनेवालों की भीड़ जमा हो गई है। नहीं दामू, तुम जा नहीं सकते, मुझे वहाँ तक पहुँच लेने दो, मैं सब देख लूँगी, तुम इतनी आसानी से मर नहीं सकते...उफ, यह कैसा जुलूस है ! पहले लाल पगड़ीवाला बैंड, फिर 'आरोही संस्थान' के नीली वर्दीवाले लड़के बाँसुरी बजाते हुए, उनके पीछे एक और रंगीन बैंड, फिर ढोल-नगाड़ेवालों का जत्था, फिर बॉक्सिंग क्लब के लड़के एक कतार में तुरही जैसा कुछ बजाते हुए...अब भी वह सजा हुआ ट्रक कितनी दूर है। अब मोटरसाइकिल की दोनों तरफ चार कतारें, जिन पर सवार लोग कभी एक हाथ, कभी दोनों हाथ छोड़कर करतब दिखाते जा रहे हैं, फिर कुछ सरदार लड़के हाथों में बँधे रेशमी रूमाल फहराते हुए, भाँगड़ा करते हुए...और अब ट्यूब लाइट्स से सजा ट्रक...गाड़ी के सामने आते ही मैंने भय से आँखें मूँद ली हैं। इसमें तो सिर्फ़ राक्षस हैं—त्रिशूल सीने में उतरा हुआ, खून से सराबोर। क्या इसे ले जाने के लिए इतनी सजावट की गई है ? फिर रेशमी पोशाक में एक और लम्बा बैंड-बाजे वालों का जुलूस—उफ़, क्या तमाशा है ! किस कदर रास्ता रोक रखा है...और इतना शोर...कान फट रहे हैं...और अब आखिरकार बल्बों की कतार से सजी हुई गाड़ी, जिसमें दुर्गा की प्रतिमा है। दुर्गा के चेहरे पर एक चमक है, पीछे रंग-बिरंगा घूमता हुआ चक्र है—लाल, पीला, नीला, हरा, रंग बारी-बारी से चक्राकार घूम रहा है, आँखें चौंधिया गई हैं...

रिक्शा गलियों से निकलकर एक अँधेरे-से रास्ते पर अचानक रुक जाता है, ''अस्पताल आ गया है, उतरिए।'' मुझे कुछ दिखाई नहीं दे रहा है। इतनी रोशनी, इतने शोर के बाद इस अस्पताल के बाहर कितना अँधेरा लग रहा है ! पर यहाँ भी उतनी ही भीड़ है। बाहर ही एक झुर्रियोंवाले हाथ ने थरथराती हुई आवाज़ में रास्ता रोका है, ''दीदीमोनी, खाली शीशी-बोतल औषध जन्ये निये जाओ। दस-दस पैसा, माँ।'' मैं उसे परे कर भीड़ को चीरती हुई निकल आई हूँ।

एमरजेंसी वार्ड में सामने लाल बत्ती जल रही है। कोई आवाज़ नहीं। अन्दर जाना मना

है। नहीं-नहीं, इन चीज़ों से तुम इतनी जल्दी छुटकारा नहीं पा सकते। मेरे भीतर की हलचल शान्त हो गई है—तुम इतनी आसानी से मर नहीं सकते। एटा होते पारे ना...मुझमें एक स्थिरता-सी आ गई है। बाबा अखबार का इन्तज़ार कर रहे हैं और मैं कितने जुलूसों, कितनी बाधाओं को पार कर यहाँ तक आ गई हूँ...

मेरी बगल में सिर्फ़ एक लड़का है जो शायद दामू का साथी है। उसके चेहरे का चिन्तित भाव एक सुकून-सा देता है और मैं निढाल बेंच की पीठ पर अपना सिर टिका देती हूँ। भीतर से उल्टियाँ करने की आवाज़ आ रही है। ऐसी आवाज़ सिर्फ दामू की ही हो सकती है। डॉक्टरों की अस्पष्ट, हलकी बातचीत सुनाई दे रही है। अभी डॉक्टर बाहर निकलकर अपनी मशीनी आवाज़ में यह सूचना देगा—ही इज आउट ऑफ डेंजर।

बाहर, कॉरिडोर की खिड़की की तरफ हलका-हलका शोर है। वह जुलूस घूमकर शायद इधर ही आ रहा है। इतनी तरह की मिश्रित आवाज़ों का शोर दूर से कितना हास्यास्पद लगता है... ●●

[सारिका]

तानाशाही

दिन की शुरुआत ही गलत हो गई थी।

रात बेमौसम हल्की बारिश हुई थी और सुबह बिजली के लम्बे-लम्बे तारों पर मोती की तरह पानी की बूँदें अटकी हुई थीं। जाने कहाँ से चटख हरे रंग के, पंख धुले, सात-आठ तोते आकर एक कतार में वहाँ बैठ गए थे। मैं छत बुहार रही थी, तभी पिताजी कान पर जनेऊ चढ़ाए, हाथ में लोटा लिए छत से गुजरे और तोतों पर निगाह पड़ते ही ठिठक गए। उन्होंने लम्बी साँस खींची, जो मुझे देखते ही बीच में ही टूट गई। पिताजी का चेहरा जिस तरह निरीह हो आया था, उससे लगा कि सुनील भाई का ख्याल उनकी सारी मजबूती को झकझोर गया है। भाई बहुत छोटे थे, तब से ही ये तोते उनकी कमजोरी थे। हॉस्टल में पहली बार रहकर लौटे, तो बताने लगे कि वहाँ सुबह कभी-कभार पीली चोंचवाली गौरैया दिखाई दे जाती है, वह भी एक-दो से ज्यादा नहीं और लड़कों ने उनके लिए 'वन फॉर सॉरो, टू फॉर जॉय' वाली कविता रट रखी है। आमतौर पर वहाँ मनहूस कौओं की बेसुरी काँव-काँव से ही नींद टूटती है। तोते देखकर भाई की आँखें चमक उठती थीं। कई बार तोते देखने के लालच में ही वह सुबह सबसे पहले उठ जाया करते थे। जब वह हॉस्टल में थे, हम तोते देखते ही माँ-पिताजी को बुलाने दौड़ते और फिर सामूहिक रूप से सुनील भाई को याद किया जाता। पर अब हममें से किसी को भी सुबह-सुबह उनका ख्याल आ जाए, हम एक-दूसरे से बचने की कोशिश में अपने को जबरदस्ती ऊलजलूल कामों में उलझाए रखते हैं। इसलिए शायद हम सब अपने सुबह के दो-ढाई घंटे बेदाग रखना चाहते हैं और इस कोशिश में सुबह सब अतिरिक्त व्यस्त दिखाई देते हैं।

अब सबकी दिनचर्या में भी बदलाव आ गया था। माँ और पिताजी की सुबह की सैर बन्द हो गई थी, क्योंकि नीलकंठ के मन्दिर तक के दो मील के चक्कर में पच्चीस परिचित लोग मिलते थे और दो-चार इधर-उधर की बातों के बाद बड़ी उत्सुकता से सुनील भाई का अता-पता पूछने लगते थे। पिताजी के पास तब कोई जवाब नहीं होता था।

"हटना ज़रा !" पिताजी की आवाज़ मेरे पीछे से आई, तो मैं चौंकी। कूड़ा एक ओर सरकाकर झाड़ू लिए मैं कोने में खड़ी हो गई और पिताजी ने बड़ी कर्कश आवाज़

के साथ फेफड़ों से जैसे कुछ खींचा और छत के कोने में पिच्च-से ढेर सारा कफ थूक दिया। मैं उस ओर की छत साफ़ कर आई थी, पिताजी ने फिर गन्दगी बिखेर दी। मैंने मुँह बिचका दिया।

हाँ, पिताजी को जहाँ-तहाँ थूकने की बहुत बुरी आदत है। सुबह उठने के बाद आधा घंटा उनका थूकने का ही कार्यक्रम चलता है, पर आश्चर्य कि इसके पहले कभी हम लोगों ने उनकी इस आदत पर गौर नहीं किया। उस दिन सुनील भाई ने थूकने को लेकर घर में महाभारत न मचाया होता, तो आज भी हमेशा की तरह मैं छत बुहारती रहती और पिताजी इसी तरह कान पर जनेऊ चढ़ाए, हाथ में लोटा लिए छत के एक कोने से दूसरे कोने तक दाएँ-बाएँ थूकते चले जाते और कोनेवाले नल के पास बने आले से खरोंच-खरोंचकर मिट्टी निकालते हुए तीन बार लोटा आँजते-माँजते रहते। अब याद करूँ, तो लगता है कि पिताजी ही नहीं, बाबा को भी खँखारते रहने की आदत थी। जिस दिन उनका हार्ट फेल हुआ, उस दिन भी उनके बाएँ हाथ में हुक्का और दाईं ओर काँसे का बेल-बूटेदार पीकदान था। पिताजी में भी बहुत धीरे-धीरे बाबा की सारी-की-सारी आदतें एक-एक कर उतरती आ रही थीं।

सामनेवाली छत की मुँडेर पर लाल मुँहवाला लंगूर मुँह बिरा रहा था। मैं छत के पिछवाड़े वाले भंडारघर में लाठी लेने गई तो अम्मा के पोपले मुँह की बड़बड़ाहट सुनाई दी, जिसे समझ पाना आसान नहीं था। जवाब में पड़ोस की सावित्री की आवाज़ सुनाई दी, "अपनी चीज़ें दान करने से पुण्य मिलता है, माँजी ! माना, कल संक्रान्ति थी, पर आपने हमारी बाल्टी क्यों दान कर दी ?"

"वह तो हमारी बाल्टी थी, बिटिया !" इस बार अम्मा साफ़-साफ़ बोली थीं।

सावित्री ने पिताजी को आते देखा, तो फिर सिर पर पल्ला धर और तीखी आवाज़ में बोलती हुई पिछवाड़े की सीढ़ियों से उतर गई, "अब एक बाल्टी के लिए बिटिया तो न बनाओ !"

अम्मा बड़बड़ाती रहीं, "क्या ज़माना है ! बित्ता भर की छोकरियाँ जबान चलावैं...!" पिताजी को सामने देखते ही अम्मा बेआवाज़ कुछ बुदबुदाकर हाथ-पंखा झलने लगीं।

पिताजी शायद सब सुन चुके थे, बिगड़ पड़े, "अम्मा, आजकल खुद खा-पहन लो, बहुत है। दान-दहेज का ज़माना गया। महँगाई में गले तक डूबे हैं, तुम्हें बाल्टियाँ दान करना सूझ रहा है...!"

"अब तुम लोगों को तो संक्रान्त-एकादशी, कुछ याद नहीं रहता ! अपने राजा भैया थे, तो चाहे जो मँगवा लेते थे !" अम्मा सुनील भाई को याद करने लगीं, तो पिताजी लाठी उठाकर बाहर निकल आए। अम्मा का झुर्रियों भरा चेहरा विकृत हो आया था। औपचारिकतावश जो भी उनसे उनके हालचाल पूछने चला जाता, उसके सामने अम्मा

अपनी यादों का पिटारा खोलकर बैठ जातीं। जब से सुनील भाई गए, उनके पास अपने 'राजा भैया' को छोड़कर बात करने का और कोई प्रसंग नहीं रहा था। पिताजी ने इससे बचने के लिए दुकान जाने के पहले अम्मा के पाँव छूना भी बन्द कर दिया था।

नीम की दातौन चबाते हुए पिताजी छत की मुँडेर के पास आकर खड़े हुए और दूसरे ही क्षण मुँह बिगाड़कर दातौन के रेशों को जबान से घुमा-घुमाकर इधर-उधर उछालते हुए कमरे की ओर लौट गए, जैसे मुँह का स्वाद कसैला हो आया हो। मैंने उनके जाने के बाद मुँडेर के पार झाँका, तो नीचे कुछ नहीं था। मुझे लगा था, पिताजी ने सुबह-सुबह कोई मरा हुआ चूहा या किसी पक्षी की चोंच में फँसा हुआ कोई मांस का टुकड़ा देख लिया है। दूर तक फैली कच्ची बस्तियाँ थीं और पाँच-सात पलस्तर उखड़े इकमंजिले मकान। नीचे की ओर मैंने देर से देखा, सामनेवाली झुग्गी में पिताजी की जिला कमेटी का बूढ़ा चपरासी हरिया अपने बीस साल के इकलौते लड़के सिद्धू के दाँतों पर उँगली से मंजन घिस रहा था और सिद्धू की माँ कुल्ला करवाने के लिए कटोरे में पानी लिए खड़ी थी। सिद्धू की वहशी आँखों की स्थिर पुतलियाँ ऊपर की ओर चढ़ी थीं। मैं सहमकर पीछे हटी, तो पीढ़े से जा टकराई। पागलपन की शुरुआत वाक़ई बहुत खूँखार—खतरनाक चीज़ है। मुझे अब तक सिद्धू को इस तरह बौखलाए हुए देखने की आदत नहीं पड़ी थी। आठ-दस महीने पहले अचानक उसे दौरा पड़ा था और उसके मरगिल्ले से शरीर में जाने कहाँ से इतनी ताक़त आ गई थी कि माँ-बाप समेत चार लोगों की पकड़ से वह छूट भागा था। रात के दो-दो बजे तक पड़ोस के बीसियों लोग उसे घेरकर उसकी पहचान लौटाने की कोशिश करते, "देखो, यह तुम्हारी माँ है...यह बाबा...पहचानते नहीं इसे ?" और वह वैसे ही गूँगा-बहरा बना हुआ जड़ बैठा रहता। उसके पूरे चेहरे पर सिर्फ़ लाल-लाल आँखें दिखाई देतीं।

सिद्धू और सुनील भाई की उम्र में आठ दिन का फर्क था। दोनों बचपन में साथ-साथ खेलते थे। फिर बड़ों की डाँट ने सुनील भाई के दोस्त बदलवा दिए और सिद्धू अपने पड़ोसी हमउम्र लड़कों में लौटा, तो उन्होंने उसे बिरादरी से बाहर कर दिया। पर अजीब बात थी कि एक ओर तो पिताजी सिद्धू को देखकर बहुत विचलित हो उठते थे, पर कहीं भीतर उन्हें हल्का-सा सन्तोष भी था कि सुनील भाई जितने भी अक्खड़ हैं, कम-से-कम मानसिक रूप से स्वस्थ तो हैं। पिताजी हमेशा इस काल्पनिक आशंका से ही त्रस्त रहते कि हरिया की जगह वह स्वयं होते और सिद्धू की जगह सुनील भाई, तो...?

पिताजी दुकान के लिए तैयार हो चुके थे। मैंने उन्हें काली जाकिट थमाई, तो उसे पहनते-पहनते पूजाघर में जाकर हाथ जोड़ आए। पहले उन्हें पूजाघर में आधा घंटा लगा करता था, जाने कौन-कौन-से लक्ष्मी-स्तोत्र और हनुमान-चालीसा का पाठ किया करते थे, अब वह दो मिनट में ही बाहर निकल आते थे। माँ बगीचे से टोकरी भरकर भिंडी

और बैंगन तोड़ लाई थीं। सीढ़ियाँ चढ़ते-चढ़ते बोलीं, "कोई अब देखे न भाले, सारी अरबी और फूलगोभी में कीड़े लग रहे हैं !" फिर पिताजी की ओर उन्होंने देखा, "मुनिया को साथ ले जाना, शर्मा की दुकान से पावरोटी ले आएगी।"

मैं पिताजी के साथ सीढ़ियाँ उतर गई।

ताला खोलकर पिताजी ने जंगले से बँधी जंजीर एक ओर डाली और खर्र-खर्र करती साइकिल को उठाकर दो सीढ़ियों से नीचे उतारा। सामने गली की वह ऊबड़खाबड़ सड़क थी, जिससे पिताजी पचपन साल से परिचित थे...दोनों ओर गँधाती हुई पतली-पतली नालियाँ, जगह-बेजगह निकली हुई ईंटें, कीचड़ से भरे हुए छोटे-छोटे गड्ढे और गली खत्म होने के बाद लाल बजरी से पटी ढलानवाली सड़क। साइकिल तो पहले भी यही थी, जिसके अंजर-पंजर ढीले हो चुके थे, पर तब पिताजी सड़क की ओर बिना देखे, बड़े अभ्यस्त भाव से उसे तैराते हुए निकलते थे, जैसे मखमल-बिछी सड़क हो। बायाँ हाथ साइकिल के हैंडल पर रहता था और दायाँ हाथ हवा में लहराते हुए, इस-उससे दुआ-सलाम करते, सबके हालचाल पूछते, गली के बच्चों को सहलाते हुए निकल जाते। अब मुझे पीछे बैठते हुए डर लगता था। सामने सड़क की ओर न देखकर पिताजी दाएँ-बाएँ निगाह करते, तो साइकिल लड़खड़ा जाती। खाँसते वक्त दाहिना हाथ ऊपर उठाते, तो उनकी सारी देह काँप उठती। अब वह नौसिखिए की तरह पूरे मनोयोग से साइकिल चलाते थे—न दाएँ देखना, न बाएँ।

पहले मुझे इसी तरह पीछे कैरियर पर बिठाकर पिताजी हमेशा स्कूल छोड़ने जाते थे और मुझे रोज़ स्कूल पहुँचने में देर हो जाती थी। पिताजी की आदतें अजीब थीं। घर से दुकान तक पहुँचने के तीन मिनट के रास्ते में ही वह दस बार साइकिल से उतरते। कभी मौलवी साहब की मुफ्त पाठशाला के ब्योरे पूछने को रुकते, कभी अस्पताल जाते डॉक्टर वर्मा से अम्मा की दवाइयों के नुस्खे लिखवा लेते, कभी अपनी पार्टी के बुजुर्ग अध्यक्ष चतुर्वेदीजी के पैर छूने के बाद सड़क पर ही देर तक खड़े बतियाते रहते। अब वह दाएँ-बाएँ देखते तक नहीं थे। ऐसा नहीं कि उस इलाके के लोग बदल गए थे। हाँ, मौलवी साहब हज को चले गए थे और पार्टी के अध्यक्ष चतुर्वेदीजी का स्वर्गवास हो गया था, लेकिन दुनिया अब और बड़ी हो गई थी।

मुझे शर्मा की दुकान पर उतारकर पिताजी पैदल ही साइकिल थामे अपनी दुकान पर चले गए। पन्द्रह साल पुरानी उस दुकान पर नया चमकता बोर्ड—जगदम्बा क्लॉथ हाउस—किसी पैबन्द की तरह लग रहा था। मैं पावरोटी लेकर निकली तो पिताजी अगरबत्तियाँ सुलगाकर बाहर लाए थे और रामदीन लकड़ी के तख्ते हटा रहा था। मुझे देखकर पिताजी उतनी दूर से ही चिल्लाए, "मुनिया, रास्ते में रुकना नहीं ! जल्दी घर पहुँचो, माँ राह देखती होगी।"

अभी मैं मुश्किल से बीस कदम ही जा पाई थी कि पिताजी साइकिल की घंटी

बजाते फिर लौट आए थे, "चल, पीछे बैठ !" उन्होंने धीरे से कहा। मैं बैठ तो गई, पर इस बार अपने पर बेहद खीज हुई—काश, मेरे मुँह में भी सुनील भाई जैसी लम्बी जबान होती ! पिताजी को वापस ही आना था, तो खुद ही पावरोटी लाकर दे जाते, मुझे बेकार इतनी दूर ले गए।

जब से रमा दीदी अपनी मरजी से शादी करके अमेरिका चली गई थीं और अब सुनील भाई घर से एकाएक गायब हुए थे, पिताजी का हम दोनों बहनों पर से विश्वास उठ गया था। मुझे पिताजी छत के सामने हाथ पर गाल टिकाए खड़ा देख लें, बस उनका खून खौल जाता था। उन्हें लगता, पांडेजी की छत पर जरूर उनके चार लड़कों में से कोई खड़ा होगा। या मैं कभी शाम के समय सब्जीवाले से करौंदे या हरी मिर्च लेने चली जाऊँ, पिताजी मेहँदी लगानेवाली बुआजी या अम्मा को या मालिश करने आई दाई को झट मेरे पीछे दौड़ा देते। पिताजी को शायद नहीं मालूम था कि पड़ोस की महिलाएँ खुलेआम कहा करती थीं, "लड़कियों को सात ताले में बन्द रखो, तो भी वे नदी-नाले लाँघकर अपने करतब दिखाकर रहेंगी। जगदम्बा बाबू की बड़ी बिटिया को नहीं देखा, कैसी गऊ लगती थी, लेकिन अपने लिए विलायती दूल्हा फँसा लाई !" हालाँकि जीजाजी अपनी जात-बिरादरी के थे और शादी भी बाकायदा सारे रीति-रिवाजों के साथ हुई थी।

मैं दालानवाली गद्दी में जाकर आले से गिरे खत उठा लाई। दोनों खत माँ के नाम थे। एक में महिला-संस्थान की अगली मीटिंग की सूचना थी, दूसरे में किसी स्कूल की हस्तशिल्प प्रदर्शनी के उद्घाटन के लिए निमन्त्रण था। पिताजी ने दोनों उलट-पलटकर देखे, "हुँह !" और मुझे वापस थमा दिए। मैंने गौर किया, उन्होंने आँखें झुका ली थीं और उनकी उँगलियाँ काँप रही थीं। बड़ी शिथिलता से उन्होंने साइकिल घुमाई। जाते-जाते बोले, "माँ से कह देना, रामसरन के हाथ टिफिन में खाना थोड़ा कम भेजे, आज भूख नहीं है।"

मैं न चाहते हुए भी उन्हें देखती ठिठकी रही, पिताजी पीछे से एकाएक इतने बूढ़े लगने लगे थे। काली टोपी और काली जाकिट के बीच उनके बाल चाँदी की तरह सफेद चमक रहे थे और दोनों कन्धे बेतरह झुके हुए थे।

"मुनिया, वहाँ खड़े क्या हो रहा है ? नीचे कोई है ?" माँ बरामदे से झाँक रही थीं।

मैं एक साँस में सत्ताईस ऊँची-ऊँची सीढ़ियाँ चढ़ गई।

"पिताजी थे। डाक देखने आए थे।" मैंने बताया, तो माँ चुप हो आईं। पिताजी की इस कमज़ोरी से माँ भी परिचित थी। सुनील भाई का जिक्र आते ही पिताजी बड़े लापरवाह अन्दाज में अपने को गाली देते हुए कहते थे, "हुँह, कौन साला उल्लू का पट्ठा परवाह करता है ! नवाबज़ादे सोचते होंगे कि हम तो बिन-बताए चले आए घर से, हमारे गम में हमारे माँ-बाप शहीद हो रहे होंगे, उन्होंने खाना-पीना छोड़ रखा होगा...!" इन सबके बावजूद हम जानते थे कि आज छह महीने, बीस दिन बाद भी पिताजी को हर डाक के साथ यह उम्मीद रहती है कि उनका सोनू बेटा उन्हें खत भेजेगा—परम पूज्य

पिताजी, सादर चरण-स्पर्श...अपना अता-पता लिखेगा, माफी माँगेगा...या फिर डाक में दीदी या जीजाजी का अमेरिका से क्षमा-याचना का खत आएगा कि वे लोग बहुत व्यस्त थे, खत का उत्तर नहीं दे पाए और यह सूचना कि आप जुड़वाँ बच्चों के नाना बन गए हैं। लेकिन डाक में रंगीन एयरमेल लिफाफों की जगह माँ के नाम छपे हुए पोस्टकार्ड देखकर पिताजी कई बार झुँझलाकर कह चुके थे, 'बस, तुम्हारी माँ ने प्रधानमन्त्री के आने पर बढ़िया भाषण क्या दे डाला, स्कूल-कॉलेज वाले हाथ में फूलमालाएँ लिए खड़े रहते हैं ! इस देश में नारी जाति की बड़ी कद्र है। वह भाषण लिखा तो हमने ही था आखिर !' और माँ ? वह दीन-दुनिया को ज़िन्दगी सुखी बनाने के चाहे जितने उपदेश दे लें, पिताजी के सामने उनकी जबान नहीं खुलती। चौदह साल की माँ का तीस साल के पिताजी से जब ब्याह हुआ था, घर का माहौल और बाबा-अम्मा के सम्बन्ध देखकर शायद तभी उन्होंने जान लिया था कि घर-बाहर के किसी मामले में उन्हें अपनी राय नहीं देनी है, भले ही पिताजी ने शादी के बाद माँ को पढ़ने की छूट देकर अपने से ऊँची डिग्री लेने दी थी और साहित्यरत्न पास माँ में हर बात को देखने-समझने की दृष्टि आ गई थी। कस्बे की ऊँची तबके की सारी महिलाएँ माँ की इज्जत करती थीं, पर घर में दिन के समय वह रसोई में और रात को पिताजी की पीठ पर मालिश करती हुई पाई जाती थीं।

लेकिन सुनील भाई के जाने के बाद घर का पूरा नक्शा ही बदल गया था। अम्मा भंडारघर की खटिया पर पड़ी-पड़ी पुरानी बातें बड़बड़ाया करती थीं। माँ और पिताजी में अब सिर्फ बहुत जरूरी बातें होती थीं। पिताजी रात देर तक राजधानी का हिन्दी अखबार पढ़ा करते थे और माँ तड़के, मुँह-अँधेरे ही उठकर बगिया में पानी देने, सब्जियाँ तोड़ने चली जाया करती थीं। माँ और पिताजी दोनों समझदार थे और अपने को व्यस्त रखने, भरमाने के सामान बड़ी आसानी से जुटा लिया करते थे। पर इन सबके बावजूद माँ की संयत मुद्रा और पिताजी के अतिरिक्त गम्भीर हो आए चेहरे पर बच्चों जैसी मासूम निरीहता थी।

इस पूरे मनहूस माहौल का कारण बहुत सोचने के बाद भी मुझे यही लगता था कि सबने सुनील भाई को लेकर अपनी-अपनी सुविधानुसार बड़े खूबसूरत सपने देखे थे। मैं ही कौन-सा इन सबसे अलग थी ! मैं और छोटी सुनील भाई की पढ़ाई खत्म होने के दिन गिना करते थे, जब वह हॉस्टल से डेढ़-दो महीने के लिए नहीं, हमेशा के लिए आ जाएँगे और हम उनके साथ हफ्ते में एक फ़िल्म देखा करेंगे, बोटिंग के लिए जमुनाजी जाएँगे और क्लब में उनके साथ मैं टेबुल-टेनिस खेलना सीखूँगी। अम्मा अपने पोते की बहू के सपने देखा करती थीं और पिताजी सुनील भाई के लिए अपनी दुकान की मरम्मत करवाने लगे थे।

आखिरकार सुनील भाई पढ़ाई पूरी कर हॉस्टल का कमरा छोड़ आए थे।

हफ्ता भर तो हम सब सुनील भाई के साथ डॉक्टर वर्मा, प्रोफेसर साहब, दीक्षित बाबू जैसी शहर की जानी-मानी हस्तियों के घर आने-जाने में व्यस्त रहे थे। दोपहर को

हम सब इकट्ठे होकर ऊपरवाले ठंडे कमरे में ताश खेलते रहते। यह कमरा खासतौर पर भाई के लिए बनवाया गया था। दोनों छोटी-छोटी खिड़कियों पर खस के परदे और बीच में कूलर लगा था जिसमें से हमेशा ठंडी, सुगन्धित हवा कमरे में भरी रहती। सुनील भाई उस कमरे में बैठते ही माँ से बोले थे, ''पापा ने यह कमरा बनवाकर जिन्दगी में पहली बार ढंग का काम किया है।'' माँ ने भाई को डाँट दिया था कि पिताजी के सामने ऐसा न कह बैठे। सुनील भाई पिछले दो सालों से पिताजी को 'पापा' ही कहा करते थे। पर बहुत कोशिश के बाद भी वह सम्बोधन मेरी और छोटी की जबान पर नहीं चढ़ पाया। पापा सम्बोधन के साथ काली जाकिट और कुरता-पाज़ामावाले पिताजी की तस्वीर कभी मेल नहीं खाती थी।

अब इतना याद नहीं कि उस दिन अचानक ऐसा बवाल कैसे खड़ा हो गया था। पिताजी भूल गए थे कि वह अपने लाड़ले, इकलौते बेटे सोनू से बात कर रहे हैं, जिसके लिए जाने कितने देवी-देवताओं से उन्होंने मनौतियाँ माँगी थीं। और सुनील भाई भी पिताजी से ऐसी तेज आवाज़ में इससे पहले कभी नहीं बोले थे। शायद छोटी-छोटी चिनगारियाँ बहुत पहले इकट्ठी होती रही हों। यों भी माँ, पिताजी और सुनील भाई की व्यक्तिगत बातों में हम दोनों बहनों को बाहर कर दिया जाता था। उस दिन की तो बात ही और थी। पांडेजी अपने मकान के बरामदे में खड़े पिताजी और भाई की आवाज़ें सुन पा रहे थे। उस दिन दिमाग पर बहुत ज़ोर देने पर मुझे इतना ही याद आया था कि साल-भर पहले जब पिताजी ने सुनील भाई को आगे पढ़ने से यह कहकर रोका था कि पढ़-लिखकर तीन-साढ़े तीन सौ की नौकरी ही मिलेगी और उनके खानदान में कभी किसी की जी-हुजूरी में नौकरी किसी ने नहीं की और फिर पिताजी अब दुकान सँभालने के लिए काफी नहीं थे। सुनील भाई ने बड़ी सहजता से स्वीकार किया था कि पढ़ाई खत्म होने के बाद वह पिताजी की कपड़ों की दुकान सँभाल लेंगे। पर उसके लिए पढ़ाई बीच में छोड़ देने का कोई तुक नहीं है।

हॉस्टल लौटते हुए भाई ने किसी बात पर दुकान के नाम का मजाक बनाया था, ''जगदम्बा वस्त्रालय ! लगता है, जैसे दुर्गा के मन्दिर के सामने खादी के कुरते और गांधी टोपियों की दुकान खोल ली हो !'' पिताजी ने इस समय तो भाई को डाँट लगा दी थी पर भाई के जाने के बाद जाने कितना जोड़-तोड़ लगाकर दुकान का बोर्ड बदलवा दिया था। 'जगदम्बा क्लॉथ हाउस' में नए नाम के लाइसेंस के लिए पन्द्रह दिन जूतियाँ चटखाते घूमते रहते थे।

और भाई इस बार लौटे, तो दुकान के सामने से ताँगा गुजरते ही उन्होंने सिर थाम लिया और मुँह बिचकाकर माँ से बोले, ''पापा ने यह क्या किया ! मैंने तो मज़ाक किया था। अब तो ऐसा लगता है, जैसे हिन्दुस्तानी गँवारू औरत को स्कर्ट पहना दी हो ! इस कस्बे में यह अंग्रेज़ी नाम भद्दा लगता है।'' गनीमत थी कि पिताजी उस दिन जिला

कमेटी की ज़रूरी मीटिंग में गए थे और उनके आने से पहले ही माँ ने भाई को समझा दिया था।

पिताजी लौटकर बड़े उत्साह से भाई को बताते रहे कि उन्होंने दुकान को नया करने में तीन हज़ार रुपए लगा दिए हैं और अब वह दुकान किसी भी बड़े शहर की दुकान से कम नहीं लगेगी। भाई ने अपना निर्णय सुनाया कि उन्हें किसी इंटरव्यू के लिए अहमदाबाद जाना है। तीन सौ का स्टार्ट है। इंटरव्यू में आने-जाने का खर्च खुद करना होगा। पिताजी चौंके थे, पर तत्काल संयत होते हुए उन्होंने उस समय तो बात टाल दी, ''बेटा, अभी तुम्हारी बाल-बुद्धि है। स्थिर होकर यह सब सोचना। इंटरव्यू तो अभी पन्द्रह दिन बाद है न !''

बात आई-गई हो गई। फिर एक दिन स्कूल से लौटने पर देखा कि भाई के साथ कोई दोस्त है, उन्हें पहले कभी हम लोगों ने नहीं देखा था और भाई छोटा-सा एयर-बैग तैयार करके स्टेशन जा रहे हैं। पहले कभी ऐसा नहीं हुआ था कि भाई पिताजी से कहे बिना शहर गए हों। दो दिन के लिए वह बुआ से मिलने लखनऊ भी जाते थे, तो माँ दही-गुड़ खिलाकर भेजती थीं। पिताजी शाम को दुकान से लौटे, तो बौखलाए हुए थे, ''सुनील कहाँ गया है आज ? दुकान के सामने ताँगा रुकवाए बिना ऐसे उड़ते-उड़ते बोल गया—'कानपुर जा रहा हूँ, कल लौट आऊँगा।' यह तो कोई तरीका नहीं है। दो घंटे का रास्ता सही, पर दूसरा शहर तो फिर परदेश ही है।''

माँ से पता चला कि सुनील भाई का दोस्त ज़बरदस्ती ले गया...कानपुर में कोई नई फ़िल्म चल रही है, देखने गए हैं, कल लौट आएँगे। रात मामा के घर रह लेंगे। पिताजी सन्न। माँ को शायद बाद में अपनी गलती महसूस हुई, क्योंकि उन्होंने फिर बात सँभालने की बहुत कोशिश की पर पिताजी ने फिर न कुछ कहा, न सुना। वैसे ही तमतमाए हुए उठे और जाकर कूलरवाले कमरे में सो गए।

सुनील भाई दूसरे दिन लौटे, तो उस दिन पिताजी, माँ, भाई सबमें अबोला रहा। फिर पता नहीं क्या हुआ कि भंडारघर के पास से पिताजी और सुनील भाई की तेज़-तेज़ आवाज़ें सुनाई दीं। पिताजी की आवाज़ अपेक्षाकृत धीमी थी। और शब्द भीतर तक नहीं पहुँच रहे थे, पर सुनील भाई को इतना तीखा और तेज बोलते मैंने पहले कभी नहीं सुना था, ''मैं अब बच्चा नहीं हूँ कि आप चाहें तो अचकन-कुरता पहनाकर रोज़ अपने साथ दुकान पर बिठाकर मेरी नुमाइश लगाते फिरें ! मैं उस दुकान पर बैठकर ग्राहकों से पैसे-पैसे के लिए माथापच्ची नहीं कर सकता !''

''... ... ...''

''ठीक है, तीन सौ सही, उसमें अपना अकेले का गुज़र तो हो ही सकता है...!''

''... ... ...''

''तो उसमें भी आपकी गलती है ! मैं जनमते ही अपने साथ लाटसाहबी लेकर नहीं

आया था। वे सारी आदतें आखिर आपने ही डाली हैं...''

अम्मा शायद अपनी खटिया से उठकर बीच-बचाव करने लगी थीं और भाई की आवाज़ और तेज़ हो गई थी, ''मैं ऊपरवाले कमरे का कूलर बन्द करना भूल जाऊँ, तो वह आपको तीन दिन बाद भी याद रहता है, आप जो सारे दिन कालाबाज़ारी करनेवाले खादी टोपीधारी सेठों-महाजनों को लेकर भाषण और भोज का आयोजन करते फिरते हैं, उसमें सैकड़ों का खर्च भी खर्च थोड़े ही है, इसलिए कि नेतागिरी के बहाने आपको अपना काम निकालना होता है !''

माँ घर पर नहीं थीं और मैं काँप रही थी। छोटी ने डर के मारे बिसूरना शुरू कर दिया था। लगा था, सुनील भाई अपने होश में नहीं हैं। पिताजी को यह सब सुनकर कैसा लगा होगा, यह मेरी कल्पना से बाहर था। पिताजी ने बारह साल की उम्र से पूरे परिवार का बोझ सँभाला था, और उनमें जरूरत से ज़्यादा आत्मविश्वास था। बाबा ने अपनी सारी ज़मीन-ज़ायदाद अपने बड़े बेटे के नाम कर दी थी और ताऊजी ने पिताजी को निकाल बाहर किया था। बाबा से पिताजी की भी कभी नहीं बनी, लेकिन पिताजी उनके सामने कभी ऊँचा नहीं बोले और लकवा से पीड़ित बाबा को जब ताऊ पिताजी की दहलीज पर छोड़ गए, तो पन्द्रह लम्बे साल पिताजी उनकी सेवा-टहल करते रहे। बाबा, अम्मा, माँ, बुआ—सब पर पिताजी का रोब था और उनकी ही बुलन्द आवाज़ आज पहली बार अपने ही इकलौते लाड़ले बेटे के सामने दब रही थी।

शायद पिताजी ने इस बीच छत पर से नीचे थूक दिया था और सुनील भाई अपनी पूरी आवाज़ भर चिल्लाते हुए भीतर आ गए थे, ''मैं इस घर में अब एक मिनट भी नहीं रह सकता जहाँ लोगों को थूकने की तमीज़ नहीं है ! हज़ार बार मना कर चुका हूँ कि आप हरिया की झुग्गी की ओर इस तरह पान की पीक मत उछाला करिए ! वे भी इन्सान हैं। आख़िर आपने कभी देखा है कि सिद्धू और उनकी माँ कितनी हिकारत से आपकी ओर देखते हैं, कुछ बोल तो सकते नहीं बेचारे !''

पिताजी बौखलाए से घूम रहे थे। पड़ोस की छतों पर भीड़ थी। बरामदे से हीं पिताजी चिल्लाए, ''लो सुनो...मुनिया की माँ ! सुनो, अब हमें कहाँ थूकना है, कहाँ नहीं, इसकी इज़ाजत भी तुम्हारे साहबज़ादे से लेनी होगी ! क्यों भइया, अब यह भी बता दो, थूकने का कौन-सा सभ्य तरीका है और एक बार में कितना थूकना चाहिए ?''

सुनील भाई इस बीच छोटी अटैची लिए ठंडे कमरे से उतर आए थे। जूते पटकते हुए सारी सीढ़ियाँ उतरकर बोले, ''गलती हुई, जो आपके मुँह लगा ! यह भूल गया कि देहात में रहते-रहते आदमी बात करने के काबिल नहीं रहता !''

''हाँ...हाँ, आपका जन्म तो दिल्ली के उस हॉस्टल में हुआ था, जिसका अढ़ाई-सौ किराया भी हम देहाती भरते थे, और देहाती कपड़ों का सूटकेस भरे बिना तो आप जा भी नहीं सकते...क्यों ?''

बस, यह सुनना था कि सुनील भाई बाहर निकलते-निकलते पलटकर अटैची उछाल गए थे और उनके पीछे दरवाज़ा इतनी बुरी तरह जंगले से टकराया था, जैसे लोहे की

कोई वज़नी चीज़ तीन तल्ले से नीचे गिरी हो।

पिताजी भाई के जाते ही जैसे ढह गए थे। माँ के सामने वह पहली बार अपने को इस तरह अपराधी महसूस कर रहे थे। माँ हमेशा हर स्थिति में कैसे शान्त-संयत रह पाती थीं, मुझे आश्चर्य होता था। अम्मा दरवाज़ों की टेक ले-लेकर रोती-कलपती भीतर तक आईं तो पिताजी उनके बहाने शायद अपने को दिलासा देने लगे, "अम्मा, मैं उस लड़के की नस-नस पहचानता हूँ। उसे आग होते देर नहीं लगती और दूसरे ही पल एकदम पानी। साहबज़ादे कहीं रह नहीं पाएँगे, यह मैं अभी से बताए देता हूँ। कूलर चलाकर बेगम अख़्तर का बत्तीस रुपए का रिकॉर्ड सुने बिना तो उसे नींद नहीं आती। कल-परसों तक लौट आएगा, देखना।"

और पिताजी चार दिन तक हर आहट पर चौंकते रहे। सबके पूछने पर भी यही कहते कि बुआ से मिलने लखनऊ गया है, दो-चार दिन में लौट आएगा। बचपन में एक बार सुनील भाई पिताजी की डाँट सुनकर घर से भागे थे और आधा घंटे बाद ही स्टेशन मास्टर की उँगली थामे बिसूरते हुए घर वापस आ गए थे। पिताजी को अब भी कहीं ऐसी उम्मीद थी कि उस दिन न सही, हफ्ते भर बाद तो उसके फरिश्ते भी लौट आएँगे। पर जब हफ्ता बीत गया, तो पिताजी की आवाज़ बदल गई, "किस युग में बाप-बेटों में बनी है ? हम ही बाबा से कितना लड़ा करते थे ! हाँ, आज के लड़कों में स्वाभिमान बहुत है, हठ ज़्यादा है, सो अच्छा ही है। मैं खुद जाकर उसे मना लाता हूँ।" और पिताजी लखनऊ-कानपुर तक हो आए। सुनील भाई के सभी दोस्तों के घर भी छान मारे। महीने-भर बाद अहमदाबाद की उस कॉटन मिल में भी पूछताछ कर आए जिसके इंटरव्यू में भाई को जाना था। पता चला कि भाई इंटरव्यू में शामिल तो हुए थे, पर चुने नहीं गए।

पिताजी अहमदाबाद से लौटे, तो पहचाने नहीं जाते थे। अब भी माँ के सामने, दूसरों के सामने वह उसी रोब से बात करते, हँसते। पर भीतर कहीं वह पूरी तरह बदल चुके थे। पार्टी से नाम वापस ले लिया। सुबह की सैर, शाम का क्लब बन्द हो गया था। अम्मा पिताजी को कोसतीं और पिताजी उसी तरह चुप सुनते रहते। जब एक-एक कर पाँच महीने बीत गए, हम सबने पहली बार महसूस किया कि दुनिया बहुत बड़ी है जिसमें गुम हो गए सुनील भाई को खोज निकालना आसान काम नहीं है। अब तक हमारे लिए दुनिया-जहान के नाम पर इस कस्बे से आगे कहीं कुछ नहीं था।

अभी नौकर के हाथ खाना भेजा भी नहीं था कि पिताजी चाबियों का गुच्छा घुमाते हुए घर लौट आए थे। माँ ने चौंककर देखा तो जैसे अपनी सफ़ाई देते हुए बताने लगे कि आज का तो दिन ही खराब था, कोई काम ही नहीं हो पाया। दुकान खोलते ही जाने

कहाँ से साला एक अड़ियल भुट्टेवाला आ गया और अपना टोकरी-पतरा फैलाकर पालथी जमाकर वहीं पसर गया कि छोटे भैया कहाँ गए, उनको उसके भुट्टे बहुत पसन्द थे ! यह कस्बा ससुरा जीने नहीं देगा ! अब पूछो, यह दो कौड़ी का भुट्टेवाला कौन होता है कि सवाल-जवाब करे...! पिताजी बोले, ''एक बार सोनू के साथ बम्बई गए थे न, तब वह इत्ता बड़ा महानगर एक अजूबा लगा था, जहाँ दो हाथ दूर के बन्द दरवाज़े के भीतर कोई मर जाए, तो भी पड़ोस में शहनाइयाँ बन्द नहीं होती थीं। अब लगता है, छोटे शहर की ज़िन्दगी भी कोई ज़िन्दगी है ! आदमी अपने अनुसार चल नहीं सकता, मन-मुताबिक, खा-पहन नहीं सकता। कोई गलत कदम उठा लो, दीवारों के भी कान उग आएँगे, सारा का सारा कस्बा जवाबदेही माँगने को सामने खड़ा हो जाएगा ! एक भुट्टेवाले तक को...!'' तभी मेरी ओर निगाह पड़ी, तो पिताजी ने घूरकर देखा, ''मुनिया, पानी लाना एक गिलास।''

मैं रसोई में चली गई। सुराही से पानी निकालकर लाई तो पिताजी भंडारघर में अम्मा के पास खड़े थे, ''मोटे अक्षर हैं। साथ में फोटो भी है, पढ़ा करो इसे।'' अम्मा उसी तरह अपने ठकुरायती पंखे को एकटक निहारती रहीं और बिना देखे उन्होंने पुलिन्दा एक ओर सरका दिया।

मैंने पानी का गिलास पिताजी को थमाते हुए किताबें पलटीं...गीता प्रेस, गोरखपुर की कोई सचित्र किताब थी।

''लो, स्टेशन गया था, राजधानी का अखबार लेने, वह तो भूल ही गया !'' पिताजी के हाथ से पानी उछला, ''सठिया गए अब तो ! याददाश्त कमज़ोर हो गई है।'' कहते हुए पिताजी ने वही कर्कश आवाज़ की और हड़बड़ाए से छत की ओर चले गए। आधा गिलास पानी नीचे उलट दिया और थूकते हुए एकाएक रुक गए जैसे थूकना भूल गए हों। उसी हड़बड़ी में दोनों हाथ तेज़-तेज़ घुमाते हुए भीतर चले गए।

मैंने थोड़ी देर बाद झाँककर देखा, सिद्धू वैसी ही भयानक बौराई आँखों से शून्य में देखता हुआ बार-बार जीभ घुमा-घुमाकर थूक इकट्ठा कर ऊपर की ओर अपनी पूरी ताकत के साथ थूक रहा था ! लौटते हुए जाने क्यों मुझे लगा कि सुनील भाई भी इसी तरह आसमान की ओर बेतहाशा थूके जा रहे हैं।

अन्दर पिताजी बनियान पेट के ऊपर उठाए, जाँघिया पहने, ठंडे फर्श पर निढाल-से पड़े थे। उन्हें इस मौसम में भी गर्मी बहुत लगती थी। ●●

[धर्मयुग : दिसम्बर 1972]

दहलीज़ पर संवाद

अँधेरी ड्योढ़ी को पार कर दोनों शिथिल आकृतियाँ ज़ीने की तरफ बढ़ती हैं। पुरानी चप्पलों की धीमी चरमराहट के साथ-साथ सीमेंट के फर्श पर छड़ी के बार-बार टिकाए जाने का अपेक्षाकृत तेज स्वर उभरता है, फिर रुक जाता है।

"देखकर आना, सुमित्रा, अँधेरा है।"

"बत्ती क्या हुई ?"

"तोड़-ताड़ दिया होगा बल्ब, पड़ोस के बच्चों ने।"

"गए थे तो ठीक था।"

"हरामखोर कहीं के !..."

चप्पलों की चरमराहट और छड़ी की टक्-टक् का समवेत स्वर फिर शुरू होता है। इस बार उसमें हाँफने की भारी आवाज़ भी जुड़ जाती है। ऊँची चढ़ती हुई छड़ी की ठक्-ठक् दो-तीन क्षणों के लिए ठिठकती है।

"थक गईं ?"

"हाँऽ..."

"कहा था, रिक्शा ले लेते।"

"अढ़ाई रुपए माँग रहा था।"

"तो क्या हुआ ? आराम से तो आ जाते !"

"पैसे का ख्याल नहीं है आपको !"

"सेहत के मामले में कंजूसी नहीं दिखानी चाहिए। इस उम्र में सेहत ही नियामत है।"

"खैर...हम कौन-सा रोज़-रोज़ स्टेशन जाते हैं !"

छड़ी की आवाज़ काफी ऊपर जाकर एक बार फिर रुकती है। चप्पलों की चरमराहट के साथ-साथ गहरे निःश्वास जारी रहते हैं। झुर्रियोंवाला एक हाथ नीचे अगली सीढ़ी तलाशता है।

"मैं आऊँ ?"

"नहीं, मैं धीरे-धीरे चढ़ रही हूँ। आप दरवाज़ा खोलिए।"

"चाबी तो तुम्हारे पास है।"

"हाय रब्बाऽऽ..."

"ठंड तो नहीं लग रही ?"

"नहीं।"

"मुझे तो लग रही है।"

"अच्छा ?"

"डॉक्टर कह रहा था कि इस उम्र में रात को बाहर नहीं निकलना चाहिए।"

"पर जाना तो था ही।"

"मैं यह थोड़े ही कह रहा हूँ।"

"चलो, अब तो आ गए..."

चाबियों की खनखनाहट शुरू होती है। फिर दरवाजा खुलता है। स्विच के ऊपर-नीचे होने की आवाज़ें आती हैं। उसके बाद गहरी खामोशी छा जाती है।

"क्या हुआ ?"

"बत्ती ही नहीं है।"

"फिजूल बेचारे बच्चों को कोस रहे थे। अब ?"

"तुम भीतर तो आओ।"

"हूँ।"

"मोमबत्ती है घर में ?"

"ढूँढ़नी पड़ेगी।"

"और वह जो राज की टॉर्च थी..."

"उसका मसाला कहाँ बदलवाया !"

"चलो, खैर, सोना ही है अब।"

"खाना नहीं खाओगे ?"

"भूख नहीं है।"

"क्यों ?"

"पता नहीं। तुम खा लो।"

"नहीं।"

"क्या हुआ ?"

"ऐसे ही। जी नहीं करता।"

"तो फिर दरवाजा बन्द कर दो।"

"अच्छा।"

तेज खड़खड़ाहट के साथ दरवाजा बन्द होता है। घरघराती हुई साँसें कमरे में गूँजती रहती हैं। फिर बिस्तर पर किसी बोझ के ढह जाने की आवाज आती है। एक मिनट के लिए जैसे सबकुछ रुक जाता है।

"हाय, मेरे रब्बा !"

"थक गए न आप भी ?"

"नहीं तो।"

"आपकी आवाज से लग रहा है।"

"क्या हुआ है मेरी आवाज को ?"

"आपको नहीं पता चलता ?"

"नहीं।"

"जैसे गले में कुछ फँसा हुआ होता है।"

"क्या ?"

"जैसे गला अकड़ गया हो।"

"ठंड जो थी रास्ते में।"

"गुलूबन्द ले लेना था।"

"उससे क्या फर्क पड़ना था !"

"फिर भी। डेढ़ मील तो होगा ही यहाँ से स्टेशन।"

"ज्यादा।"

"अब वह शरीर भी तो नहीं रहा।"

"हूँ..."

"जूते उतार लिए ?"

"उतार रहा हूँ।"

"टाइम क्या हुआ ?"

"साढ़े बारह।"

"वे लोग इटावा पहुँच गए होंगे।"

"अभी कहाँ ! एक बजे आता है।"

"टिन्नी दूध के लिए रो रहा होगा।"

"हूँ।"

"बहुत रोता है।"

"आदतें बिगाड़ रखी हैं।"

"और क्या !"

"अपना राज नहीं रोता था इस तरह।"

"आजकल की लड़कियों को बच्चे पालने नहीं आते।"

"क्योंकि बच्चे पाले जाते हैं आजकल। पहले तो अपने आप पल जाते थे।"

"कहो तो बुरा लगता है।"

"जमाना नहीं है किसी को कुछ कहने का।"

"हूँ..."

"तुमने कहा तो नहीं था कुछ ?"

"नहीं। ऐसे ही एक बात की है।"

"ख़ैर..."

"कपड़े बदलने हैं आपने ?"

"नहीं।"

"ऐसे ही सोएँगे ?"

"हाँ।"

"कम्बल ले लेना ऊपर।"

"ले लिया है।"

"पानी पीना है।"

"नहीं।"

"और कुछ ?"

"नहीं।"

"मैं सो जाऊँ फिर ?"

"हाँ।"

चुप्पी कमरे पर छाई रहती है। दूर कहीं चौकीदार आवाज लगाता है। फिर ज़ोर-ज़ोर से बात करते हुए लोगों का झुंड नीचे फुटपाथ पर से गुजर जाता है। फिर दूर-दराज तक वही चुप्पी।

"मैंने कहा..."

"हूँ।"

"सो गए क्या ?"

"नहीं।"

"नींद नहीं आती ?"

"पेट अजीब-सा हो रहा है।"

"खाना जो नहीं खाया।"

"तुमने भी तो नहीं खाया।"

"अब कौन सियापा करे..."

"राज और इन्द्रा के सफर के लिए जो खाना बना था..."

"सारा ही मैंने टिफिन में डाल दिया था। इन्द्रा मना करती रही। मैंने जबरदस्ती रख दिया। गाड़ी में भूख ज्यादा लगती है। दो रातों का सफर है।"

"रात बहुत हो गई है..."

“हूँ...”
“मैंने कहा...सुनते हैं...?”
“हूँ...”
“घर, कैसा चुप-चुप हो रहा है।”
“क्या ?”
“कैसा मनहूस लग रहा है घर !”
“बच्चे की रौनक तो होती ही है।”
“बड़ा शैतान है।”
“बाप पर गया है।”
“माँ पर नहीं ?”
“नहीं।”
“मैंने राज को बताया था।”
“क्या ?”
“कि टिन्नी बिल्कुल तेरे पर गया है।”
“फिर ?”
“फिर क्या ?”
“राज ने क्या कहा ?”
“कहने लगा, अपने दादा पर गया है।”

धीमी, पोपली खिलखिलाहट से सारा कमरा भर जाता है। फिर करवट बदलने की सरसराहट शुरू होती है।

“तुम्हें याद है ?”
“क्या ?”
“अपना राज बिल्कुल टिन्नी जैसा था।”
“हाँ, मगर भारी ज्यादा था।”
“मोहल्ले के बच्चों से तो उठता ही नहीं था।”
“बीस साल हो गए...”
“नहीं, पच्चीस...”
“अब भी कितना साफ-साफ याद है !”
“सारे कमरे में घिसटता रहता था।”
“बच्चे कितनी जल्दी बड़े हो जाते हैं !”
“ओमी, पाल, नीलू के तो अपने बच्चे भी कितने बड़े-बड़े हो गए...”
“सब छोटे थे, तो सुबह-शाम कितना ऊधम मचाते थे !”
“पर प्यार कितना था आपस में !”

"अब तो चिट्ठी-पतरी भी नहीं..."
"पीछे देखा तो पता चलता है।"
"जमाना था वह भी। अब तो कुछ भी नहीं..."
"क्या ?"
"कुछ नहीं..."

खामोशी फिर से उतर आती है। तभी घंटे की तेज आवाज सुनाई देती है। उसके बाद फिर वही करवटें बदलने की सरसराहट।

"एक बज गया।"
"दूध मिल जाता है वहाँ ?"
"हाँ, बड़ा स्टेशन है।"
"तकलीफ होगी।"
"वो तो होगी ही। रात का सफर है।"
"कहा था, दिन की गाड़ी से चले जाते।"
"अपनी मर्ज़ी के मालिक हैं सब।"
"फिर भी..."
"तुमने रुपए पकड़ा दिए थे टिन्नी के हाथ में ?"
"हाँ।"
"कितने ?"
"दस।"
"बीस देने थे।"
"दस ही थे मेरे पास।"
"परसों मैंने दिए जो थे !"
"उनसे मैंने टिन्नी को खिलौने खरीद दिए थे।"
"ओ..."

दो क्षणों तक सब चुपचाप रहता है। फिर चारपाई चरमराती है। खँखारने की आवाज के साथ फिर सन्नाटा छा जाता है।

"कितने के आए खिलौने ?"
"सोलह रुपए कुछ पैसे के थे।"
"बड़े महँगे लिए !"
"सस्ती कौन-सी चीज आती है आजकल !"
"हमारे बच्चे तो चम्मचों से खेलकर ही खुश हो जाया करते थे।"

"तब की बात और थी।"

"अच्छा, सुनो।"

"हूँ ?..."

"बाकी कितने पैसे रह गए आलमारी में ?"

"तीस।"

"कितने ?"

"तीस।"

"बस ?"

"हाँ।"

"इस महीने बड़ा खर्च हो गया ! अभी आधा महीना भी नहीं..."

"बच्चे भी तो तुम्हारे ही हैं !"

"हाँ, लेकिन..."

"क्या ?"

"कुछ नहीं।"

"बोलो भी।"

"नहीं, कुछ नहीं..."

बूट पटकता हुआ, लाठी की ठक्-ठक् के साथ, चौकीदार एक बार फिर सड़क से गुजर जाता है। साँस लेने की थकी हुई सरसराहट और सन्नाटा—दोनों बने रहते हैं।

"इस बार राज खुश था बहुत।"

"यहाँ आकर ?"

"नहीं, वैसे ही।"

"कोई बात तो होगी।"

"खुद तो वह कुछ नहीं बोला, पर इन्द्रा बता रही थी।"

"क्या ?"

"कह रही थी, यहाँ से लौटकर जाएँगे तो बदली होगी और तरक्की भी। राज ने तुमसे कुछ नहीं कहा ?"

"बदली होगी ?"

"हाँ।"

"इधर पास कहीं ?"

"कह रही थी, आसाम की तरफ..."

"आसाम..."

"हाँ। क्यों ?"

"वह तो बहुत दूर है।"

"अच्छा ?"

"एक तरफ के सफर में ही तीन-चार दिन लग जाते हैं..."

"हाय मेरे मालिक !"

"आना-जाना मुश्किल हो जाएगा।"

"हमारा क्या होगा ?"

"हूँ ?"

"हमारा क्या होगा ?"

"हमारा क्या हो सकता है !"

एक मनहूस चुप्पी कमरे में खिंच जाती है। काफी देर तक कोई आवाज नहीं उभरती। उसी सन्नाटे में कहीं गहरे में से एक थकी हुई आवाज जैसे गूँजती है।

"कितनी तनख्वाह हो जाएगी अब राज की ?"

"सत्रह सौ।"

"सच ?"

"हाँ, इन्द्रा कह रही थी।"

"मैं कल सोसायटीवालों को बताऊँगा। खोसला साहब को भी। बड़ा रोब मार रहे थे, अपने बेटे का।"

"और आप कर भी क्या सकते हैं ?"

"क्या कहा ?"

"कुछ नहीं।"

"कभी-कभी बहुत कड़वी बात कह जाती हो !"

"सच नहीं है क्या ?"

"होगा।"

"होगा नहीं, है।"

"पर हमारे पास खुश होने के लिए इसके अलावा रास्ता भी क्या है !"

"मैंने तो एक बात कही थी।"

इस बार एक आकृति उठकर चारपाई पर बैठ जाती है। चारपाई जोरों से चरमरा उठती है।

"उठ गए ?"

"हाँ,"

"क्यों ?"

"नींद नहीं आ रही।"

"तबीयत ठीक है ?"
"हाँ।"
"तो फिर ?"
"बस, नींद नहीं आ रही।"
"वे लोग भी गाड़ी में जाग रहे होंगे।"
"सो गए होंगे शायद। रात काफी हो गई है।"
"टिन्नी तंग न कर रहा हो कहीं।"
"तुम्हें क्या पड़ी है ?"
"ऐसे ही...ख्याल तो आता ही है..."
"हूँ..."
"क्या सोच रहे हैं ?"
"... ... ..."
"बताइए भी यही आपकी खराब आदत है।"
"सोच रहा हूँ, पिछले दस दिन कितने अच्छे गुजरे।"
"वो तो है ही।"
"अब मनहूस लग रहा है सबकुछ।"
"बड़े कम वक्त के लिए आते हैं हर बार।"
"खर्च भी तो बहुत हो जाता है।"
"क्या करें !"
"दिल पर पत्थर रखना पड़ता है।"
"... ..."
"अपने बच्चों का भी ख्याल नहीं आता..."
"... ..."
"कि इस उम्र में इस तरह अकेले..."
"चलो जी, राजी-खुशी रहें, अपने घर..."
"दस दिन रहकर जाते हैं तो मेरा तो कलेजा कट जाता है।"
"क्या ?"
"कलेजा कट जाता है।"
"एक हफ्ता और रुकने के लिए कहना था।"
"कहा था।"
"फिर ?"
"इन्द्रा बोली कि छुट्टी नहीं है।"
"पर राज तो कह रहा था..."
"मुझे भी कहा था।"
"फिर ?"

“मैंने इन्द्रा और राज की बातें सुनी थीं...”

“क्या कह रहे थे ?”

“... ...”

“बताओ भी, क्या कह रहे थे ?”

“इन्द्रा रो रही थी कि यहाँ उसका मन नहीं लगता। सारा दिन करने को कुछ नहीं होता। घूमना भी अच्छा नहीं लगता।

“... ...”

“कह रही थी कि बीमारों के बीच उसके बच्चे को कुछ हो गया तो...”

“... ...”

“आप चुप क्यों हो गए ?”

“कुछ नहीं।”

“बोलो भी।”

“ऐसे ही। एक बात याद आ गई।”

“क्या ?”

“मेजर लाल सुनाते थे न—जिस तरह पिछली लड़ाई में सिपाही जख्मियों को साथ ढोने से तंग आकर पीछे छोड़ जाते थे, उसी तरह...”

“क्या उसी तरह ?”

“कुछ नहीं सुमित्रा। अब सोना चाहिए।”

“बोलो भी। क्या कह रहे थे ?”

“मुझे तो लगता है...”

“क्या लगता है ?”

“बताऊँ ?”

“हाँ।”

“कि हम न इधर हैं, न उधर...”

“क्या ?”

“तुम्हें ऐसा नहीं लगता ?”

“कैसा ?”

“कि हमें अब...”

“हाय मेरे रब्बा, मनहूस बातें ही निकालोगे मुँह से...”

“नहीं क्या ?”

“अब बस भी करो...”

“सच बताओ, क्या तुम्हें भी ऐसा लगता है ?”

कोई उत्तर नहीं मिलता। सिर्फ अलग-अलग चारपाइयों पर साँसें उठती-गिरती रहती हैं।

ऊपर छत पर धूल-सना, मैला पंखा धुँधला, और धुँधला होता जाता है। दूर कहीं दो का घंटा बजता है तो अँधेरेदार सन्नाटा यूँ काँपता है, जैसे कोई अधमरी चीज हवा में उल्टी लटक रही हो...

●●

[सारिका : 1977]

औरत : आठ छोटी कहानियाँ

रहोगी तुम वही

एक

'क्या यह जरूरी है कि तीन बार घंटी बजने से पहले दरवाज़ा खोला ही न जाए ? ऐसा भी कौन-सा पहाड़ काट रही होती हो। आदमी थका-माँदा ऑफिस से आए और पाँच मिनट दरवाज़े पर ही खड़ा रहे...

... ...

'इसे घर कहते हैं ? यहाँ कपड़ों का ढेर, वहाँ खिलौनों का ढेर। इस घर में कोई चीज़ सलीके से रखी नहीं जा सकती ?

... ...

'उफ़ ! इस बिस्तर पर तो बैठना मुश्किल है, चादर से पेशाब की गन्ध आ रही है। यहाँ-वहाँ पोतड़े सुखाती रहोगी तो गन्ध तो आएगी ही...कभी गद्दे को धूप ही लगवा लिया करो, पर तुम्हारा तो बारह महीने नाक ही बन्द रहता है, तुम्हें कोई गन्ध-दुर्गन्ध नहीं आती।

... ...

'अच्छा, तुम सारा दिन यही करती रहती हो क्या ? जब देखो तो लिथड़ी बैठी हो बच्चों में। मेरी माँ ने सात-सात बच्चे पाले थे, फिर भी घर साफ़-सुथरा रहता था। तुमने तो दो बच्चों में ही घर की वह दुर्दशा कर रखी है, जैसे घर में क्रिकेट की पूरी टीम पल रही है।

... ...

'फिर वही शर्बत ! तुम्हें अच्छी तरह मालूम है—मेरा गला खराब है। पकड़ा दिया हाथ में ठंडा शर्बत। कभी तो अक्ल का काम किया करो। जाओ, चाय लेकर आओ...और सुनो, आगे से आते ही ठंडा शर्बत मत ले आया करो सामने...बीमार पड़ना अफोर्ड नहीं कर सकता मैं। ऑफिस में दम लेने की फुर्सत नहीं रहती मुझे...पर तुम्हें कुछ समझ में नहीं आएगा...तुम्हें तो अपनी तरह सारी दुनिया स्लो मोशन में चलती दिखाई देती है...

... ...

'सारा दिन घर-घुसरी बनी क्यों बैठी रहती हो, खुली हवा में थोड़ा बाहर निकला करो। ढंग के कपड़े पहनो। बाल सँवारने का भी वक्त नहीं मिलता तुम्हें, तो बाल छोटे करवा लो, सूरत भी कुछ सुधर जाएगी। पास-पड़ोस की अच्छी समझदार औरतों में उठा-बैठा करो।

... ...

'बाऊजी को खाना दिया ? कितनी बार कहा है, उन्हें देर से खाना हजम नहीं होता, उन्हें वक्त पर खाना दे दिया करो...दे दिया है ? तो मुँह से बोलो तो सही...। जब तक बोलोगी नहीं, मुझे कैसे समझ में आएगा ?

... ...

'अच्छा सुनो, वह किताब कहाँ रखी है तुमने ? टेबल के ऊपर-नीचे सारा ढूँढ़ लिया, शेल्फ भी छान मारा। तुमसे कोई चीज़ ठिकाने पर रखी नहीं जाती ? गलती की जो तुमसे पढ़ने को कह दिया। अब वह किताब इस ज़िन्दगी में तो मिलने से रही।...तुम औरतों के साथ यही तो दिक्कत है—शादी हुई नहीं, बाल-बच्चे हुए नहीं कि किताबों की दुनिया को अलविदा कह दिया और लग गए नून-तेल-लकड़ी के खटराग में, पढ़ना-लिखना गया भाड़ में...

... ...

'यह कोई खाना है ! रोज़ वही दाल-रोटी-बैंगन-भिंडी और आ...लू। आलू के बिना भी कोई सब्जी होती है इस हिन्दुस्तान में या नहीं ? मटर में आलू, गोभी में आलू, मेथी में आलू, हर चीज़ में आ...लू। तुमसे ढंग का खाना भी नहीं बनाया जाता। अब और कुछ नहीं करती हो तो कम-से-कम खाना तो सलीके से बनाया करो।...जाओ, एक महीना अपनी माँ के पास लगा आओ, उनसे कुछ रेसिपीज़ नोट करके ले आना...अम्मा तो तुम्हारी इतना बढ़िया खाना बनाती हैं, तुम्हें कुछ नहीं सिखाया ? कभी चायनीज़ बनाओ, कॉन्टीनेन्टल बनाओ...खाने में वैरायटी तो हो...

... ...

'वह किताब ज़रूर ढूँढ़कर रखना, मुझे वापस देनी है। यह मत कहना—भूल गई...तुम्हें आजकल कुछ याद नहीं रहता...

... ...

'अब तो दोनों सो गए हैं, अब तो यहाँ आ जाओ, बस, मेरे ही लिए तुम्हारे पास वक्त नहीं है। और सुनो...बाऊजी को दवाई देते हुए आना, नहीं तो अभी टेर लगाएँगे...

... ...

'आओ, बैठो मेरे पास ! अच्छा, यह बताओ, मैंने इतने ढेर सारे प्रपोज़ल में से तुम्हें ही शादी के लिए क्यों चुना ? इसलिए कि तुम पढ़ी-लिखी थीं, संगीत-विशारद थीं, ग़ज़लों में तुम्हारी दिलचस्पी थी, इतने खूबसूरत लैंडस्केप तुम्हारे घर की दीवारों पर लगे थे।...तुमने अपना यह हाल कैसे बना लिया ? चार किताबें लाकर दीं तुम्हें, एक भी तुमने

खोलकर नहीं देखी।...ऐसी ही बीवियों के शौहर फिर दूसरी खुले दिमागवाली औरतों के चक्कर में पड़ जाते हैं, और तुम्हारे जैसी बीवियाँ घर में बैठकर टसुए बहाती हैं ?...पर अपने को सुधारने की कोशिश बिल्कुल नहीं करेंगी।

... ...

'तुम्हारे तो कपड़ों में से भी बेबी फूड और तेल-मसालों की गन्ध आ रही है...सोने से पहले एक बार नहा लिया करो, तुम्हें भी साफ-सुथरा लगे और...

... ...

'यह लो, मैं बोल रहा हूँ और तुम सो भी गईं। अभी तो साढ़े दस ही बजे हैं, यह कोई सोने का वक्त है ? सिर्फ़ घर के काम-काज में ही इतना थक जाती हो कि किसी और काम के लायक ही नहीं रहतीं...'

दो

'तुम्हारी आदतें कभी सुधरेंगी नहीं। पन्द्रह साल हो गए हमारी शादी को, पर तुमने एक छोटी-सी बात नहीं सीखी कि आदमी थका-माँदा ऑफिस से आए तो एक बार की घंटी में दरवाज़ा खोल दिया जाए। तुम उस कोनेवाले कमरे में बैठी ही क्यों रहती हो कि यहाँ तक आने में इतना वक्त लगे ? मेरे ऑफिस से लौटने के वक्त तुम यहाँ...इस सोफे पर क्यों नहीं बैठतीं ?

... ...

'अब यह घर है ? न मेज़ पर ऐशट्रे, न बाथरूम में तौलिया...बस, जहाँ देखो, किताबें, किताबें, किताबें...मेज़ पर, शेल्फ पर, बिस्तर पर, कार्पेट पर, रसोई में, बाथरूम में...क्या अब किताबें ही ओढ़ें-बिछाएँ, किताबें ही पहनें, किताबें ही खाएँ ?...

... ...

'यह कोई वक्त है चाय पीने का ? खाना लगाओ। गर्मी से वैसे ही बेहाल हैं, आते ही चाय थमा दी। कभी ठंडा नींबू पानी ही ले आया करो।

... ...

'अच्छा, इतने अखबार क्यों दिखाई देते हैं यहाँ ? शहर में जितने अखबार निकलते हैं, सब तुम्हें ही पढ़ने होते हैं ? खबरें तो एक ही होती हैं सबमें, पढ़ने का भूत सवार हो गया है तुम्हें। कुछ होश ही नहीं कि घर कहाँ जा रहा है, बच्चे कहाँ जा रहे हैं...

... ...

'यह क्या खाना है ? बोर हो गए हैं रोज़-रोज़ सूप पी-पीकर और यह फलाना-ढिमकाना बेक्ड और बॉयल्ड वेजीटेबल खा-खाकर। घर में रोज़ होटलों जैसा खाना नहीं खाया जाता। इतना न्यूट्रीशन कॉन्शस होने की ज़रूरत नहीं है। कभी सीधी-सादी दाल-रोटी भी बना दिया करो, लगे तो कि घर में खाना खा रहे हैं। आजकल

की औरतें विदेशी नकल में हिन्दुस्तानी मसालों का इस्तेमाल भी भूलती जा रही हैं।

... ...

'यह क्या है, मेरे जूते रिपेयर नहीं करवाए तुमने ? और बिजली का बिल भी नहीं भरा ? तुमसे घर में टिककर बैठा जाए, तब न ! स्कूल में पढ़ाती हो, वह क्या काफी नहीं है ? ऊपर से यह समाज-सेवा का रोग भी पाल लिया अपने सिर पर ! क्यों जाती हो उस फटीचर समाज-सेवा के दफ्तर में ? सब हिपोक्रेट औरतें हैं वहाँ। मिलता क्या है तुम्हें ? न पैसा, न धेला, उल्टा अपनी जेब से आने-जाने का भाड़ा भी फूँकती हो।

... ...

'यह है तुम्हारे लाड़ले का रिपोर्ट कार्ड ! भूगोल में तेईस, इतिहास में पच्चीस और मैथ्स में बारह ! फेल नहीं होंगे तो और क्या ! माँ को तो फुर्सत ही नहीं है बेटे के लिए। अब मुझसे उम्मीद मत करो कि मैं थका-माँदा लौटकर दोनों को गणित पढ़ाने बैठूँगा। एम.ए. की गोल्ड मेडलिस्ट हो, तुमसे अपने ही बच्चों को पढ़ाया नहीं जाता ? तुम्हें नया गणित नहीं आता तो एक ट्यूटर रख लो। अब तो तुम भी कमाती हो, अपना पैसा समाज-सेवा में उड़ाने से तो बेहतर ही है कि बच्चों को किसी लायक बनाओ। सारा दिन एम.टी.वी. देखते रहते हैं।

... ...

'यह तुमने बाल इतने छोटे क्यों करवा लिए हैं ? मुझसे पूछा तक नहीं। तुम्हें क्या लगता है, छोटे बालों में बहुत खूबसूरत लगती हो ? यू लुक हॉरिबल ! तुम्हारी उम्र में ज़्यादा नहीं तो दस साल और जुड़ जाते हैं। चेहरे पर सूट करें या न करें, फैशन ज़रूर करो।

... ...

'सोना नहीं है क्या ? बारह बज रहे हैं। बहुत पढ़ाकू बन रही हो आजकल। तुम्हें नहीं सोना है तो दूसरे कमरे में जाकर पढ़ो। मेहरबानी करके इस कमरे की बत्ती बुझा दो और मुझे सोने दो।

... ...

'अब हाथ से किताब छोड़ो तो सही ! सच कह रहा हूँ, मुझे गुस्सा आ गया तो इस कमरे की एक-एक किताब इस खिड़की से नीचे फेंक दूँगा। फिर देखता हूँ, कैसे...

... ...

'अरे, कमाल है, मैं बोले जा रहा हूँ, तुम सुन ही नहीं रही हो। ऐसा भी क्या पढ़ रही हो जिसे पढ़े बिना तुम्हारा जन्म अधूरा रह जाएगा। कितनी भी किताबें पढ़ लो, तुम्हारी बुद्धि में कोई बढ़ोतरी होनेवाली नहीं है। रहोगी तो तुम वही...'' ●●

[हंस : जून 1994]

सत्ता-संवाद

"आ गए ? यह लो, खाली हाथ झुलाते चले आए। मैंने कुछ लाने को कहा था ? याद नहीं रहा। कोई नई बात है ? याद रहता कब है ? अब मैं बाहर भी करूँ और घर का सारा जंजाल भी सँभालूँ। मरने दो, मुझे क्या पड़ी है। मैं भी नहीं जाती। चलने दो घर जैसे चलता है।

... ...

"चप्पलें अन्दर कहाँ लिए जा रहे हो ? सारी दुनिया की धूल-मिट्टी कमरे में फैला दी। चप्पलें दरवाज़े पर उतारी नहीं जातीं ? पैरों में मिट्टी लिथड़ती रहे, तुम्हें क्या... आज कामवाली भी नहीं आई है पर तुम्हें क्या फर्क पड़ता है। घर गन्दा रहे, साफ रहे...तुम्हारी बला से। हर काम के लिए मैं ही मरती-खपती रहूँ...

... ...

"इन उखड़ी हुई चप्पलों को पहनना बहुत अच्छा लगता है क्या ? दस दिन से देख रही हूँ, पैर घसीट-घसीटकर चल रहे हो। दो मिनट मोची के पास खड़े होकर गँठवा भी नहीं सकते ? सारा दिन कॉफी हाउस में पड़े सिगरेटें फूँक-फूँक कर दर्शन बघारते रहते हो। कॉफी हाउस के बाहर ही तो मोची बैठा रहता है, पर नहीं, क्यों गँठवाओ चप्पल। फटी-टूटी चप्पल पहनने में जो शान है, वह दुरुस्त चप्पल पहनने में कहाँ।

... ...

"बेटा भी वही रंग-ढंग सीख रहा है। कपड़े धुलाई में डालता ही नहीं। महीने-भर से एक ही जीन्स और हवाई चप्पल चटखाता घूम रहा है। शेव भी नहीं करता। मैले कपड़े लादे रहने में ही शान समझता है। पिता पर पूत...आखिर बेटा किसका है।...एक मैं ही हूँ जिसे लोक-लाज निभानी पड़ती है। वही दो-चार सूती साड़ियाँ धो-सुखाकर कलफ लगाकर पहनती हूँ, उस पर भी दोनों बाप-बेटे आँखें फाड़े रहते हो...जैसे बड़ा सज-सँवरकर निकल रही हूँ।...मैं भी तुम दोनों की तरह हाथ पर हाथ धरे फटेहाल पड़ी रहूँ तो जो चार पैसे घर में आते हैं, उसके भी लाले पड़ जाएँ।...पर तुम्हें क्या...तुम्हें तो बैठे-ठाले रोटियाँ...

... ...

"वाह, थाली सरकाकर उठ गए ? इस उम्र में भी नखरे दिखाने बाकी रह गए हैं।

पकाऊँ भी मैं और उगाऊँ भी मैं। तुमसे तो रास्ते से एक सब्जी उठाकर नहीं लाई जाती। थैला हाथ में लेते हुए शर्म आती है। जब खाना खाने में किसी को शर्म नहीं आती तो लाने में कैसी शर्म ! दो-एक बार खुद खरीदकर लाओ तो पता भी चले कि सब्जी-भाजी के भाव कहाँ जा रहे हैं।...अब खाली मेरी कमाई से तो घर में छत्तीस पकवान बनने से रहे। भगवान का शुक्र है कि दो वक्त की रोटी जुट जाती है, किसी के आगे हाथ पसारने नहीं पड़ते वरना तुमने तो उसके लिए भी कोई कसर बाकी नहीं छोड़ी थी...

... ...

''अच्छा, यह बताओ, मेरी साड़ी कामवाली को किसने दी ? मैं हफ्ता-भर बाहर क्या गई, तुमने बड़ी दरियादिली से घर का सामान जिसे-तिसे लुटा डाला ! पानी भरनेवाला घाटी तुम्हारी टी-शर्ट पहन रहा है, बाहर डोलता पगला बाबा तुम्हारा कुरता-पाजामा लटकाए घूम रहा है। अपने तो अपने, मेरे कपड़े भी बाँट दिए ! खुद फटे चिथड़े पहनो और कपड़े दीन-दुखियारों में बाँटते फिरो। पूरे मुहल्ले में एक तुम ही दाता-दानी रह गए हो।...

... ...

''बस, घुस गए अपने दड़बे में ! एक तुम और एक तुम्हारी बाबा आदम के ज़माने की यह मेज़, जिस पर कहने को दो दर्जन पेन रखे हैं पर कभी हिसाब करने को हाथ में लो तो एक भी चलता नहीं। सबकी स्याही सूखी पड़ी है। इस घर का सूखा हर जगह व्याप गया है।...

... ...

''लो, पड़ गए किताबों में सिर डाल के ! सच को बर्दाश्त करना बहुत मुश्किल होता है पर जिस पर बीतती है, सच उसी के मुँह से निकलता है। तुममें तो सच सुनने का माद्दा ही नहीं रहा कभी। वैसे बड़ा सच लिखने का दम्भ भरते हो। बड़ी तीखी सच्चाइयाँ उड़ेलते हो अपनी कलम से। हिपोक्रेट हो तुम सब। जितने झूठे तुम सब लिखनेवाले हो, शायद ही दुनिया का कोई आदमी इतना झूठ बोलता हो। और तुर्रा यह कि सच्चाई का सेहरा भी अपने ही सिर सजाए फिरते हो।

... ...

''दरवाज़ा बन्द कर लेने से मेरी आवाज़ बन्द नहीं हो जाएगी, यह याद रखना। कमरा बन्द करके लिखो फूल और पत्तियों की कविताएँ। करो आसमान, सूरज, चाँद, सितारे और समन्दर की बातें। लताड़ो राजनेताओं और भ्रष्टाचारियों को और लूटो वाहवाही। घर तो अपना सँभाला नहीं जाता, दुनिया-जहान की हाँकते हो। अरे बेटे को ही बैठकर कुछ पढ़ाया होता तो आज वह भी तुम्हारी तरह नाकारा न डोलता। अपनी ही दुनिया में कैद रहे ज़िन्दगी भर और दो-दो ज़िन्दगियाँ बरबाद कीं। मैंने तो तुम्हारे साथ जैसे-तैसे निबाह लिया पर इसकी बीवी दो दिन में इसे छोड़ न गई तो कहना।...पर तुम्हें क्या ! अपने दड़बे में बन्द होकर कागज काले करते रहना।

... ...

''कभी-कभी अफसोस होता है...घर में हम तीन प्राणी और चार कोने—सब एक-दूसरे से कटे हुए और अलग-थलग। बाप-बेटे के स्वभाव में राई-रत्ती का फर्क नहीं पर रिश्ते में छत्तीस का नाता है। मुझे तो याद नहीं आता कि कभी तुम दोनों ने बैठकर आपस में कोई सलाह-मशविरा किया हो। कोई बात करने बैठे नहीं कि बहस शुरू हो जाती है। अरे बेटा बड़ा हो जाए तो दोस्त से बढ़कर होता है। कितना चाहती थी मैं कि तुम दोनों दोस्तों की तरह रहो। यह बात कहो तो आग लग जाती है तुम्हें। कहते हो, मैंने ही उसे तुम्हारे खिलाफ भड़काया है। और सुनो, मैं क्यों भड़काऊँगी भला। मुझे क्या पड़ी है ! उसके क्या आँख-कान नहीं हैं ? देखता-समझता नहीं कि घर में कैसे मेहमानों की तरह रहते हो ? घर न हुआ, होटल हो गया तुम्हारे लिए। बल्कि मैं तो कहूँ, जैसे वह मेरे साथ पेश आता है, सब तुमसे ही सीखा है उसने, और क्या। न तुमने मुझसे कभी प्यार के दो बोल बोले, न उससे। वह ज़माना गया, जब हथेलियों में उसका सिर लेकर उसे लोरियाँ सुनाया करते थे। हाय...उस बच्चे को वही दो-चार महीने गोद में उठाया तुमने। होश सँभालने के बाद तो तुम्हारी नफरत ही झेली उसने। बीस साल का होनेवाला है। पर कभी जो उसके हाथ में बीस रुपए भी थमाए हों तुमने कि ले बेटा, पाव-भाजी खा लेना।

... ...

''पता नहीं जो भी थोड़ा बहुत कमाते हो, जाता कहाँ है। मुझे तो पता भी नहीं कितना पैसा मिलता है तुम्हें। जेब तो हमेशा खाली ही रहती है।...

... ...

''यह लो, एक और प्रेमपत्र। इस उम्र में भी तुम्हारी जेब से प्रेमपत्र ही निकलते हैं। भूखे भजन हो न हो, इश्क़बाजी तो हो ही सकती है। बेटा शादी की उम्र पर आ रहा है और इश्क बाप को चढ़ा है। पता नहीं, ये तुमसे आधी उम्र की लड़कियाँ क्या देखती हैं तुममें। सब अव्वल दर्जे की बेवकूफ होती हैं। मरती हैं तुम्हारी हवाई कविताओं पर। उन्हें क्या मालूम कि इन कविताओं को गूँधकर दो वक्त की रोटी नहीं पकाई जा सकती। तुम्हारे झोले और दाढ़ी पर मरती हैं। तुम्हारे साथ रहकर देखें। दो दिन में आटे-दाल का भाव न पता चल गया तो कहना। बड़ी हवा में उड़ती फिरती हैं...

... ...

''मैं भी कितनी पागल हूँ। यह सब मैं कह रही हूँ। मैं...जो खुद इतनी पागल थी। आज से पच्चीस साल पहले...याद करूँ तो दिल दहल जाता है। तुम्हारे प्यार में मरने-मिटने पर उतारू थी। लगता था, दुनिया का हर रास्ता सिर्फ़ तुम तक जाता है। तुम्हारे खतों की एक-एक लाइन मुझे ज़बानी याद थी। तुम्हारे एक खत को पच्चीस बार पढ़ती थी मैं। तुम्हारी खूबसूरत हैंडराइटिंग की घंटों नकल किया करती थी। तुम्हारी दाढ़ी में मुझे ईसामसीह नज़र आता था। कन्धे पर झोला टाँगे हुए तुम मुझे दुनिया के सबसे सुन्दर इन्सान दिखाई देते थे।...कितनी पागल थी मैं। सोचती थी, तुम मिल जाओ मुझे

तो बस फिर और कुछ नहीं चाहिए। शादी हुई नहीं कि सारे टेक्नीकलर सपने काले-सफेद हो गए। साल-भर की नून-तेल-लकड़ी में सब हवा हो गया। घर के खटराग में मेरे तो बाल सफेद हो गए पर तुम नहीं बदले। रहे मजनूँ के मजनूँ ही।...

... ...

"कमाल है, एक हफ्ते से ट्यूबलाइट खराब पड़ी है, किसी को कोई फर्क नहीं पड़ता। अढ़ाई तो कमरे हैं, उसमें से एक में रोशनी नहीं। वैसे ट्यूबलाइट ठीक हो भी जाए तो कौन-सा अँधेरा दूर होनेवाला है। भला है, बैठे रहो अँधेरे में ही।...

... ...

"उफ़, बिजली का बिल भी नहीं भरा तुमने। टेलीफोन तो कट ही गया है, बिजली भी कट जाएगी। पर तुम्हें क्या। कहोगे, इस औरत का दिमाग चल गया है, सारा दिन बड़बड़ाती रहती है। तुम्हारे साथ बाईस साल जैसे मैंने काटे हैं, कोई भी औरत पागल हो जाएगी। तुम तो घर में बैरागी से रहते हो। अब मैं स्कूल से आधी छुट्टी लेकर जाऊँ बिजली का बिल भरने। हमेशा यही होता है। मैं भी कितनी बेवकूफ हूँ कि अब भी तुमसे कुछ उम्मीद रखती हूँ। मुझे अब तक समझ लेना चाहिए था कि तुम...। छोड़ो, तुम्हें कोस-कोसकर अपनी ज़बान क्यों खराब करूँ...

... ...

"अब फिर झोला उठाकर कहाँ चल दिए ? यह खाना जो थाली में छोड़कर उठ गए हो, कौन खाएगा ? मत समझना कि मैं इतनी पतिव्रता हूँ कि तुम्हारी जूठी थाली में खाकर अपना जनम सकारथ समझूँगी। तुम्हें खाने की क्या कद्र होगी। खुद कमाते-धमाते तो पता चलता कि झोला लेकर बड़ी-बड़ी फिलॉसफी हाँकने से घर का चूल्हा नहीं जलता, उसके लिए सुबह से शाम तक हड्डियाँ गलानी पड़ती हैं, तब जाके...लेकिन तुम पर किसी बात का कोई असर नहीं होता...पता नहीं कौन-सी मिट्टी के बने हो...

... ...

"अब जा ही रहे हो तो अपना यह प्रेमपत्र लेते जाओ। याद रखना, मुझसे कुछ छिपा नहीं है। इसे कह दो, आने को तैयार है तो मेरी ओर से कोई रुकावट नहीं। आए सँभाले तुम दोनों को। मेरी जान छूटे। बाईस सालों में यूँ भी कितनी जान बाकी रह गई है....

... ...

"इसलिए नहीं खाने बैठी तुम्हारी थाली में कि पति-परमेश्वर की जूठन का भोग लगाऊँ। अपनी कमाई का दर्द मुझे नहीं होगा तो क्या तुम्हें होगा—भरी थाली छोड़कर झोला उठाया और चल दिए।...

लेकिन जाओगे कहाँ ? देर-सबेर यहीं आओगे...खाली हाथ झुलाते..." ●●

[कथाक्रम : जनवरी-मार्च 2003]

वर्चस्व

घर में कुतिया और कम्प्यूटर एक साथ आए थे। इसलिए सबने लकदक, भूरे रोंएदार, बिलौटे-सी चमकती आँखोंवाली कुतिया का नाम एकमत से फ्लॉपी रख दिया था।

आज करवाचौथ का व्रत था और फ्लॉपी सो रही थी। अक्सर वह सुबह पाँच बजे ही सविता को उठा देती है पर आज उसने छह बजे उठाया, जब सूरज की रोशनी आसमान पर फैल चुकी थी। सरगी* का वक्त निकल चुका था। हर साल की तरह इस बार भी सुबह सरगी खाने के लिए सविता की नींद नहीं टूटी थी। वैसे अक्सर वह उठ भी जाती थी तो सिर्फ एक प्याला चाय पी लेती थी। करवाचौथ का व्रत रखनेवाली दूसरी सुहागिनों की तरह पति की लम्बी उम्र की कामना करते हुए सारे दिन के निर्जला उपवास की तैयारी में सुबह सूरज उगने से पहले कमर कसकर पूरी सब्जी या भरवाँ पराँठे का भरपेट नाश्ता उसके लिए असम्भव था।

इधर फ्लॉपी ने अपने अलसाए हुए भूरे रोओं को स्पैनिश नृत्य की लय में झटकारकर सुबह होने का एलान किया, उधर सविता ने खीझ में अपना सिर झटक दिया। अब सारा दिन चाय की तलब सताएगी।

"चल फ्लॉपी, आ जा," वह अनमनी-सी होंठों में बुदबुदाई तो फ्लॉपी चौकन्नी होकर उचकी।

दोनों सड़क पर थे। फ्लॉपी गले में पट्टा पहनने की आदी नहीं थी। दूसरे पालतू कुत्तों की तरह वह लीश में बँधी-बँधी मालिक के पीछे-पीछे दुम हिलाती नहीं चलती थी। उसके कदम आज़ाद थे और वह सविता के आगे-आगे, मनचाही राह पर इतराती हुई चलती थी। बीच-बीच में सिर घुमाकर देख लेती कि सविता पीछे आ रही है या नहीं। यह गली, यह इलाका उसकी बपौती था। अपने क्षेत्र में किसी दूसरे कुत्ते का आना उसे बर्दाश्त नहीं था। यहाँ तक कि सड़क पर एक कौआ देखकर भी वह शेरनी की तरह दहाड़ती, हिरनी की तरह कुलाँचें भरकर दौड़ती और कौए को खदेड़कर ही दम लेती। उसके बाद वह शान से सविता की ओर विजेता की मुस्कान फेंकती। फ्लॉपी ने सुबह का अपना क्रिया-कलाप समाप्त किया तो सविता ने लौट चलने का सिग्नल दिया। फ्लॉपी ने आनाकानी की, फिर एहसान जताती सविता के ढीले कदमों से बेपरवाह

---

*सरगी—करवाचौथ के व्रत के दिन सूर्योदय से पहले लिया गया खाना।

फलाँगती घर पहुँच गई।

निर्जला व्रत शाम तक निढाल कर देता है, इसलिए सविता ने दोपहर बारह बजे ही रात का खाना भी तैयार कर ढाँप-ढूँप कर रख दिया। फ्लॉपी को भी आज शाकाहारी भोजन मिलेगा। सविता ने चावल में सब्जियाँ उबालकर उसका खाना तैयार कर लिया।

फ्लॉपी इठलाती हुई आई और दही-पुलाव के सात्विक भोजन को शूँः-शूँः कर सूँघती हुई अकड़ी हुई पूँछ के साथ कोपभवन में जाकर बैठ गई। सविता की दो बेटियों की पंक्ति में वह तीसरी नकचढ़ी बेटी थी।

''नखरे मत कर, आज तुझे यही खाना मिलेगा,'' सविता ने उससे कहा, ''नहीं खाना ? ठीक है, बैठी रह, जब भूख लगेगी न, अपने-आप आएगी खाने।''

फ्लॉपी ने तिरछी नजर से सविता की ओर देखा और कैटरपिलर की तरह हाथ-पैर समेटकर जमीन पर मुँह टिकाकर पसर गई।

शाम को दोनों बेटियाँ स्कूल से लौट आईं। दोनों ने उसे पुचकारा, ''हाय स्वीटी पाय, व्हाय डिडन्ट यू ईट ?'' छोटी ने खाना देखा तो नाक-भौं सिकोड़े, ''ममा, आप इसे घास-फूस खाने को क्यों देते हो ? हाऊ कैन शी ईट दिस रॉटन फूड ?'' फिर फ्लॉपी को गोद में लेकर पुचकारा, ''ओह माय डार्लिंग, यू आर सो हंग्री। व्हॉट अ पिटी।''

अपने पापा के लौटते ही बेटियाँ शिकायत का पुलिन्दा लेकर हाजिर हो गईं, ''पापा, देखो ना, मॉम इज़ टॉर्चरिंग पुअर लिट्ल सोल।''

सविता ने हँसकर कहा, ''आज फ्लॉपी ने भी मेरे साथ करवाचौथ का व्रत रखा है।''

''व्हॉट रबिश, यू कान्ट बी सो क्रुएल,'' बौखलाते हुए साहब मजबूत कदमों के साथ रसोई में दाखिल हुए, डीप फीजर से फ्लॉपी का मनपसन्द पोर्क मिन्स्ड निकाला, डिफ्रॉस्ट किया और गैस पर चढ़ा दिया।

फ्लॉपी ने सविता को चिढ़ा-चिढ़ाकर, चटखारे ले-लेकर खाना साफ किया और हमेशा की तरह सविता की साड़ी से मुँह रगड़कर पोंछ लिया। छोटी बेटी ने फ्लॉपी को शाबाशी दी, ''गुड गर्ल, दैट्स द पनिशमेंट। ममी की करवाचौथ की स्पेशल लाल साड़ी खराब कर दी।''

बड़ी बेटी ने पापा की ओर से फरमाइश की, ''फ्लॉपी को तो पापा ने खिला दिया, अब आप पापा के लिए थोड़े से चिप्स फ्राय कर दो। प्लीज ममा, हमें भी भूख लगी है।''

सविता उठी और सूखते गले को थूक निगलकर तर करते हुए आलू के चिप्स तल दिए और सिर पकड़कर लेट गई। यह सरगी* में चाय न पीने की सजा थी।

सूरज जब शाम को ऊब-डूब हो रहा था, सविता ने सब लाल-गुलाबी साड़ीवालियों के साथ वृत्ताकार बैठकर पूजा की। जब सब हाथ जोड़कर बैठी थीं, फ्लॉपी ने धीरे से दायाँ

पंजा बढ़ाकर पूजा की थाली का लाल कपड़ा सरकाया और कागजी बादाम के दो दाने मुँह में सटक लिए। सविता सूखे गले से कुँकुआई तो छोटी बेटी फ्लॉपी को नवजात बच्चे की तरह दोनों बाँहों में समेटकर भीतर ले गई। फ्लॉपी पर हैन्डल विथ केअर का लेबल लगा था। कुछ भी कहना बेकार था। घर में फ्लॉपी के सात खून माफ थे।

इस बार पक्की करवाचौथ थी। चाँद देर से निकलनेवाला था। मेज पर ढका हुआ खाना सबने गरम किया, स्वाद ले-लेकर खाया और खाते हुए चाँद के न निकलने को लेकर परेशान होते रहे।

आखिर चाँद निकला। सविता ने जाली की ओट से चाँद देखा, अर्घ्य दिया और हाथ जोड़कर मन-ही-मन कहा, 'हे गौरजा माता, अगले जनम में अगर मुझे मनुष्य-योनि में जन्म न मिले तो पशु योनि में मुझे किसी पालतू घर की कुतिया बना देना ताकि मैं करवाचौथ के दिन अपना झूठा मुँह किसी सुहागन की लाल साड़ी से पोंछ सकूँ।'

दरवाज़े पर बैठी फ्लॉपी ने अघार्यी नज़रों से सविता की ओर देखा और जीभ बाहर निकालकर लार टपकाती हुई अधमुँदी आँखों से ऊँघने लगी। ●●

[हंस : अगस्त 1998]

यथास्थिति

दुपहर की फुरसती धूप में शेल्फ पर मुस्कुराती किताबें थीं।

करीने से सजी किताबों में से एक नई-सी दिखती किताब को उसकी उँगलियों ने हल्के से बाहर सरका लिया। उसे उलट-पलटकर देखा। यह एक रूमानी उपन्यास था। कवर पर एक आकर्षक तस्वीर थी।

उसने कुछ पन्नों पर एक उड़ती-सी निगाह डाली। फिर पहले पन्ने पर उसकी निगाह थम गई। किताब के पहले पन्ने पर दाईं ओर ऊपर की तरफ एक मैली-सी चिप्पी थी।

वह एकाएक सोच में उलझ गई।

वह सोचती रही और चिप्पी को कुरेदती रही जो ऊपर से चिपकाई गई थी।

अब वहाँ किताब की जगह सिर्फ एक चिप्पी थी।

उसके नाखून भोंथरे थे। फिर भी चिप्पी का एक कोना कुछ नरम होकर खुला।

उसकी उँगलियाँ अब कौशल में डूब गईं। उसे सिर्फ चिप्पी निकालनी थी। किताब का पन्ना खराब किए बिना।

"कोई फायदा नहीं, छोड़ दे," उसने अपनी उँगलियों से कहा, "इस चिप्पी को हटाने के बाद भी इसके निशान किताब पर रह जाएँगे।"

पर उँगलियों ने सुना नहीं। वे अपने काम में दक्षता से तल्लीन रहीं। तब तक, जब तक वह चिप्पी उखड़ नहीं गई।

उसकी मुस्कुराहट फैलने से पहले ही सिमट गई। चिप्पी के साथ किताब का थोड़ा-सा कागज भी लिथड़ गया था। उस पर लिखा नाम आधा रगड़ खाए किताब के पन्ने और आधा चिप्पी पर था।

वह अपनी सोच से लौट आई थी। उसने चिप्पी को काँपते हाथों से दुलारा, सीधा किया, हथेली पर रखा और आईने के सामने जा खड़ी हुई।

आईने में नाम सीधा हो गया था।

एक जादुई ताला जैसे खुला। वह सिर थामकर बैठ गई।

फिर ताकत लगाकर उठी। उसने अपनी उँगलियों को कोसा। क्यों वे कोई-न-कोई

खुराफात करती रहना चाहती हैं ? क्यों ?

उसके कानों में एक रुआबदार आवाज़ बजी, वह थरथराने लगी।

उस चिप्पी के पीछे गोंद लगाकर उसे फिर से चिपकाना चाहा। पर कागज उँगलियों के निरन्तर प्रहार से छीज गया था। वह गीली छाप छोड़ रहा था।

उसने खुली किताब को धूप में रखा और बदहवास-सी सारा घर ढूँढ़ती फिरी, वैसी ही चिप्पी के लिए। मेज़, दराज, शेल्फ, डिब्बे, फाइलें, लिफाफे, अलमारियाँ, टी.वी. के ऊपर, किताबों के बीच। वह छपी हुई डाक टिकट के नीचे का अनछपा कागज था।

आखिर मिला वह, पुरानी डायरी में रखे डाक टिकटों के साथ।

उसने उसी साइज़ की चिप्पी फाड़ी, वैसा ही उल्टा नाम लिखा। उसे एहतियात से चिपकाया।

फिर उँगली को ज़रा मैला कर उस पर फिरा दिया।

उस चिप्पी को कई कोणों से उसने देखा।

अब उसने राहत की साँस ली। सब ठीक था।

उसने इत्मीनान से किताब को शेल्फ पर मुस्कुराती दूसरी किताबों के साथ पहले की तरह टिका दिया और दुपहर की फुरसत ओढ़कर लेट गई। ●●

[हंस : अगस्त 1998]

ताराबाई चॉल–कमरा नम्बर एक सौ पैंतीस

उस बाँझ औरत के अड़तीस वर्षीय मरद को मरे आज चौदहवाँ दिन था।

नहाने के बाद निचोड़े हुए पेटीकोट से अपना गीला बदन पोंछते हुए अचानक उसकी निगाह आईने पर पड़ी। उसने आईने की धूल को गीली उँगलियों से पोंछ दिया।

वह चौंकी। हफ्तों, महीनों, बरसों से उसने आईना नहीं देखा था।

पिछली बार उसने आईना कब देखा था ? शायद तब, जब शादी से पहले पाँचवीं कक्षा में पढ़ते समय वह स्कूल जाने से पहले बालों में रिबन बाँधती थी। आज उसे लगा, जैसे वह पहली बार अपने को आईने में देख रही है। पहले जब वह आईने में देखकर चोटी गूँथती थी तो सिर्फ आँखें देखतीं थी, जब कानों में बुन्दे पहनती तो उसकी आँखें सिर्फ कानों को देखती थीं। सारे बिखरे हुए टुकड़ों को मिलाकर उसने अपना चेहरा एक साथ पहली बार देखा।

आईना मटमैला था और छोटा। वह अपने पंजों पर उचकी। बहुत आहिस्ता उसने गीले बदन से कपड़ा हटाया। गले से नीचे उसने कभी अपने को आईने में देखा ही नहीं था। वह एकटक देखती रही, देखती रही। सहसा जैसे पैर तले की ज़मीन रेत में बदल गई और पैर नीचे रेत में धँसने लगे। उसने दोनों हाथों से सिर थामा और आँखें बन्द कर तहखाने में उतर गई। वह नीचे धँसती रही, धँसती गई, इतनी कि होंठों तक रेत की किरकिरी गिजगिजाने लगी, दिल उछलकर हथेलियों में आ गया। उसने अपने को समेटा और लम्बी साँस लेकर दोनों हथेलियों से बाएँ वक्ष के नीचे की धड़कन को महसूस किया। फिर अपने को ऊपर खींचा, जमीन पर पैरों को महसूस किया और वक्ष को काँपती हथेलियों की ओट से धीरे-धीरे आजाद किया। अब उसकी उँगलियाँ वक्ष पर पड़े नये-पुराने जख्मों को सहला रही थीं। वक्ष पर दोनों ओर जगह-जगह कत्थई, काले निशान और सूखे हुए निशानों पर बने गड्ढे थे। आखिरी निशान पन्द्रह दिन पुराना था, जब हमेशा की तरह उसके मरद ने सहवास के बाद आदतन बीड़ी सुलगाई थी और आखिरी कश खींचकर उसके बाएँ वक्ष पर जलती सलाई-सा चुभो दिया था। वह दर्द से चीखी थी तो वह तमाखू सने दाँतों से मुस्कुरा दिया था। जब तक वह ज़ोर लगाकर झटकती, बीड़ी का टोंटा चमड़ी में भीतर तक खुब गया था। उसने सिसकारी भरते हुए उसका

दायाँ हाथ मरोड़ दिया तो वह और जोर से खिलखिलाया था। बीड़ी या सिगरेट सुलगाकर उसके बदन पर जहाँ-तहाँ दाग देना उसका प्रिय शगल था।

"तेरे बदन में कोढ़ फूटे, मरते बखत तुझे कोई पानी न दे।" उसके मुँह से गालियों की बौछार झरती पर मर्द तब तक करवट बदलकर खर्राटे भरने लगता। कमरा खर्राटों से भर जाता। उसकी आँखें छलछला आतीं। उसे मर्द की खिलखिलाहट और खर्राटों में कोई फर्क नहीं लगता था।

और उस दिन जब भायखला की लोकल ट्रेन दुर्घटना में उसके मर्द की जगह उसकी लाश लौटी तो उसे विश्वास नहीं हुआ। उस कमरे में जहाँ उसके मर्द का बेजान शरीर पड़ा था, छत से बारिश का पानी रिस-रिसकर उसके शरीर पर टपक रहा था। कमरे की खूँटी पर उसकी बदरंग कमीज़ टँगी थी और खर्राटे अब भी वहाँ दीवारों से चिपके बैठे थे। उसके वक्ष पर पिछली रात का ताजा घाव पहले से ज्यादा टीसने लगा था। उसके बदन पर पड़े तमाम घाव ज़िन्दा हो गए थे। वह धाड़ें मार-मारकर रो रही थी, पता नहीं अपनी छाती पर रिसते जख्मों के कारण या अपने पति की मौत पर।

छत से टपकते पानी और उसके आँसुओं के बीच वह शरीर कब उठा लिया गया, उसे पता ही नहीं चला। उसने काले दानोंवाला मंगलसूत्र उतारकर आले में रख दिया। चार दिन बाद उसने काम पर जाना शुरू कर दिया।

वापस लौटने पर उसे कमरा बहुत बड़ा लगा। खुरदुरे फ़र्श पर घुटनों रेंगते एक जोड़ी नन्हें पैरों की ललक और कमरे में बिखेरी गई चीज़ों का सपना ओनो-कोनों में दुबककर कमरे को खाली और भुतहा बना रहे थे। इसी कमरे में पहले वे दो भी भीड़ की तरह आपस में टकराते या एक-दूसरे से कतराते रहते थे। इसके बाद दिन भी उसे बड़े लगने लगे। काम से लौटकर वह रोज़ फर्श को रगड़-रगड़कर पोंछती, पर एक अजीब-सी गन्ध थी जो ठहरे हुए समय की तरह वहाँ बैठ गई थी और जाने का नाम नहीं लेती थी। जब रात को काम से थकी-टूटी, पस्त होकर वह खाट पर लेटती तो छत पर टँगे और दीवारों पर बैठे हुए खर्राटे नीचे उतरकर उसके आस-पास पसर जाते, छत की फाँक से मर्द की बेरहम खिलखिलाहट बरसात के पानी की तरह झरने लगती, उसकी छाती पर रोज़ एक नया घाव खौलते पानी की तेज़ धार-सा पड़ता और वह चौंककर उठ जाती।

उसने अपने मर्द की सारी चीज़ों को उठाकर आँखों से परे रख दिया। ठर्रे की बोतल को दरवाजे से बाहर रखा और खूँटी पर टँगी कमीज को खाट के नीचे पड़े कपड़ों में डाल दिया। खूँटी पर पुराना आईना अटका दिया जो पहले आले के कोने में पड़ा था और जिसमें वह सिर्फ अपने बाल या उचककर अपनी नाक देख सकती थी। अब वह आईना जब-तब न चाहते हुए भी उसके रास्ते में आ जाता था।

आईने में देखते हुए उसने वक्ष पर सूखते घाव की पपड़ी को उँगली से ज़रा-सा

छीला तो उसमें से खून की लाल बूँदें छलछलाने लगीं। उसका भरम था कि घाव सूख रहे हैं। वे अब भी गीले थे। उसने गीले पेटीकोट से वक्ष पर उभरती लाल बूँदों को सोखा, उसी पेटीकोट से आईने को ढक दिया और आईने के सामने से हट गई।

कपड़े पहनने के बाद उसने देखा, खिड़की की उखड़ी हुई काली लकड़ी की दरारों से छोटे-छोटे तिलचट्टे चौदह दिन से सूखे पड़े मर्द के दाँत माँजने के ब्रश पर चढ़ रहे थे। उसके पास ही कोने में सिगरेट का खाली पैकेट था। वह उसे मोड़कर फेंकने को हुई कि देखा, उसमें आखिरी एक सिगरेट बची हुई थी।

उसने सिगरेट सुलगाई और अपने मर्द के अन्दाज में एक कश खींचा। फिर एक और। फिर एक और। आखिर एक जुनून में उसने जलते टोटे को अपने पेट पर दबा दिया। पेट की नरम त्वचा पर अंगार पड़ते ही उसके मुँह से एक चोख निकली और ऊपर उठकर कमरे की छत तक फैल गई। उसकी आँखों की कोरों तक आँसू डबडबा रहे थे। सहसा रुलाई का गुबार गले तक उठा और वह फूट-फूटकर रोने लगी।

हिचकियों से थककर कुछ देर बाद वह शान्त हो गई। पनीली आँखों से उसने खाट की ओर देखा। वहाँ उसके मर्द का धुँधलाया अक्स पैर हिलाते हुए बैठा था और उसके चेहरे की निर्मम हँसी आईने-सी साफ थी। ●●

[हंस : अगस्त 1998]

आधी आबादी

एक तीस बरस पुराना घर था। वहाँ पचास बरस पुरानी एक औरत थी। उसके चेहरे पर घर जितनी ही पुरानी लकीरें थीं।

तब वह एक खूबसूरत घर हुआ करता था। घर के कोनों में हरे-भरे पौधे और पीतल के नक्काशीदार कलश थे। एक कोने की तिकोनी मेज पर ताजे अखबार और पत्रिकाएँ थीं। दूसरी ओर नटराज की कलात्मक मूर्ति थी। कार्निस पर रखी हुई आधुनिक फ्रेमों में जड़ी विदेशी पृष्ठभूमि में एक स्वस्थ-सन्तुष्ट दम्पत्ति के बीच एक खूबसूरत लड़की की तस्वीर थी। उसके बगल में सफेद रूई से बालोंवाले झबरौले कुत्ते के साथ एक गोल-मटोल बच्चे की लैमिनेटेड तस्वीर थी। घर के साहब और बच्चों की अनुपस्थिति में भी उनका जहाँ-तहाँ फैला सामान उनकी बाकायदा उपस्थिति की कहानी कहता था। उस फैलाव को समेटती और उस घर को घर बनाती हुई यहाँ से वहाँ घूमती एक खूबसूरत औरत थी—आखिरी उँगली पर डस्टर लपेटे—हर ओने-कोने की धूल साफ करती हुई, हर चीज़ को करीने से रखती हुई, लजीज़ खाने को धनिए की हरी-हरी कटी हुई पत्तियों से सजाकर तरह-तरह के आकारोंवाले खूबसूरत बर्तनों में परोसती हुई और फिर रात को सबके चेहरे की तृप्त मुस्कान को अपने चेहरे पर लिहाफ की तरह ओढ़कर सोती हुई।

इसी दिनचर्या में से समय निकालकर वह औरत बाहर भी जाती—बच्चों की किताबें लेने, साहब की पसन्द की सब्जियाँ लेने, घर को घर बनाए रखने का सामान लेने। हर महीने की एक निश्चित तारीख को वह अपनी हमउम्र सखी-सहेलियों के घर चाय-पार्टी में भी हिस्सा लेती, पर हर बार घर से बाहर निकलते समय वह अपना एक हिस्सा घर में ही छोड़ आती। वह हिस्सा घर के सेफ्टी अलार्म जैसा था, जिसका एक तार उस औरत से जुड़ा था। अचानक बाजार में खरीदारी करते हुए या सहेली के घर नाश्ते की प्लेट हाथ में पकड़े हुए अचानक उस तीन चौथाई औरत का तार खनखनाने लगता। वह घड़ी की ओर टकटकी लगाकर देखने लगती और अपने छूटे हुए हिस्से से मिलने को बेचैन हो उठती। घर की दहलीज़ के भीतर पाँव रखते ही दोनों हिस्से जब चुम्बकीय आकर्षण से एक-दूसरे से मिल जाते तो वह राहत की लम्बी साँस लेती। स्कूल से लौटते अपने

बच्चों को दोनों बाँहों में भर लेती और बच्चों के साथ साहब का इन्तज़ार करने लगती। बच्चों की आँखों में अपनी मासूम माँग के पूरे होने की चमक होती कि माँ दिनभर कहीं भी रहे, पर उनके स्कूल से लौटने से पहले उन्हें घर में उनके पसन्दीदा नाश्ते के साथ माँ हाज़िर मिलनी चाहिए। यही हिदायत साहब की भी थी।

इन हिदायतों और फरमाइशों की सुनहरी चकाचौंध में उसने इस बदलाव पर भी गौर नहीं किया कि उसके दोनों हिस्सों की फाँक में खाई बढ़ती जा रही है। घर में छूट जानेवाला एक चौथाई हिस्सा धीरे-धीरे फैलता गया और उसने तीन चौथाई हिस्से को अपनी ओर खींच लिया। अब वह बाहर जाती तो एक चौथाई हिस्सा ही उसके साथ जाता जिसे देखकर सखी-सहेलियाँ, नाते-रिश्तेदार उसे आसानी से नज़रअन्दाज कर देते। बाहर का सारा काम जल्दी-जल्दी निबटाकर वह घर लौट आती तो देखती कि दूसरा हिस्सा नदारद है। दरअसल उस हिस्से का चुम्बकीय आकर्षण भोंथरा हो गया था। वह पूरे घर में उसे ढूँढ़ती फिरती। बच्चे, जो अब बच्चे नहीं रहे थे, हँसकर पूछते, 'क्या खो गया है मॉम ? हम मदद करें ?'

'नहीं, मैं खुद देख लूँगी...' वह अपनी झेंप मिटाती-सी कहती।

'यहाँ, इस कमरे में तो नहीं है न ?...प्लीज़...' बच्चे, बड़ों की मुद्रा में समझा देते कि उन्हें अपना काम करने के लिए अकेला छोड़ दिया जाए !

वह कमरे से बाहर आ जाती और बदहवास-सी बैठक के कोने में पड़े फूलदान से टकरा जाती, जहाँ प्लास्टिक के खूबसूरत फूलों के बीच उसका वह हिस्सा इस कदर ढीला पड़ा होता कि पहली नजर में तो वह दिखाई ही नहीं देता। फिर पहचान में भी नहीं आता कि यह वही है जो पहले दहलीज़ पर पाँव धरते ही उससे उमगकर आ जुड़ता था। अब वह सेफ्टी अलार्म की तरह वक्त पर खनखनाता भी नहीं। बिना सिग्नल के भी वह वक्त पर लौट ही आती। आने के बाद उसके वक्त का एक बड़ा हिस्सा उसे घर के ओने-कोने में तलाशते हुए बीतता। वह बार-बार भूल जाती कि घर से निकलते वक्त उसे कहाँ छोड़ा था, कभी वह देखती कि लॉन में पानी डालते हुए वह उसे वहीं छोड़ आई थी और वह उसे गेंदे की क्यारी के किनारे लगी ईंटों की तिकोनी बाड़ पर लुढ़का हुआ मिलता। कभी वह देखती कि दरवाज़े के साथ लगे साइनबोर्ड के पास ही जूतों के बीच वह धूल-मिट्टी से सना पड़ा है। वह उसे हाथ बढ़ाकर सहारा देती, उसकी धूल-मिट्टी झाड़ती और धो-पोंछकर सबकी नज़रों से बचाते हुए दुपट्टे में छिपाकर अपने साथ लिए चलती। कभी-कभी बच्चे, जो अब बड़े हो गए थे, आते-जाते पूछ भी लेते, 'यह तुमने पल्लू में क्या छिपा रखा है ?'

'कहाँ ! कुछ भी तो नहीं...' वह कुछ और सतर्कता से उसे ढक लेती...इस उम्मीद में कि उनके अगले सवाल पर वह खुद उसे उघाड़कर दिखा देगी और उनसे इस हिस्से के बारे में सलाह-मशविरा करेगी। पर बच्चे अपनी बड़ी व्यस्तताओं में इतने मुतमइन

होते कि उसके कुछ कहने से पहले ही फौरन आगे बढ़ लेते, 'अच्छा ! समथिंग पर्सनल ? ओ.के. कैरी ऑन, मॉम !'

वह घर की हालत देखती और दुखी होती। लकड़ी के फर्नीचर की वॉर्निश बेरौनक हो गई थी। घर के अन्दर के पौधे धूप और हवा के बिना मुरझाने लगे थे। बैठक के सोफों और कुर्सियों की गद्दियों की सीवनें उधड़ने लगी थीं। दरवाजों और खिड़कियों के काँच पारदर्शी नहीं रह गए थे। बैठक से ऊपर बेडरूम को जाती सीढ़ियों की रेलिंग के हत्थों और कोनों में धूल की बेशुमार तहें थीं। फ्रेम में जड़ी तस्वीरों के रंग फीके पड़ गए थे। पूरे घर पर जैसे धुँधले से आवरण की चादर फैली थी और इन सबके बीच बार-बार गुम होता उसके सम को बिगाड़ता वह तीन चौथाई हिस्सा उसे अस्तव्यस्त कर रहा था।

अब वह उसे साथ लिए-लिए, साहब का इन्तज़ार करती कि शायद साहब उसके इस बेडौल अनुपात के बारे में पूछताछ करें, पर साहब ठीक खाने के वक्त पर बिना इत्तला किए दो-चार मेहमानों को साथ लिए लौटते या बाहर किसी होटल में खाना खाकर देर से लौटते और लौटने के बाद भी वहाँ ही होते जहाँ से लौटे थे। पलकों पर नींद के हावी होने तक साहब बाईं ओर झुके-झुके फोन पर बातें करते रहते या गावतकिए पर बाईं टेक लगा किसी फाइल में सिर गड़ाकर पड़े रहते। ऐसी एकाग्रता से उनका ध्यान खींचना किसी खतरे की घंटी जैसा था जिसे बजाने से उस खाई के फट जाने का डर था, जिसे लेकर वह चिन्तित थी।

सबके सो जाने के बाद और अपने सोने से पहले वह अपने पल्लू में छिपे उस मांस के लोथ से पड़े ढीले हिस्से को धीमे-से थपककर सुला देती और फिर खुद सो जाती, पर सुबह जब उठती तो देखती कि उसके उठने रो पहले ही वह हिस्सा जागकर साहब के पैताने पड़ा सबके उठने का इन्तज़ार कर रहा है और रातभर के उनींदे से उसकी साँसें कुछ श्लथ हैं। उन साँसों का श्लथ होना उसमें सुबह-सुबह की ऐसी बेचैनी भर देता कि उसका मन होता, उस ढीले, बीमार लोथ को वहीं अपने हाल पर छोड़कर, अपना बचा-खुचा, सही-सलामत तिहाई-चौथाई हिस्सा लेकर ही इस मटमैले घर से हमेशा के लिए पलायन कर जाए। वह इस बारे में गम्भीरता से सोच ही रही थी कि एक हादसा हो गया।

एक सुबह साहब सोकर तो उठे पर उठ नहीं पाए। वह अभी सो ही रही थी। जगी तो देखा, साहब के पैताने खड़ा उसका वह हिस्सा अपना पूरा ज़ोर लगाकर साहब को बिस्तर से उठ बैठने में मदद कर रहा है। वह आँखें फाड़े देखती रह गई। वह, जो उस पर पूरी तरह निर्भर था, जो उसके सहारे के बिना लुंज-पुंज जहाँ का तहाँ पड़ा रहता था, बिना उसकी इजाजत लिए आज इस कदर जागृत, चौकन्ना और क्रियाशील दिखाई दे रहा था। पर उस हिस्से की सारी मेहनत और तरकीब बेकार गईं। साहब फिर कटे

हुए पेड़ की तरह ढह गए और कराहने लगे। उसने फौरन डॉक्टर, हकीम बुलाए। डॉक्टर ने मुआयना किया और बताया कि साहब की गर्दन और पीठ की शिराओं में संकुचन हो गया है और ऐसा बरसों से साहब के एक ही ओर झुके रहने के कारण हुआ है। साहब कार में बैठते तो एक ओर झुककर अखबार पढ़ते, चेयरमैन की कुर्सी पर बैठे फोन पर बतियाते तो एक ओर झुककर, दाहिने हाथ से खाना खाते तो ऐसे जैसे बाईं ओर बैठे किसी दूसरे के मुँह में निवाला डाल रहे हैं। साहब का शरीर जो बाईं ओर को टेढ़ा हुआ कि सीधा होने का नाम ही न ले। यहाँ तक कि जब वह चलते तो भी पीसा की मीनार की तरह उनका एक ओर को झुकाव दूर से ही देखा जा सकता था। अब, जबकि वह सीधा होना चाहते थे तो रीढ़ की हड्डी ने जवाब दे दिया था। उसकी लोच खत्म हो गई थी और वह धातु की तरह सख्त और एकजोड़ थी। जरा-सा हिलना-डुलना उनके लिए असह्य था और उस ओर हल्के से दबाव से भी हड्डी में तरेड़ आने की सम्भावना थी।

पचासों दवाइयाँ, इन्जेक्शन, ट्रैक्शन, डायाथर्मी यानी हरसम्भव इलाज किया गया, पर साहब की कराहों में कोई फर्क नहीं पड़ा। दिन, हफ्ते, महीने गुजरते गए। डॉक्टर ने ऐलान कर दिया कि यह मर्ज लाइलाज है और वह पहले की तरह अब कभी दफ्तर नहीं जा पाएँगे। उनकी शिराओं को मुलायम करने के लिए व्यायाम करवाए जाने लगे। वह साहब के लिए दूध, सूप या फलों का रस लेकर आती तो देखती, उसका वह तीन चौथाई हिस्सा पहले से उन्हें व्यायाम करवाने और तीमारदारी में जुटा है। आखिरकार दोनों की मेहनत रंग लाई। साहब बिस्तर से खुद उठकर बैठने लगे, खुद चलकर गुसलखाने जाने लगे। दफ्तर से फाइलें घर पर आने लगीं और साहब ने घर ही दफ्तर खोल लिया। डॉक्टर ने देखा तो उन्हें धीरे-धीरे चलने की हिदायत दे दी। उनके लिए एक खास किस्म की छड़ी बनवाई गई जिसे एडजस्ट कर छोटा-बड़ा किया जा सकता था। वह छड़ी उनके दाएँ हाथ में थमा दी गई। पर साहब का बायाँ हिस्सा इतना कमजोर हो चुका था कि उसे भी सहारे की ज़रूरत थी। उस हिस्से के लिए लकड़ी या मेटल की मजबूत छड़ी कारगर नहीं थी। उस ओर के लिए एक ऐसी छड़ी दरकार थी जो साहब के बाएँ हिस्से के अनुरूप अपने को हर माप के साँचे में ढाल सके। इसके लिए उस तीन बटा चार मांस के लोथ से ज्यादा लचीला और क्या हो सकता था ? साहब को बड़ा-छोटा, ऊँचा-नीचा जैसा सहारा चाहिए होता, वह पलक झपकते अपने को उस आकार में ढाल लेता। उसने देखा, साहब की तबीयत में सुधार होने के साथ-साथ उसका वह तीन चौथाई हिस्सा भी सेहतमन्द हो रहा था। अब भी रातभर साहब के पैताने जागने के बावजूद उसकी साँसों में शिथिलता नहीं रही थी। अब उसे ढूँढ़ना नहीं पड़ता था। बाकी की ज़िन्दगी के लिए साहब की बगल में उसकी जगह सुनिश्चित हो चुकी थी। ●●

[हंस : 1999]

अन्नपूर्णा मंडल की आखिरी चिट्ठी

प्यारी माँ और बाबा,

चरण-स्पर्श !

मुझे मालूम है बाबा, लिफाफे पर मेरी हस्तलिपि देखकर लिफाफे को खोलते हुए तुम्हारे हाथ काँप गए होंगे। तुम बहुत एहतियात के साथ लिफाफा खोलोगे कि भीतर रखा हुआ मेरा खत फट न जाए।

सोचते होगे कि एक साल बाद आखिर मैं तुम लोगों को खत क्यों लिखने बैठी। कभी तुम अपने डाकघर से, कभी बावला या बउदी अपने ऑफिस से फोन कर ही लेते हैं फिर खत लिखने की क्या ज़रूरत। नहीं, डरो मत, ऐसा कुछ भी नया घटित नहीं हुआ है। कुछ नया हो भी क्या सकता है।

बस, हुआ इतना कि पिछले एक सप्ताह से मैं अपने को बार-बार तुम लोगों को खत लिखने से रोकती रही। क्यों ? बताती हूँ। तुम्हें पता है न, बम्बई में बरसात का मौसम शुरू हो गया है। मैं तो मना रही थी कि बरसात जितनी टल सके, टल जाए, लेकिन वह समय से पहले ही आ धमकी। और मुझे जिसका डर था, वही हुआ। इस बार बरसात में पार्क की गीली मिट्टी सनी सड़क से उठकर उन्हीं लाल केंचुओं की फौज घर के भीतर तक चली आई है। रसोई में जाओ तो मोरी के कोनों से ये केंचुए मुँह उचका-उचकाकर झाँकते हैं, नहाने जाओ तो बाल्टी के नीचे कोनों पर वे बेखौफ चिपके रहते हैं। कभी-कभी पैरों के नीचे अचानक कुछ पिलपिला-सा महसूस होता है। और डर जाती हूँ कि कहीं मेरे पाँव के नीचे आकर कोई केंचुआ मर तो नहीं गया ?

इस बार मुझे बाँकुड़ा का वह अपना (देखो, अब भी वही घर अपना लगता है) घर बहुत याद आया। बस, ये यादें ही तुम्हारे साथ बाँटना चाहती थी। पता नहीं तुम्हें याद है या नहीं, पता नहीं बाबला को भी याद होगा या नहीं, हम कितनी बेसब्री से बरसात के आने का इन्तज़ार करते थे। मौसम की पहली बरसात देखकर हम कैसे उछलते-कूदते माँ को बारिश के आने की खबर देते जैसे पानी की बूँदें सिर्फ़ हमें ही दिखाई देती हैं, और किसी को नहीं। पत्तों पर टप-टप-टप बूँदों की आवाज़ और उसके साथ हवा में गमकती फैलती मिट्टी की महक हमें पागल कर देती थी, हम अखबार को काट-काटकर कागज़ की नावें बनाते और उन्हें तालाब में छोड़ते। माँ झींकती रहतीं और हम सारा

दिन पोखर के पास और आँगन के बाहर, हाथ में नमक की पोटली लिए, बरसाती केंचुओं को ढूँढ़ते रहते थे। वे इधर-उधर बिलबिलाते-से हमसे छिपते फिरते थे, और हम उन्हें ढूँढ़-ढूँढ़कर मारते थे। नमक डालने पर उनका लाल रंग कैसे बदलता था, केंचुए हिलते थे और उनका शरीर सिकुड़कर रस्सी हो जाता था। बाबला और मुझमें होड़ लगती थी कि किसने कितने ज़्यादा केंचुओं को मारा। बाबला तो एक-एक केंचुए पर मुट्ठी भर-भरकर नमक डाल देता था।

माँ, तुम्हें याद है, तुम कितना चिल्लाती थीं बाबला पर...इतना नमक डालने की क्या जरूरत है रे खोका। पर फिर हर बार जीतता भी तो बाबला ही था...उसके मारे हुए केंचुओं की संख्या ज़्यादा होती थी। बाबा, तुम डाकघर से लौटते तो पूछते—तुम दोनों हत्यारों ने आज कितनों की हत्या की ? फिर मुझे अपने पास बिठाकर प्यार से समझाते—बाबला की नकल क्यों करती है रे। तू तो माँ अन्नपूर्णा है, देवीस्वरूपा, तुझे क्या जीव-जन्तुओं की हत्या करना शोभा देता है ? भगवान पाप देगा रे।

आज मुझे लगता है बाबा, तुम ठीक कहते थे। हत्या चाहे मनुष्य की हो या जीव-जन्तु की, हत्या तो हत्या है।

तो क्या बाबा, उस पाप की सज़ा यह है कि बाँकुड़ा के बाँसपुकुर से चलकर इतनी दूर बम्बई के अँधेरी इलाके के महाकाली केव्स रोड के फ्लैट में आने के बाद भी वे सब केंचुए मुझे घेर-घेरकर डराते हैं, जिन्हें पुकुर के आसपास नमक छिड़क-छिड़ककर मैंने मार डाला था।

यह मेरी शादी के बाद की पाँचवीं बरसात है। बरसात के ठीक पहले ही तुमने मेरी शादी की थी। जब बाँकुड़ा से बम्बई के लिए मैं रवाना हुई, तुम सबकी नम आँखों में कैसे दिए टिमटिमा रहे थे। जैसे तुम्हारी बेटी न जाने कौन से परीलोक जा रही है जहाँ दिव्य अप्सराएँ उसके स्वागत में फूलों के थाल हाथों में लिए खड़ी होंगी। यह परीलोक, जो तुम्हारा देखा हुआ नहीं था, पर तुम्हारी बेटी के सुन्दर रूप के चलते उसकी झोली में आ गिरा था, वरना क्या अन्नपूर्णा और क्या उसके डाकिए बापू शिबू मंडल की औकात थी कि उन्हें रेलवे की स्थाई नौकरीवाला सुदर्शन वर मिलता ? तुम दोनों तो अपने जमाई राजा को देख-देखकर ऐसे फूले नहीं समाते थे, कि मुझे बी.ए. की सालाना परीक्षा में भी बैठने नहीं दिया और दूसरे दर्जे की आरक्षित डोली में बिठाकर विदा कर दिया। जब मैं अपनी बिछुआ-झाँझर सँभाले इस परीलोक के द्वार दादर स्टेशन पर उतरी तो लगा जैसे तालाब में तैरना भूल गई हूँ। इतने आदमी तो मैंने अपने पूरे गाँव में नहीं देखे थे। यहाँ स्टेशन के पुल की भीड़ के हुजूम के साथ सीढ़ियाँ उतरते हुए लगा जैसे पेड़ के सूखे पत्तों की तरह हम सब हवा की एक दिशा में झर रहे हैं। देहाती-सी लाल साड़ी में तुम्हारे जीवन-भर की जमा-पूँजी के गहने और कपड़ों का बक्सा लिए जब अँधेरी की ट्रेन में इनके साथ बैठी तो साथ बैठे लोग मुझे ऐसे घूर रहे थे जैसे मैं और बाबला कभी-कभार कलकत्ता के चिड़ियाघर में वनमानुष को घूरते थे और जब महाकाली केव्स रोड के घर का जंग खाया ताला खुला तो जानते हो, सबसे पहले दहलीज़ पर मेरा स्वागत

किसने किया था—दहलीज़ की फाँकों में सिमटे-सरकते, गरदन उचकाते लाल-लाल केंचुओं ने। उस दिन मैं बहुत खुश थी। मुझे लगा, मेरा बाँकुड़ा मेरे आँचल से बँधा-बँधा मेरे साथ-साथ चला आया है। मैं मुस्कुराई थी। पर मेरे पति तो उन्हें देखते ही खूँखार हो उठे। उन्होंने चप्पल उठाई और चटाख्-चटाख् सबको रौंद डाला। एक-एक वार में इन्होंने सबका काम तमाम कर डाला था। तब मेरे मन में पहली बार इन केंचुओं के लिए माया-ममता उभर आई थी। उन्हें इस तरह कुचले जाते हुए देखना मेरे लिए बहुत यातनादायक था।

दस दिन हमें एकान्त देकर आखिर इनकी माँ और बहन भी अपने घर लौट आई थीं। अब हम रसोई में परदा डालकर सोने लगे थे। रसोई की मोरी को लाख बन्द करो, ये केंचुए आना बन्द नहीं करते थे। पति अक्सर अपनी रेलवे की ड्यूटी पर सफर में होते और मैं रसोई में। और रसोई में बेशुमार केंचुए थे। मुझे लगता था, मैंने अपनी माँ की जगह ले ली है, और मुझे सारा जीवन रसोई की इन दीवारों के बीच इन केंचुओं के साथ गुजारना है। एक दिन एक केंचुआ मेरी निगाह बचाकर रसोई से बाहर चला गया और सास ने उसे देख लिया। उनकी आँखें गुस्से से लाल हो गईं। उन्होंने चाय के खौलते हुए पानी की केतली उठाई और रसोई में बिलबिलाते सब केंचुओं पर गालियाँ बरसाते हुए उबलता पानी डाल दिया। सच मानो बाबा, मेरे पूरे शरीर पर जैसे फफोले पड़ गए थे, जैसे खौलता हुआ पानी उन पर नहीं, मुझ पर डाला गया हो। वे सब फौरन मर गए, एक भी नहीं बचा। लेकिन मैं ज़िन्दा रही। मुझे तब समझ में आया कि मुझे अब बाँकुड़ा के बिना ज़िन्दा रहना है। पर ऐसा क्यों हुआ बाबा कि मुझे केंचुओं से डर लगने लगा। अब वे जब भी आते, मैं उन्हें वापस मोरी में धकेलती, पर मारती नहीं। उन दिनों मैंने यह सब तुम्हें खत में लिखा तो था, पर तुम्हें मेरे खत कभी मिले ही नहीं। हो सकता है, यह भी न मिले। या मिल भी जाए तो तुम कहो कि नहीं मिला। फोन पर मैंने पूछा भी था—चिट्ठी मिली ? तुमने अविश्वास से पूछा—पोस्ट तो की थी या...। मैं हँस दी थी—अपने पास रखने के लिए थोड़े ही लिखी थी। तुमने आगे कुछ नहीं कहा। और बात खत्म।

फोन पर इतनी बातें करना सम्भव कहाँ है। फोन की तारों पर मेरी आवाज़ जैसे ही तुम तक तैरती हुई पहुँचती है, तुम्हें लगता है, सब ठीक है। जैसे मेरा ज़िन्दा होना ही मेरे ठीक रहने की निशानी है। और फोन पर तुम्हारी आवाज़ सुनकर मैं परेशान हो जाती हूँ क्योंकि फोन पर मैं तुम्हें बता नहीं सकती कि तुम जिस आवाज़ को मेरी आवाज़ समझ रहे हो, वह मेरी नहीं है। तुम फोन पर मेरा कुशल-क्षेम ही सुनना चाहते हो और मैं तुम्हें केंचुओं के बारे में कैसे बता सकती हूँ ? तुम्हारी आवाज़ से मैं चाहकर भी तो लिपट नहीं सकती। मुझे तब सत्रह सौ किलोमीटर की दूरी बुरी तरह खलने लगती है।

इतनी लम्बी दूरी को पार कर डेढ़ साल पहले जब मैं वहाँ बाँकुड़ा पहुँची थी, मुझे लगा था, मैं किसी अजनबी गाँव में आ गई हूँ जो मेरा नहीं है। मुझे वापस जाना ही है, यह सोचकर मैं अपने आने को भी भोग नहीं पाई। मैंने शिथिल होकर खबर दी थी,

कि मुझे तीसरा महीना चढ़ा है। मैं आगे कुछ कह पाती कि तुम सबमें खुशी की लहर दौड़ गई थी। माँ ने मुझे गले लगा लिया था, बउदी ने माथा चूम लिया था। मैं रोई थी, चीखी थी, मैंने मिन्नतें की थीं कि मुझे यह बच्चा नहीं चाहिए, कि उस घर में बच्चे की किलकारियाँ सिसकियों में बदल जाएँगी, पर तुम सब पर कोई असर नहीं हुआ। तुम चारों मुझे घेरकर खड़े हो गए...भला पहला बच्चा भी कोई गिराता है, पहले बच्चे को गिराने से फिर गर्भ ठहरता ही नहीं, माँ बनने में ही नारी की पूर्णता है, माँ बनने के बाद सब ठीक हो जाता है, औरत को जीने का अर्थ मिल जाता है। माँ, तुम अपनी तरह मुझे भी पूर्ण होते हुए देखना चाहती थीं। मैंने तुम्हारी बात मान ली और तुम सबके सपनों को पेट में सँजोकर वापस लौट गई।

वापस। उसी महाकाली की गुफाओं वाले फ्लैट में। उन्हीं केंचुओं के पास। बस, फर्क यह था कि अब वे बाहर फर्श से हटकर मेरे शरीर के भीतर रेंग रहे थे। नौ महीने मैं अपने पेट में एक दहशत को आकार लेते हुए महसूस करती रही। पाँचवें महीने मेरे पेट में जब उस आकार ने हिलना-डुलना शुरू किया, मैं भय से काँपने लगी थी। मुझे लगा, मेरे पेट में वही बरसाती केंचुए रेंग रहे हैं, सरक रहे हैं। आखिर वह घड़ी भी आई, जब उन्हें मेरे शरीर से बाहर आना था। और सच माँ, जब लम्बी बेहोशी के बाद मैंने आँख खोलकर अपनी बगल में लेटी सलवटोंवाली चमड़ी लिए अपनी जुड़वाँ बेटियों को देखा, मैं सकते में आ गई। उनकी शक्ल वैसी ही गिजगिजी लाल केंचुओं जैसी झुर्रीदार थी। मैंने तुमसे कहा भी था...देखो तो माँ, ये दोनों कितनी बदशक्ल हैं, पतले-पतले ढीले-ढाले हाथ-पैर और साँवली-मरगिल्ली-सी। तुमने कहा था—बड़ी बोकी है रे तू, कैसी बातें करती है, ये तो साक्षात् लक्ष्मी सरस्वती एक साथ आई हैं तेरे घर। तुम सबने कलकत्ता जाकर अपनी बेटी और जमाई बाबू के लिए कितनी खरीदारी की थी, बउदी ने खास सोने का सेट भिजवाया था। सब दान-दहेज समेटकर तुम यहाँ आईं और चालीस दिन मेरी, इन दोनों की और मेरे ससुराल वालों की सेवा-टहल करके लौट गईं। इन लक्ष्मी-सरस्वती के साथ मुझे बाँधकर तुम तो बाँकुड़ा के बाँसपुकुर लौट गईं, मुझे बार-बार यही सुनना पड़ा—एक कपालकुंडला को अस्पताल भेजा था, दो को और साथ ले आई।

बाबा, कभी मन होता था—इन दोनों को बाँधकर तुम्हारे पास पार्सल से भिजवा दूँ कि मुझसे ये नहीं सँभलतीं, अपनी ये लक्ष्मी सरस्वती-सी नातिनें तुम्हें ही मुबारक हों पर हर बार इनकी बिटर-बिटर-सी ताकती हुई आँखें मुझे रोक लेती थीं।

माँ, मुझे बार-बार ऐसा क्यों लगता है कि मैं तुम्हारी तरह एक अच्छी माँ कभी नहीं बन पाऊँगी जो जीवन-भर रसोई की चारदीवारी में बाबला और मेरे लिए पकवान बनाती रही और फालिज की मारी ठाकुर माँ की चादरें धोती-समेटती रही। तुम्हारी नातिनों की आँखें मुझसे वह सब माँगती हैं जो मुझे लगता है, मैं कभी उन्हें दे नहीं पाऊँगी।

इन पाँच-सात महीनों में कब दिन चढ़ता, कब रात ढल जाती, मुझे तो पता भी नहीं चला। इस बार की बरसात ने आकर मेरी आँखों पर छाए सारे परदे गिरा दिए हैं। ये दोनों घिसटना सीख गई हैं। सारा दिन कीचड़-मिट्टी में सनी केंचुओं से खेलती रहती

हैं। जब ये घुटनों घिसटती हैं, मुझे केंचुए रेंगते दिखाई देते हैं और जब बाहर सड़क पर मैदान के पास की गीली मिट्‌टी में केंचुओं को सरकते देखती हूँ तो उनमें इन दोनों की शक्ल दिखाई देती है। मुझे डर लगता है, कहीं मेरे पति घर में घुसते ही इन सब पर चप्पलों की चटाख-चटाख बौछार न कर दें या मेरी सास इन पर केतली का खौलता हुआ पानी न डाल दें। मैं जानती हूँ, यह मेरा वहम है पर यह लाइलाज है और मैं अब इस वहम का बोझ नहीं उठा सकती।

इन दोनों को अपने पास ले जा सको तो ले जाना। बाबला और बउदी शायद इन्हें अपना लें। बस, इतना चाहती हूँ कि बड़ा होने पर ये दोनों अगर आसमान को छूना चाहें तो यह जानते हुए भी कि वे आसमान को कभी छू नहीं पाएँगी, इन्हें रोकना मत।

इन दोनों के रूप में तुम्हारी बेटी तुम्हें सूद सहित वापस लौटा रही हूँ। इनमें तुम मुझे देख पाओगे शायद।

बाबा, तुम कहते थे न—आत्माएँ कभी नहीं मरतीं। इस विराट व्योम में, शून्य में, वे तैरती रहती हैं--परम शान्त होकर। मैं उस शान्ति को छू लेना चाहती हूँ। मैं थक गई हूँ बाबा। हर शरीर के थकने की अपनी सीमा होती है। मैं जल्दी थक गई, इसमें दोष तो मेरा ही है। तुम दोनों मुझे माफ कर सको तो कर देना।

इति

तुम्हारी आज्ञाकारिणी बेटी
अन्नपूर्णा मंडल

●●

[वागर्थ : अगस्त 1998]

तीसरी बेटी के नाम–ये ठंडे, सूखे, बेजान शब्द

सुनयना, आज तू होती तो अट्ठाइसवाँ वसन्त देखती।

उस दिन भी तो मेरे कमरे के बाहर वसन्त था और अन्दर...ऐसे चेहरे जो वसन्त को पतझर में बदल रहे थे। डरे, सहमे चेहरे...चेहरे, जिन पर मुर्दनगी छाई थी, तरस खाती आँखें, सिकुड़े हुए जिस्म...जैसे वे मेरी तीसरी बेटी के जन्म पर नहीं, उसकी मातमपुर्सी पर आए हों।

और इन मुर्दा चेहरों से अनजान तू मेरी बगल में लेटी थी। रूई के फाहे-सा मुलायम, अपना खिला हुआ चेहरा लिए तूने अपनी मुँदीं आँखें खोली थीं और तू मुस्कुराई थी। तेरी खूबसूरत, चमकती नीली आँखों पर, मैंने तेरा नाम लिखा था–सुनयना।

तभी बूढ़ी बुआ चहकती हुई दाखिल हुई थीं–'कैसा गोरा-चिट्टा सलोना बच्चा ! हाय, मेरी नज़र न लगे !' बुआ ने तुझ पर से चादर हटाई और मुँह सिकोड़ लिया, लम्बी साँसें खींच तेरी सलवटोंवाली त्वचा की जाँघों के बीच, हल्की-सी चपत लगाकर बुआ ने उस सिरजनहार को कोसा था, 'हाय मेरे रब्बा ! इक्क होर कुड़ी ? बनाण वाले दे घर मिट्टी थुड़ गई सी ?' (एक और लड़की ? तुझे बनाते समय मिट्टी कम पड़ गई थी ?) मैं शर्मिन्दा हुई, पैदा होते ही तुझे नंगा किया जा रहा था, मैंने फौरन उघाड़ी हुई चादर तुझ पर खींच दी थी, तुझे चादर उढ़ाकर तेरा आदर तुझे लौटा रही थी मैं।

'बुआ, ऐसे मत बोल ! यह मेरी बेटी भी है और बेटा भी ! बेटा होता तो भी इतनी ही तकलीफ देकर, इतना ही खून बहाकर पैदा होता !'

'बेटी तो बेटी ही रहती है, धिए, इसे बेटा बनाने की जुर्रत न करना' बुआ एक समझदार व्यंग्य भरी हँसी हँसकर चल दी थीं। और मैंने ठंडे, सख्त चेहरों से आँखें हटाकर तुझे अपने साए की ठंडी छाँव से ढँक दिया था। उस साए के तले तू हँसने लगी, तू खिलने लगी, तू खेलने लगी। तेरे नन्हें-नन्हें पाँव ज़मीन पर डगमग चले, थिरके, तेरे मुँह से बोल

फूटे। तूने पहला शब्द बोला—माँ ! और तेरी माँ तेरे साथ चहकी। तूने बस्ता काँधे पर लादा। तूने तोतले बोलों में गाने गाए, और उन गानों पर हाथ-पाँव नचाते, आँखें मटकाते तू सात बरस की हो गई।

फिर एक दिन स्कूल से तू लौटी तो तेरे चेहरे पर दहशत थी, 'माँ, बस के कन्डक्टर ने मुझे यहाँ छुआ था और फिर हँसा था। मुझे उससे डर लगता है,' उस छोटी-सी उम्र में ही मैंने तुझे लड़की को दी जानेवाली शिक्षा का पहला पाठ पढ़ाया।

और उस दिन के बाद से तू चौकस रहने लगी—हर उम्र के लड़कों से परे परे, चौकन्नी-सी। तूने अपने में और उनमें फर्क करना सीखा।

तू और बड़ी हुई। यह दूसरा हादसा था। तू बेतहाशा रो रही थी, 'माँ, यह जो साधुओं का जत्था अपने घर श्राद्ध खाने आया था, उनमें से एक ने मुझे जबरदस्ती पकड़ लिया। वह...वह भला आदमी नहीं है माँ।'

अभी तो तूने दस भी पूरे नहीं किए थे। तेरी छातियाँ ठीक से उभरी भी नहीं थीं और उन्हें एक गेरुए वस्त्रधारी ने रौंद डाला था। मैं गुस्से से पागल हो रही थी पर तेरी दादी ने मुझे रोक लिया था, 'लड़की जात है, तमाशा मत कर ! आगे से घर में कोई साधु नहीं आएगा। इस बार इस हादसे को पी जा !'

तू और बड़ी हुई, समझदार भी ! तू क्लास में अव्वल आई, स्कूल की रेस में शील्ड लाई। तेरा कमरा तेरे मेडल और ट्रॉफियों से भर गया। तूने अपनी हिफाजत खुद करना सीखा। आवाज़ों पर पीठ फेरना और भीड़ में कुहनियों का इस्तेमाल करना सीखा।

तू और बड़ी हुई। तू सपनों में खोने लगी, हवा में उड़ने लगी। तुझे अपने साथ पढ़नेवाला एक लड़का अच्छा लगने लगा था। तुम्हारे सपने एक थे। खुशियाँ एक पर तुम्हारे मजहब अलग थे। हम सबने तुझे घेरा। तुझे कभी आँसुओं का, कभी अपनी ममता का वास्ता दिया, 'मजहब बहुत बड़ी दीवार है, समय रहते चेत जा !' तू समझदार थी। अपने भीतर लहूलुहान हुई मगर चेत गई। वक्त ने तेरे घावों पर मरहम का काम किया। तूने चिन्दी-चिन्दी हुए अपने को समेटा और अपने पैरों पर खड़ी हुई। बड़ी-बड़ी डिग्रियाँ हासिल कीं। जो बेटा न करता, तूने कर दिखाया। बुलन्दियों को छूने के दौरान तुझे अपने सपनों का एक और राजकुमार मिला।

तेरी तरह वह भी बुलन्दियों की, ऊँचाइयों की, चाँद-सितारों की बातें करता था। उसके भी ऊँचे सपने थे। तेरी तरह वह भी एड़ियों पर उचक-उचककर आसमान को छू लेना चाहता था।

अपनी बेटों-सी बेटी को सलमे-सितारेवाली लाल साड़ी में लपेटकर हमने गीली आँखों से तुझे विदा किया—तेरे सपनों के राजकुमार के साथ।

यह तेरी ज़िन्दगी का आखिरी हादसा था। तेरे गले में अपने नाम का मंगलसूत्र पहनाकर वह राजकुमार, राजकुमार नहीं रहा, तेरा पति हो गया।

तुझे सीढ़ी बनाकर वह ऊपर, और ऊपर उठता गया। वह फिर पीछे देखना नहीं चाहता था। तूने अपने हाथ क्यों बढ़ाए उसकी ओर ? वह आसमान की ओर बढ़ते तेरे हाथों को रसोई की बन्द खिड़की के पास लाना चाहता था, जहाँ से एक टुकड़ा आसमान भी तुझे साफ न दिखे ! क्यों नहीं मानी तूने उसकी बात ? उसने तुझे तालों में बन्द कर दिया। तुझे फिर भी दहशत नहीं हुई ? तू उस तहखाने से निकलने के रास्ते ढूँढ़ने लगी। अपनी आवाज़ बन्द दरवाज़े के बाहर पहुँचाने की जुर्रत कर बैठी।

सजा तो तुझे मिलनी ही थी। अपने पति से ऊँचा उड़ने की सज़ा। अपने पति से बगावत करने की सज़ा। अपने सपनों को सच में बदलने के अरमानों की सज़ा। अपनी कोठरी से बाहर की दुनिया तक सुरंगें खोदने की सज़ा। वह तुझ पर जुल्म ढाने लगा। बाहर की दुनिया से तेरे सारे सरोकारों को उसने रद्द कर दिया। तुझ पर पहरे बिठा दिए। अकेले कमरों में तेरा दम घुटने लगा। तूने एक दिन इस कैदखाने से हमेशा के लिए निज़ात पानी चाही और जहर को गले से नीचे उतार लिया पर तुझे जीना था। यह नियति थी या कुछ और...पर इस नई ज़िन्दगी ने तुझमें जीने का, लड़ने का नया हौसला भरा। तूने अपने पैरों के नीचे की ज़मीन को पहचाना। इस पर तुझे चलकर दिखाना है और अपने हिस्से का आसमान मुट्ठियों में बन्द करना है, यह तूने ठान लिया था।

अब उसके पास कोई रास्ता नहीं बचा था। इससे पहले कि तेरी आवाज़ उस क़ैदखाने से बाहर निकले, इससे पहले कि तेरे हाथ आसमान की बुलन्दियों तक पहुँचें, उसने तेरे उड़ते पंखों को कतर डाला। सितारों को छूने के लिए बढ़ते तेरे हाथों को काटकर झोंक दिया भट्ठी की जलती आग में। जितनी तेज़ी से उस आग की लपटें फैली थीं, उतनी ही तेज़ी से ठंडी भी हो गईं।

'हर ऐम्बिशन्स लेड टु हर डेथ !' तीसरे दिन अखबार में सुर्खियाँ थीं। कि तेरा पति तेरे पहले प्रेमी को बर्दाश्त न कर सका, इसलिए गुस्से में अन्धा होकर उसने तेरे चिथड़े कर डाले। इसके साथ ही तेरे लिए हिलोरें लेती हमदर्दी की लहरें शान्त हो गईं। सबने कहा, तू अपनी मौत का कारण खुद थी, सुनयना ! क्यों तूने पंख फैलाकर आसमान की थाह लेनी चाही थी ? घर की चौहद्दी से छिटक-छिटक जाती थी तू ? क्यों इतने विकल्प थे तेरे पास पति की दुनिया से अलग भी ? तेरा पति तो मात्र निमित्त था। तूने खुद अपना अन्त किया। तेरी यह सज़ा तो सदियों पहले से तय की जा चुकी थी। इसे बदला कैसे जा सकता था भला ?

फिर भी बार-बार किया गया तेरा पोस्ट-मार्टम...तेरे जलने से बच गए भूरे बालों का किया गया मिलान तेरी तस्वीर से...केमिकल्स के बीच महीने भर सुरक्षित रखी गई तेरी लाश...तेरे कटे हुए अधजले अंग...आज चिता पर चढ़ने जा रहे हैं अपने पति के

ज़िन्दा रहने के साज-सिंगार से लैस होकर !

सलमे-सितारोंवाली लाल साड़ी के कफन में लिपटी सुहागन सुनयना !

क्या रखूँ तेरी चिता पर ? सिवाय इन ठंडे, बेजान शब्दों के...जो तेरे किसी काम के नहीं !

शब्द, सिर्फ शब्द...इस देश का कानून नहीं बदल सकते ! न वे बन सकते हैं फाँसी का फन्दा, जो तेरे हत्यारे के गले में डाला जा सके !

सफेद कागज पर लिखे ये काले अक्षर रखती हूँ तेरी चिता पर ! ये सूखे पत्तों की तरह तेरी चिता की आग को हवा देंगे और बुझ जाएँगे उन चिनगारियों की तरह जो राख में से उठती हैं !

तेरे साथ ही विलीन हो जाएँगे ये अक्षर, ये शब्द ! हवा से हवा, अग्नि से अग्नि, जल से जल, आकाश से आकाश, मिट्टी से मिट्टी ! सब धुआँ हो जाएगा। बस, रह जाएगी एक मुट्ठी राख !

पर सुन मेरी बच्ची ! अपनी कटी हुई हथेलियाँ न फैलाना उस बनानेवाले के सामने कि पिछली बार तुझे बनाते समय उसने जो भूल की थी, उसे सुधार ले ! नहीं। तुझे तो फिर फिर वही बनना है ! फिर फिर औरत ! सौ जनमों तक औरत ! तब तक औरत, जब तक तेरे हिस्से का आसमान, तेरे और सिर्फ तेरे नाम न कर दिया जाए !

●●

[कथाबिंब/नया मानदंड : 2000]

आज की हिन्दी कहानी

प्रश्न : हिन्दी कहानी की वर्तमान स्थिति पर आपकी राय ?

उत्तर : अपसंस्कृति और मूल्यहीनता के गिरते मापदंडों, इलेक्ट्रॉनिक मीडिया के दबाव, उपभोक्तावादी समय के आतंक के बीच और कथा-साहित्य की महत्त्वपूर्ण पत्रिकाओं के बन्द होते चले जाने के बावजूद हिन्दी कहानी ने आधुनिक समय की कंकरीली ज़मीन पर अपना वजूद बनाए रखा है, यह एक आशाजनक स्थिति है। रचे हुए शब्दों के प्रकाशन के लिए कहीं कोई आकर्षण, कोई इन्सेन्टिव नहीं है। कथा साहित्य लाखों के सर्क्युलेशनवाली पत्रिकाओं से हटकर अखबारों के रविवारीय संस्करणों और शुद्ध साहित्यिक पत्रिकाओं के विचारप्रधान लेखों के बीच हाशिए पर चला गया है, इसके बावजूद हिन्दी में सशक्त कथा-साहित्य का सृजन हो रहा है, यह कम उपलब्धि नहीं है।

वर्तमान समय में हिन्दी कथा-साहित्य को एक महत्त्वपूर्ण देन है...महिला कथाकारों की कलम से अपने समय का सही आकलन करते हुए समृद्ध और विचारशील साहित्य का सृजन। एक समय था, जब महिलाओं के लेखन को घर-परिवार की चहारदीवारी में कैद और समाज की प्रमुख समस्याओं से कटा हुआ फुरसती लेखन मानकर उसे एक विशिष्ट (या दोयम ?) दर्जा देकर उसके साथ रियायती बर्ताव किया जाता था। यह कुछ-कुछ वैसी ही स्थिति थी, जैसे तीन दशक पहले मराठी में दलित साहित्य को सवर्णों द्वारा हेय दृष्टि से देखा जाना। आज वही दलित साहित्य मराठी साहित्य के मेनस्ट्रीम में शामिल हो चुका है। यह सुखद है कि महिलाओं द्वारा रचे गए साहित्य का पिछले कुछ वर्षों से ऊर्ध्वमुखी विकास इस वक्तव्य को खारिज करता है कि पढ़ी-लिखी उच्च मध्यवर्गीय महिलाएँ दुपहर की फुरसत में कलम घसीटती हैं या चित्रकारी करती हैं।

प्रश्न : आपको अपनी पीढ़ी की कहानी में और अपनी वरिष्ठ पीढ़ी की कहानी में वस्तु और शिल्प के स्तर पर क्या भेद लगता है ?

उत्तर : कथाकार जब तक सृजनरत रहता है, वह अपनी पिछली इमेज से आगे जाकर एक नई छवि गढ़ता है और लगातार विकास करता है। उसके लेखन को पीढ़ियों में बाँधकर आँका जाना उसके साहित्य के प्रति ज्यादती है। उसकी जवाबदेही अपने समकालीनों या अपनी पीढ़ी के प्रति नहीं, अपने समय के प्रति है। वह निरन्तर बदलते और आगे बढ़ते समय के साथ जुड़कर रचना करता है। लगातार चार दशकों से लेखन करते हुए वरिष्ठ कथाकार भीष्म साहनी या निर्मल वर्मा जब आज कहानियाँ लिखते हैं, तो वे अपने चिरपरिचित भाषागत लहजे के बावजूद अपने पुराने इज़्म को तोड़ते हैं। दूसरी ओर यह भी सच है कि जीवन के संश्लिष्ट होते चले जाने के साथ-साथ कथा-रचना भी संश्लिष्ट हुई है।

सन् पचास के बाद की कहानी शिल्प के स्तर पर प्रयोगात्मक होने के बावजूद भोगे हुए यथार्थ, संत्रास एवं द्वन्द्वों की नितान्त वैयक्तिक अभिव्यक्ति थी, उसके बाद की पीढ़ी ने मोहभंग की प्रतीति के साथ राजनीतिक-सामाजिक स्तर पर गहरे उथल-पुथल और भ्रष्टाचार का आकलन किया है—इसी के अनुरूप कहानी का शिल्प भी प्रौढ़ तथा मैच्योर हुआ है। इसके अतिरिक्त कहानी में उन स्त्री पात्रों का विद्रोह भी अधिक मुखर दिखाई देता है जो अब तक एक आदर्शवादी चौहद्दी में कैद थे।

प्रश्न : आपको अपनी पीढ़ी और युवा पीढ़ी की कहानी में क्या भेद लगता है ?

उत्तर : आधुनिक समय में सामाजिक विसंगतियाँ और उनके विरोधाभास पहले से कहीं अधिक पैने हो गए हैं। एक ओर औरत अपनी सदियों पुरानी इमेज को तोड़कर लगभग विध्वंसक रूप में आगे आती दिखाई देती है तो दूसरी ओर मध्यवर्गीय कस्बई स्त्री का पारम्परिक स्वरूप, आज भी बदलाव से नितान्त अछूता, सदियों पुरानी मान्यताओं को ढोने और समझौतों की सलीब उठाने पर मजबूर है। लेखक-लेखिकाओं की युवा पीढ़ी ने इस चुनौती को बखूबी स्वीकार किया है और मीडिया तथा समय के तमाम अवांछित दबावों के बावजूद कथा-साहित्य में अपनी उपस्थिति को दर्ज़ किया है।

प्रश्न : क्या आप सहमत हैं कि 'आज हिंदी में कहानियाँ हैं, कहानीकार नहीं।' यदि हाँ, तो इसके क्या कारण हो सकते हैं ? (जीवन की

आपाधापी, लेखकीय आलस्य, प्रोत्साहन प्रकाशन की कमी, चन्द लेखकों को महत्त्व देने की प्रवृत्ति, सीमित लेखकीय अनुभव, प्रतिभा की कमी, सृजन में निरन्तर तन्मयता की उपेक्षा, दूसरे जोड़-तोड़ में लगे रहने की प्रवृत्ति या क्या ?)

उत्तर : कहानियों से अधिक कहानीकारों को रेखांकित करने की प्रवृत्ति सन् पचास के बाद के दशक में थी, जब लेखक के चारों ओर एक प्रभामंडल निर्मित कर दिया गया और कुछ इने-गिने कथाकारों और उनकी कहानियों को छोड़कर बहुत से प्रतिभाशाली कथाकार और उनकी रचनाएँ अँधेरे के गर्त में धकेल दी गईं। कहानीकार का व्यक्तिगत जीवन किसी फिल्मी हीरो या मसीहा की तरह महिमामंडित किया जाने लगा, रचनाओं से अधिक आत्मकथाओं और जीवनियों में पाठक दिलचस्पी लेने लगे। इसके बाद का समय एक तरह से रचनाकारों के व्यक्तिगत जीवन से पाठक के मोहभंग का समय रहा। आज पाठक की कोई दिलचस्पी लेखक के विगत जीवन के किस्सों में नहीं है, क्योंकि आज के जीवन, समाज और राजनीति में उसे लेखकीय आत्मश्लाघा की इस वीभत्स नुमाइश से कहीं अधिक हैरतअंगेज घटनाएँ, घपले और घोटाले सुबह और दोपहर के अखबारों में बहुतायत में पढ़ने को मिल जाते हैं और आज का मुश्किल समय उसे व्यक्ति-पूजा के लिए कोई अवकाश नहीं देता।

प्रश्न : आज की कहानी की विषय-सीमा या विषय-वैविध्य के बारे में आपकी राय ? (क्या कहानी केवल शहरी निम्न मध्यम वर्ग, ग्राम जीवन की बहु-कथित समस्याएँ, आसपास की चन्द घटनाओं या वर्ग-संघर्ष की विचारधारा तक ही सीमित रह गई है या वैश्विक समस्याओं, मानव-मूल्यों, संस्कृति, इतिहास, भविष्य, विज्ञान, तकनीकी आदि अनेकानेक क्षेत्रों में भी उतरी है ? आर्थिक उपनिवेशवाद, मीडिया, शीतयुद्ध, आतंकवाद, संकीर्णता आदि के दबाव क्या कहानियों में महसूस हो रहे हैं ?)

उत्तर : विश्व में फैली हर समस्या कहानी का विषय नहीं बन सकती। इसमें सन्देह नहीं कि समाज और जीवन की कोमल अनुभूतियों से जुड़े विषय ही कहानी में अधिक स्थान पाते हैं। इसका एक स्थूल कारण यह भी है कि अधिकांश हिन्दी कथाकार साहित्य, मनोविज्ञान या दर्शन की डिग्री लेकर कहानी लेखन में उतरते हैं। जाहिर है कि उनकी रचनाएँ मानव-मन के तहखानों की परतें उधेड़ती रह जाती हैं और बहुत से दूसरे प्रासंगिक विषय वैचारिक

आलेखों के लिए छोड़ दिए जाते हैं। विज्ञान और टेक्नोलॉजी के क्षेत्र से आए कुछ कथाकारों ने इतर विषयों पर सशक्त रचनाएँ दी हैं। विषयगत फैलाव के लिए ज़रूरी होगा कि अलग-अलग वैचारिक शैक्षिक पृष्ठभूमि लेकर लेखक भारतीय भाषाओं में आएँ।

प्रश्न : क्या आप विश्व में आए वैचारिक बदलाव यानी उत्तर आधुनिकता/संरचनावाद आदि का समकालीन कहानियों पर प्रभाव देखते हैं ?

उत्तर : जिस देश में आज भी आए दिन गाँव-कस्बों में लाचार दलित औरतों को निर्वस्त्र पूरे गाँव में घुमाया जाता हो, जहाँ बलात्कार के मुकदमे बरसों कचहरियों की धूल फाँकते हों, जहाँ हर दिन दहेज के नाम पर लड़कियाँ जलाई जाती हों, जहाँ अन्धविश्वास के तहत नरबलि दी जाती हो, वहाँ पश्चिम से आयातित उत्तर आधुनिकता और संरचनावाद जैसे वैचारिक बदलाव का प्रभाव समकालीन कहानी में ढूँढ़ना अप्रासंगिक है। कहानी अन्ततः अपने समय और अपनी ज़मीन से जुड़ी होती है और यह एक सहज स्थिति भी है।

प्रश्न : क्या आज की कहानी में जीवन की कोमलता, सौन्दर्य आदि के लिए कोई जगह है ?

उत्तर : दोस्तोवस्की का कहना है...''सुन्दरता ही अन्ततः इस दुनिया को बचाएगी।'' जब तक जीवन में कोमलता और सौन्दर्य बचा है, तभी तक जीवन है। मानवीय संवेदना के बिना साहित्य की पहचान असम्भव है। कहानीकार होने की पहली शर्त उसका संवेदनशील होना है। आदमी को असंवेदनशील बनाने, बनाते चले जाने के तमाम दबाव गाहे-बगाहे उसके अवचेतन पर पड़ते हैं, पर एक रचनाकार तमाम अमानवीय, हिंसक और क्रूर स्थितियों के बीच से अपना रास्ता ढूँढ़ लेता है।

प्रश्न : कहानी पर विचारधारा के दबाव को आप किस तरह लेते हैं ?

उत्तर : आज के प्रजातन्त्र में जब एक आम आदमी भी अपनी एक राजनीतिक समझ रखता है और मौजूदा हालातों पर टिप्पणी करता है तो समय और समाज से जुड़ा लेखक इससे अलग, निर्विकार और तटस्थ कैसे हो सकता है ? लेखक के पात्र उसकी पक्षधरता के वाहक अवश्य होते हैं, पर जहाँ विचारधारा कहानी पर सायास हावी हो जाए, वहाँ कहानी को क्षति पहुँचना बहुत स्वाभाविक है।

प्रश्न : हिन्दी कहानी में विगत दशकों में चलाए आन्दोलनों पर आपकी राय ? इनके लाभ-हानि ?

उत्तर : आमतौर पर आन्दोलनों से कुछ कहानीकारों को लाभ होता है। पर कहानी को नुकसान ही पहुँचता है। हिन्दी कहानी में विगत दशकों में चलाए गए आन्दोलनों में—नई कहानी, अकहानी, समान्तर कहानी, सचेतन कहानी का कोई सीधा प्रभाव कहानी पर नहीं पड़ा। पर इतना अवश्य है कि चलाए गए आन्दोलनों से एक खास समय की कुछ विशेष बदली हुई प्रवृत्तियाँ रेखांकित हो जाती हैं और कथा-साहित्य के इतिहास के आकलन का काम आसान हो जाता है। इन आन्दोलनों का एक खतरा यह है कि इन्हें शुरू करने का एक प्रमुख उद्देश्य इनके अगुआ या नेता की अपनी मसीहा बनने की महत्त्वाकांक्षी प्रवृत्ति से जुड़ा होता है। उस नेता के प्रभामंडल के इर्द-गिर्द बहुत से नए प्रतिभावान लेखक जुड़ जाते हैं जो अन्ततः अपने मसीहा से मोहभंग के कारण दूर छिटक जाते हैं। आमतौर पर ऐसे आन्दोलनों का सबसे बड़ा नुकसान यह है कि बहुत-सा अच्छा साहित्य महज कुछ प्रतिबद्ध रचनाकारों के इन आन्दोलनों से न जुड़ने के कारण हाशिए पर धकेल दिया जाता है।

प्रश्न : हिन्दी कहानी भारतीय भाषाओं से अधिक जुड़ी है या विदेशी प्रभावों से ? हिन्दी में भारतीय और विदेशी कहानियाँ जिस अनुपात में अनूदित हुई हैं, क्या उसी अनुपात में हिन्दी कहानी भारतीय और विदेशी भाषाओं में अनूदित हुई है, अगर नहीं तो क्यों ? क्या हिन्दी कहानियाँ अनूदित कहानियों से कमतर हैं ?

उत्तर : हिन्दी कहानी भारतीय भाषाओं के अधिक करीब है। इसका एक कारण समानधर्मा परिवेश और समान सामाजिक संरचना का होना है। हिन्दी कहानी किसी भी भारतीय भाषा की कहानी या विदेशी कहानियों के समकक्ष गर्व से रखी जा सकती है। हिन्दी कथा-साहित्य की उदारता का ही परिणाम है कि हिन्दी में तमाम भारतीय भाषाओं तथा विदेशी भाषाओं का प्रतिनिधि साहित्य उपलब्ध है पर इतर भाषाओं में हिन्दी साहित्य का बहुत कम अनुवाद हुआ है। इसका एक प्रमुख कारण स्वयं सरकारी संस्थानों द्वारा हिन्दी की उपेक्षा है।

अन्य भारतीय भाषाओं की कहानियों के मुकाबले हिन्दी कहा़नियों का तेवर कहीं अधिक पैना और प्रयोगधर्मा है पर यह हिन्दी का दुर्भाग्य है कि इसमें प्रकाशन की सुविधाएँ धीरे-धीरे कम हो रही हैं।

प्रश्न : कहानी में अनुभव, फैशन, विचार, भाषा, सम्प्रेषण आदि के बारे

में आपकी क्या सोच है ? वस्तु और शिल्प के साहित्यिक युद्ध पर आपकी सम्मति ?

उत्तर : कहानी में सबसे अहम् उसका कहानीपन या कथ्य है, जो आमतौर पर अपने निजी अनुभव या किसी दूसरे के जीवन की घटना से तादात्म्य की प्रतिक्रिया से पैदा हुई तकलीफ या आक्रोश से ही जन्म लेता है। हर कहानी अपनी भाषा और बुनावट / शिल्प स्वयं गढ़ती है। एक सीधा सहज कथ्य उलझे हुए शिल्प के कारण आहत हो सकता है। सहज भाषा की एक अपेक्षाकृत बड़े वर्ग तक पहुँच होती है। साथ ही यह भी सच है कि कथ्य कितना भी प्रभावशाली क्यों न हो, उसे कहने-सुनने का ढंग और शब्दों का सही चुनाव और कसाव बहुत जरूरी है। कथ्य और भाषा का सानुपातिक सामंजस्य ही कंहानी को सम्प्रेषणीय, प्रभावी तथा ग्राह्य बनाता है।

प्रश्न : **क्या आपको लगता है कि हिन्दी की श्रेष्ठ कहानियों के पाठक जनसंख्या वृद्धि के अनुपात से काफी हुए हैं ? यदि हाँ तो कारण ? (क्या भाषा के अटपटे प्रयोग, वस्तु की एकरसता, कहानीपन की कमी, पाठक की रुचि और वास्तविक जीवन की अभिव्यक्ति का अभाव या क्या ?)**

उत्तर : 'हिन्दी में कहानियाँ हैं, कहानीकार नहीं' की तर्ज़ पर यह कहना कहीं अधिक सटीक है कि हिन्दी में कहानियाँ हैं, पाठक नहीं। साहित्यिक और गम्भीर रचनाओं के पाठक पहले भी *माया, मनोहर कहानियाँ, सरिता* या *नीहारिका* के पाठकों से कम ही थे। इसमें सन्देह नहीं कि हिन्दीभाषी वर्ग की संख्या में गुणात्मक वृद्धि हुई है पर यह हिन्दी साहित्यिक हिन्दी नहीं, हिन्दी फिल्मों और सैटेलाइट चैनलों की तेज़ रफ्तार अंग्रेजी है जिसने महानगरीय युवा वर्ग को अपनी चपेट में ले लिया है। इसका एक बड़ा कारण स्कूली पाठ्यक्रम का अपनी ज़मीन और ज़िन्दगी से कटकर संस्कृतनिष्ठ क्लिष्ट भाषा में एक वायवी काल्पनिक लोक से जुड़ा होना है जिसमें इस वर्ग की कोई दिलचस्पी नहीं। नई पीढ़ी को देश की राष्ट्रभाषा से जोड़ने के लिए हिन्दी के पाठ्यक्रम में आमूल चूल परिवर्तन की सख्त आवश्यकता है।

पिछले दस-पन्द्रह वर्षों में *धर्मयुग, सारिका, साप्ताहिक हिन्दुस्तान* जैसी रंगीन पत्रिकाओं के बन्द होने से हिन्दी का एक एलीट पाठक वर्ग अंग्रेजी पत्रिकाओं की ओर मुड़ गया है। यह एक विडम्बना ही है कि भारत की राजभाषा साहित्य से जुड़ने की जगह

या तो शुष्क पाठ्यक्रमों की किताबों में कैद है या मीडिया बाज़ार के गलियारों में भटक रही है। इसका एक बड़ा कारण सरकारी स्तर पर उदासीनता और निष्क्रियता है। हिन्दी भाषा में रचा गया साहित्य अब लाखों के सर्क्युलेशन से निकलकर दस से पन्द्रह हजार तक छपनेवाली लघु साहित्यिक पत्रिकाओं तक सीमित हो गया है। (पहले *सारिका* या *साप्ताहिक हिन्दुस्तान* जैसी पत्रिकाओं में, जिनमें कहानी के साथ लेखकों के पते भी प्रकाशित किए जाते थे, एक-एक कहानी के छपने पर अढ़ाई से तीन सौ तक पत्र आ जाते थे, अब एक कहानी पर पन्द्रह-बीस पाठकों की प्रतिक्रियाएँ आ जाएँ तो लेखक निहाल हो जाता है।)

प्रश्न : **हिन्दी कथा-आलोचना के बारे में आपके क्या विचार हैं ? यदि आप असन्तुष्ट हैं तो आपकी राय में इसके कारण और समाधान ? क्या आलोचना का समुचित परिणाम और स्तर न होने की उत्तरदायी किसी हद तक कहानी स्वयं नहीं है ?**

उत्तर : हिन्दी में जिम्मेदार आलोचक बहुत कम हैं। जो हैं, वे दोस्ती-दुश्मनी, नाते-रिश्तेदारी निबाहने से परे नहीं हैं। हिन्दी रचनाओं का सही आलोचक आम पाठक है जो निःस्वार्थ भाव से रचना पसन्द आने पर तहे दिल से तारीफ करता है और जरूरत पड़ने पर अपनी आपत्ति भी निस्संकोच दर्ज करता है। इन्हें एक निष्पक्ष और प्रतिबद्ध आलोचक दिशा-निर्देश दे सकता है बशर्ते कि वह अपने कलावादी पूर्वाग्रहों और व्यक्तिगत अनुग्रहों से ऊपर उठ सके क्योंकि आखिरकार साहित्य के इतिहास में तो इन आलोचकों की राय ही प्रामाणिकता के साथ दर्ज होगी। कहानियाँ आजकल परिमाण में पहले से कहीं ज्यादा लिखी जा रही हैं, पर उनमें अच्छी और कालजयी कहानियों को रेखांकित कहाँ किया जा रहा है ? आज के प्रकाशक भी साहित्यिक अभिरुचि-विहीन व्यवसायी अधिक हैं। ऐसे भ्रष्ट साहित्यिक माहौल में समाधान ढूँढ़ना टेढ़ी खीर है।

प्रश्न : **साहित्य यानी कविता/कहानी/उपन्यास आदि के मरने की बार-बार घोषणाओं के बारे में आपकी क्या राय है ?**

उत्तर : जब तक मनुष्य में अपने भीतर पलते लावे को बाहर उड़ेलने की चाह बाकी है, कागज पर शब्द लिखे जाते रहेंगे। प्रतिकार करने, विरोध का स्वर उठाने का यह एक सार्थक उपकरण है। इसलिए कला या साहित्य के मरने की घोषणाएँ निरर्थक हैं। यह ज़रूर है कि आज इस क्षेत्र में जश्न की अनुपस्थिति है।

राजभाषा घोषित किए जाने के बावजूद हिन्दी भाषा अपने अस्तित्व के संकट से गुज़र रही है। जो भाषा अपने रचनाकारों को आर्थिक आधार ही प्रदान नहीं कर सकती, उसमें कहानीकार, कवि या विचारक कैसे पनप सकते हैं। विदेशी भाषाओं के लेखक सिर्फ अपने लेखन के बूते पर एक अच्छी सुविधाजनक ज़िन्दगी जी सकते हैं, जबकि हिन्दी लेखक को रोटी-रोजी के लिए कोई दूसरा जरिया तलाशना पड़ता है। और अपने लेखक को ज़िन्दा रखने के लिए कई तरह के समझौते करने पड़ते हैं। फिर भी हर काल में, हर पीढ़ी में कुछ ऐसे सिरफिरे निकल ही आते हैं, जिनके लिए अकेले कमरे में कागज और कलम का साथ ही उनकी नियति बन जाता है, चाहे उसे पढ़ने-सराहने-समझनेवाला कोई हो, न हो। मैं भी सिरफिरों की उसी जमात में शामिल हूँ।

[कलकत्ता से प्रकाशित साहित्यिक पत्रिका वागर्थ द्वारा सुधा अरोड़ा से एक संवाद]

●●●